UNE NUIT, SUR LA MER

Née en 1949 dans le Connecticut, Patricia MacDonald a été journaliste avant de publier son premier thriller en 1981, *Un étranger dans la maison*. Depuis, elle en a publié une dizaine qui ont tous rencontré un grand succès. Ses livres sont notamment traduits au Japon, en Suède et en France.

Paru dans Le Livre de Poche :

DERNIER REFUGE

LA DOUBLE MORT DE LINDA

EXPIATION

LA FILLE SANS VISAGE

J'AI ÉPOUSÉ UN INCONNU

ORIGINE SUSPECTE

PERSONNES DISPARUES

PETITE SŒUR

RAPT DE NUIT

SANS RETOUR

UN COUPABLE TROP PARFAIT

UN ÉTRANGER DANS LA MAISON

UNE FEMME SOUS SURVEILLANCE

UNE MÈRE SOUS INFLUENCE

PATRICIA MACDONALD

Une nuit, sur la mer

ROMAN TRADUIT DE L'ANGLAIS (ÉTATS-UNIS) PAR NICOLE HIBERT

ALBIN MICHEL

Titre original :

CAST INTO DOUBT

© Patricia Bourgeau, 2011.
© Éditions Albin Michel, 2011, pour la traduction française.
ISBN : 978-2-253-16716-7 – 1re publication LGF

*À notre « Mimi »,
Mary L. Hackler.*

Prologue

Prajit Singh ne voulait pas de problèmes pendant ses heures de travail. Il avait besoin de temps, de concentration. Jusqu'ici, la nuit avait été calme. Tant mieux. Les automobilistes arrivaient et repartaient, entraient pour aller aux toilettes et payer leur essence. Des gamins traînaient autour du distributeur, au fond du magasin, à siroter des glaces à l'eau, des mères surmenées passaient prendre une brique de lait pour le petit déjeuner, ou des paquets de chips pour le repas des gosses. Les personnes âgées achetaient des journaux et les pauvres des billets de loterie. Entre deux clients, Prajit bûchait. Il était en fac de médecine, croulait sous le boulot. Il avait toujours un manuel ouvert sous le comptoir. Les systèmes veineux, les lobes cérébraux, ou bien d'affreuses photos de maladies dermatologiques dépassaient de l'étagère sous la caisse enregistreuse. Prajit jonglait avec les horaires, les responsabilités et les desiderata des autres. Il avait tellement l'habitude d'être exténué, surchargé, que, maintenant, cela lui paraissait presque normal.

La porte de la boutique s'ouvrit, un jeune homme entra. Cheveux courts, chemise en denim bleue, l'air énervé. Un de ces types blancs, privilégié de naissance sous prétexte qu'il était un mâle américain de souche anglo-saxonne, et qui paraissait mécontent de la marche du monde. Prajit, avec sa peau basanée et son accent, était probablement considéré par ce type comme une partie du problème, il le savait. Mais Prajit savait aussi, et il en était secrètement satisfait, qu'il serait un jour cardiologue, urologue ou spécialiste de chirurgie thoracique, et que ce mec attendrait sagement dans sa salle d'examen qu'il lui vienne en aide. Chaque fois que Prajit sentait poindre le découragement ou qu'il en avait ras le bol, il s'obligeait à penser à ça. Le client s'approcha de la caisse et régla sa note d'essence. Prajit le remercia poliment. L'autre répondit par un grognement, puis s'éloigna dans la première allée, se dirigeant vers le fond du magasin où on rangeait la bière. Prajit se replongea dans sa lecture. Ce soir, il potassait les maladies de l'appareil gastro-intestinal. Ça faisait beaucoup à digérer.

Pas mal, ce calembour, se dit-il.

Soudain, ça commença. Une prise de bec. Aussitôt, Prajit se remémora les deux gars qu'il avait vus se faufiler dans la boutique, dissimulés sous la capuche de leur sweat, la tête couverte d'un bonnet. Ils se parlaient à voix basse, se chamaillaient et gloussaient à la fois. Eux aussi s'étaient dirigés vers le rayon des bières. Prajit les avait oubliés. Il leva les yeux vers le miroir de surveillance placé au-dessus de la vitrine réfrigérée et constata que les deux gamins et le type raide comme un piquet se cherchaient des noises.

Prajit en fut démoralisé. Non, pas ce soir. Il était tard. Il voulait juste terminer son service et rentrer chez lui. Où il ne serait certes pas plus serein. Sa jeune épouse, Ojaswini, et leur bébé semblaient avoir pris possession de tout l'appartement, envahi de couches, de biberons et de joujoux auxquels l'enfant ne touchait même pas, il était trop petit. Prajit s'efforçait de rester optimiste. La période n'était pas facile, mais ça ne durerait pas éternellement. Bientôt, leur fils aurait l'âge d'aller à l'école, et Prajit serait interne, il travaillerait sept jours sur sept à l'hôpital et non plus dans un magasin ouvert vingt-quatre heures sur vingt-quatre. Ses nuits d'employé ne seraient plus qu'un mauvais souvenir.

Prajit entendit un cri et jeta un coup d'œil au miroir. Le piquet avait bousculé un des jeunes, et il ne s'en tiendrait pas là. On était bon pour la bagarre. Prajit sortit de derrière son comptoir.

— S'il vous plaît, s'il vous plaît, s'exclama-t-il. Si vous voulez acheter quelque chose, passez à la caisse, je vous prie.

Son appel à la civilité se noya dans les vociférations et les jurons. À contrecœur, il se dirigea vers l'allée, en espérant ne pas se retrouver au milieu d'une mêlée. Pourquoi les gens qui n'avaient rien de mieux à faire qu'à se castagner échouaient-ils toujours ici, dans cette boutique ? Il répondit lui-même à sa question. En fait, c'était le seul endroit du coin ouvert la nuit. Le magasin appartenait à un ami de ses parents, un homme d'affaires débarqué aux États-Unis sans un sou en poche, et qui avait fait fortune, ainsi qu'on le racontait dans toutes les histoires d'immigrants. En principe, Prajit était content d'avoir un job, d'autant que son patron se montrait souple sur la question des horaires.

Il savait que Prajit suivait des études de médecine. Il approuvait. Mais, parallèlement, il attendait de ses employés qu'ils travaillent dur, qu'ils veillent sur la caisse et maintiennent le calme. C'était parfois plus facile à dire qu'à faire.

Prajit atteignit le bout de la première allée, les mains levées dans un geste implorant.

— Messieurs, s'il vous plaît. Allez vous disputer dehors. Si vous souhaitez acheter…

— Si vous *suitez ach'ter*, railla le voyou d'une voix traînante.

Prajit leva plus haut les mains, en signe de capitulation.

— Je vous en prie, monsieur. Je vous demande simplement d'apporter vos achats au comptoir. Je ne veux pas de problèmes.

Le voyou n'était pas aussi jeune que Prajit l'avait cru au premier abord. Il était mal rasé et un début de barbe dure lui noircissait les joues, ses yeux clairs étincelaient de rage.

Le Blanc à la chemise bleue lui faisait face.

— Tu te trouves marrant ? Cet homme essaie juste de gagner sa vie, et il n'est pas payé assez cher pour supporter les types dans ton genre. Rends-nous service, barre-toi.

Prajit fut atterré et étrangement réconforté. Il avait mal jugé le client à la chemise bleue. Voilà que cet homme prenait sa défense. On croyait connaître la nature humaine, et parfois on se fourvoyait complètement.

Le type à la chemise bleue tenta d'écarter le plus petit des deux voyous encapuchonnés. L'autre l'insulta.

Le client ne répondit pas mais leur fit un doigt d'honneur.

Le plus grand sortit un flingue de son sweat.

Les yeux de Prajit s'arrondirent. Il se rappela aussitôt la recommandation de son employeur. « S'ils ont un pistolet, tu t'inclines. »

— S'il vous plaît, messieurs, dit Prajit. Calmons-nous. Je ne voudrais pas être forcé d'appeler la police.

Le plus petit, le plus silencieux, se tourna et le regarda droit dans les yeux. Prajit comprit alors, trop tard, qu'il avait commis une erreur. Trop tard. Les mots se bloquèrent dans sa gorge.

— Non, non…, tenta-t-il de dire. Je ne voulais pas vous offenser…

Puis il entendit la détonation.

1

Le son de la télé, la voix de l'animatrice d'une émission de midi annonçant ses prochains invités, s'insinuait dans la salle de bains où Shelby Sloan, appuyée au large meuble-lavabo à dessus de marbre, se penchait vers le miroir pour appliquer du mascara sur ses cils. Elle s'était levée tard, avait fait quelques courses et du vélo fitness au club de sport. Maintenant, elle était douchée et prête à partir. Shelby considéra d'un œil critique son visage savamment maquillé. À quarante-deux ans, elle avait une peau éclatante, sans une ride. Son épaisse chevelure blonde qui tombait en boucles sur ses épaules demeurait l'un de ses meilleurs atouts. À vingt ans, quand elle était une mère célibataire qui trimait et avait à peine de quoi payer le loyer, elle pensait qu'à quarante ans, elle aurait l'air d'une vieille sorcière. Mais, malgré des années de travail, de cours du soir, à élever son enfant et se priver de sommeil, le temps avait ménagé son apparence.

Un coup frappé à la porte de l'appartement la fit sursauter. Elle n'attendait personne.

Sans doute Jen, pensa-t-elle, qui avait à lui poser une question de dernière minute. Jennifer Brandon, sa meilleure amie, était décoratrice d'intérieur ; elle travaillait chez elle, dans le même immeuble que Shelby, sur le même palier. Elle devait arroser les plantes et relever le courrier pendant que Shelby serait chez Chloe. Toutes deux célibataires, elles se voyaient souvent, par choix ou faute de mieux, pour boire un verre ou dîner ensemble. Shelby lissa le pull en cachemire qu'elle portait sur un pantalon.

— J'arrive ! cria-t-elle.

Elle consulta sa montre. Chloe étant une maniaque de la ponctualité, elle n'avait pas intérêt à prendre du retard.

Shelby ouvrit la porte et découvrit devant elle Talia Winter, sa sœur aînée. Talia ne se perdait jamais en amabilités.

— C'est ma pause-déjeuner. Je t'ai appelée au Markson, annonça-t-elle – elle parlait du grand magasin de Philadelphie où Shelby était directrice des achats du département prêt-à-porter féminin. On m'a dit que tu étais en vacances.

— Oui, depuis ce matin.

— Tu ne répondais pas au téléphone.

Avec un soupir, Shelby pria sa visiteuse d'entrer. Effectivement, elle négligeait souvent de décrocher quand elle voyait le nom de sa sœur s'afficher sur l'écran de son téléphone. Talia n'appelait que pour un seul motif – Estelle, leur mère. Elle habitait toujours la maison familiale délabrée du nord-est de Philadelphie, avec leur mère alcoolique chez qui, six mois auparavant, on avait diagnostiqué une maladie du foie en phase terminale. Elle ne pouvait prétendre à une greffe car elle refusait toujours de renoncer à l'alcool.

Talia, célibataire et sans logement à elle, avait passé sa vie adulte à pourvoir aux besoins d'Estelle Winter – une femme qui, du plus loin que Shelby se souvienne, avait brillé par son absence quand elle ne semait pas la pagaille dans leur existence.

À grands pas, Talia traversa le vestibule et s'immobilisa dans le salon spacieux qu'elle balaya d'un regard scrutateur. Elle repéra le sac de voyage posé sur un fauteuil recouvert de suède gris.

— Tu vas où en vacances ? demanda-t-elle.

Talia, à cinquante ans, en paraissait soixante. Ses cheveux courts, sagement coiffés, grisonnaient. Elle était en tenue de travail, un tailleur-pantalon en polyester, mal coupé, et un banal chemisier bleu, sans doute achetés au Wal Mart. Mais cette apparence ordinaire était trompeuse. Talia dirigeait le labo d'informatique à l'Université de Pennsylvanie, au centre-ville. Titulaire d'un doctorat, elle était considérée comme une spécialiste de l'intelligence artificielle. Talia avait toujours été intellectuellement brillante et d'une nullité abyssale en matière de relations humaines.

— Je te l'ai dit, déclara Shelby avec un effort pour garder son sang-froid. Chloe et Rob partent en croisière. Je m'occupe de Jeremy pendant leur absence.

— Il faut que tu viennes voir maman. Son état empire de jour en jour. Maintenant, elle reste au lit la majeure partie du temps. Hier, elle ne m'a pas reconnue.

— Je suis désolée, Talia, mais je ne peux pas. Je t'ai prévenue depuis des mois. J'ai offert cette croisière à ma fille et son mari pour Noël. Ils s'y préparent depuis des semaines. Et moi, j'ai hâte de passer ces quelques jours avec mon petit-fils.

— Je ne cracherais pas non plus sur des vacances, rétorqua Talia, sarcastique.

— Tu n'as qu'à en prendre. Ça te ferait du bien.

— Avec maman dans cet état ?

Shelby soupira sans répliquer.

— D'ailleurs, je ne pourrais jamais m'en aller et la laisser entre les mains d'étrangers.

— Ce ne sont pas des étrangers. Elle connaît parfaitement ses gardes-malades. Elle les voit quotidiennement.

Mais argumenter, essayer de raisonner Talia était vain. D'ailleurs, sa sœur la regardait comme si elle n'avait rien entendu.

— Tu peux amener le gamin, si c'est ce que tu veux. Après tout, c'est son arrière-petit-fils.

Jamais, eut envie de crier Shelby. Jamais je n'obligerai Jeremy à l'approcher. Cependant mieux valait ne pas répondre. Elle ne se libérerait jamais totalement de cette toile, tissée de culpabilité et de sens du devoir, qui retenait Talia prisonnière dans cette maison lugubre, auprès de leur mère délirante. Mais elle résistait de son mieux. Depuis qu'on savait Estelle condamnée, elle contribuait financièrement – il fallait bien payer les gardes-malades – et lui rendait visite pour la forme, mais c'était tout. Apparemment, Talia avait l'intention de sacrifier sa vie pour leur mère. Shelby ne se laisserait pas entraîner aussi loin. Talia avait choisi, c'était son affaire.

— Je n'amènerai certainement pas un gamin de quatre ans voir quelqu'un qui est à l'article de la mort.

Et qui, en plus, sera ivre, pensa-t-elle.

— Ça ferait du bien à maman, mais tant pis, n'est-ce pas ? ironisa Talia.

— Je n'entrerai pas dans cette discussion, je dois

aller chez Chloe. Pourquoi tu ne contactes pas Glen ? Peut-être qu'il viendra la voir.

— Glen... Super, ricana Talia qui, les mains sur les hanches, balaya de nouveau le salon des yeux. Je me disais justement qu'il était peut-être ici avec toi.

— Pourquoi serait-il ici ? répliqua Shelby, agacée. Tu crois qu'il se cache ? Glen ne fait que ce qui lui plaît, tu le sais pertinemment. Je ne l'ai pas vu depuis des mois.

Leur jeune frère, Glen, quoique d'une intelligence aiguë, était sans emploi, sans objectif et sans domicile fixe. Frisant la quarantaine, il avait encore de nombreux amis qui lui offraient un canapé pour la nuit ou lui permettaient de garder leur maison quand ils s'absentaient. Il surgissait régulièrement et persuadait Talia qu'il s'inquiétait pour leur mère et lui était infiniment reconnaissant d'assumer l'intendance. Shelby le soupçonnait de jouer la comédie, pour rester en bons termes avec leur aînée.

— Écoute, Talia, il faut que j'y aille.

Sa sœur la dévisagea.

— Pourquoi tu ne prends pas le gamin ici ?

— Le gamin ?

— Ton petit-fils.

Comme souvent, Talia avait, à l'aveuglette, touché un nerf sensible. Shelby aurait préféré garder son petit-fils chez elle, dans son confortable appartement. Mais sa fille Chloe avait solennellement déclaré qu'elle refusait de chambouler la vie de Jeremy, aussi Shelby avait-elle accepté de s'installer dans leur petite maison mitoyenne de Manayunk. Elle était si contente de passer toute une semaine en sa compagnie.

— Son école est tout près de leur maison, dit-elle, détestant se justifier ainsi. C'est plus pratique, voilà tout.

— Moi, j'ai l'impression qu'elle n'a pas assez confiance en toi pour te confier son gosse.

— Eh bien, tu te trompes. Bon, maintenant j'y vais, si ça ne t'ennuie pas.

— De toute façon, il faut que je retourne au travail. Je ne sais pas pourquoi j'ai perdu mon temps à venir ici. J'aurais dû me douter.

Moi non plus, je ne sais pas pourquoi tu es venue, songea Shelby en attrapant son sac de voyage sur le fauteuil gris.

— Je te suis.

Chloe était dans la rue, devant sa maison à la façade en stuc gris. Ostensiblement, elle regarda sa montre. Elle avait demandé à Shelby d'être à l'heure, afin qu'elles aillent ensemble chercher Jeremy à l'école maternelle. De cette façon, Shelby connaîtrait l'itinéraire à suivre chaque jour, durant la semaine où Chloe et Rob seraient en croisière. Shelby jeta un coup d'œil à l'horloge de son tableau de bord. La visite inattendue de Talia avait perturbé son organisation, et la circulation était dense entre son appartement de Society Hill et le quartier ouvrier, qui cependant s'embourgeoisait, où Chloe et Rob habitaient sur l'autre rive du fleuve. Elle n'était pas en avance, mais pas en retard non plus.

Comme à l'accoutumée, Shelby eut un élan de tendresse et d'anxiété à la vue de l'expression si sérieuse de sa fille. Chloe avait de longs cheveux qui ondulaient autour de son visage ovale, semé de taches de son. Elle était mince, résultat d'années de jogging quotidien et d'une alimentation saine. Elle portait sa tenue d'infirmière, car elle travaillait à mi-temps dans un cabinet de gynécologie et d'obstétrique. À vingt-quatre ans, Chloe était le portrait de son père, Steve, un client que Shelby avait rencontré dans le café de South Street où elle était barmaid, l'année du bac. Shelby et Steve s'étaient mariés le jour de la Saint-Valentin, à l'hôtel de ville, avec trente autres couples qui, eux aussi, avaient choisi ce jour-là. Steve avait pris la poudre d'escampette peu après, alors que Shelby était enceinte.

En apprenant la grossesse de sa fille, Estelle lui avait conseillé d'avorter. Shelby ayant refusé, Estelle s'était désintéressée de sa deuxième fille et de l'enfant. Shelby s'était jetée dans le boulot et les cours du soir pour élever sa fille. Elle avait décroché ses diplômes, grimpé les échelons et obtenu un salaire coquet. Une fois, Shelby avait par inadvertance entendu Franny, la meilleure amie de Chloe, dont les parents leur louaient l'appartement au-dessus de leur pizzeria dans le sud de Philly et veillaient souvent sur Chloe à la sortie de l'école, demander pourquoi elles ne pouvaient jamais jouer chez Chloe. Celle-ci avait expliqué que sa mère n'était jamais à la maison parce qu'elle préférait travailler. Encore aujourd'hui, le souvenir de ces paroles la blessait. « Ce n'est pas vrai, c'est injuste ! » avait-elle eu envie de crier, ce jour-là. Mais à quoi bon ? Sa fille voyait la vie de sa mère de cette manière, cela seul comptait. Les années passant, Shelby avait économisé assez d'argent pour les emmener loin de ce quartier difficile, et Chloe avait commencé à comprendre pourquoi sa maman travaillait autant. Mais ses mots d'enfant, si douloureux, restaient gravés au fer rouge dans le cœur de Shelby.

Elle trouva une place libre dans la rue, sortit de sa voiture et s'étira. Puis elle rejoignit sa fille à qui elle ouvrit les bras. Chloe l'étreignit énergiquement, très vite, et s'écarta.

— Il faut y aller, dit-elle.
— J'espère que je ne suis pas en retard. Talia m'a fait une visite impromptue.

Chloe leva les yeux au ciel. Talia avait toujours vécu comme si sa nièce n'existait pas. Son indifférence confinait à la cruauté.

— Qu'est-ce qu'elle te voulait ?
— Me culpabiliser au sujet de ma mère, évidemment.
— Elle a réussi ?
— À ton avis ? Dis, chérie, j'ai besoin d'aller aux toilettes.
— Et Jeremy ?
— Je n'en ai que pour une minute.
— Il croira que je l'ai oublié.

Shelby lut l'angoisse dans les yeux de sa fille. Chloe s'évertuait à être une mère parfaite. Quand Jeremy était bébé, elle l'avait nourri de purées préparées de ses mains, conduit chez le médecin dès qu'elle le trouvait pâlichon ; en outre, elle tenait sa maison avec un goût de l'ordre et de la propreté frisant l'obsession. Elle ne travaillait qu'à mi-temps dans un cabinet médical afin que Jeremy ne soit pas obligé de rester des journées entières à la crèche.

— Mais non, chérie, nous avons largement le temps. N'aie pas peur pour lui. Tu me laisses entrer ?

Chloe poussa un petit soupir et, précédant sa mère, regagna le perron de la maison étroite et basse qui, à l'instar de ses voisines, avait été construite sur la colline dominant Main Street, à Manayunk. Cette partie de la ville, de même que les rives de la Schuylkill, avait jadis été un quartier d'ouvriers. Depuis quelques années, il avait la cote auprès des jeunes possédant plus d'énergie que d'argent. Rob, travailleur social, avait acheté la maison avec Lianna, sa première épouse. Leur fille Molly avait huit ans lorsque Lianna, qui souffrait de migraines, avait consulté un neurologue réputé, Harris Janssen.

À l'époque, Chloe était réceptionniste au cabinet du Dr Janssen. Elle y assista aux débuts de la liaison entre la patiente et le médecin, et finit par offrir au malheureux mari de Lianna conseils et réconfort. Lianna divorça pour épouser le neurologue. À présent, elle habitait avec Molly et Harris une immense demeure en pierre, de style colonial, dans la banlieue chic de Gladwyne.

Peu après, Chloe et Rob se marièrent dans l'intimité, et Chloe s'installa dans la maison de Manayunk. Elle effaça les moindres traces de l'ancienne vie de Rob, hormis dans la chambre de Molly que Rob lui interdisait de toucher, afin que sa fille la retrouve intacte lors de ses séjours. C'était dans la chambre de Molly que Shelby dormirait. Rob avait voulu demander la permission à sa fille, ce qui énervait Chloe. Shelby n'en était pas offensée. Au contraire, elle considérait que c'était la preuve d'un respect louable à l'égard de Molly et de son espace privé.

La maison, comme toujours, était impeccable, les murs ornés des ouvrages en patchwork que Chloe avait réalisés de ses mains ; sur la table de la salle à manger, des fleurs fraîches s'épanouissaient dans un pichet. Impossible de deviner qu'un enfant vivait ici, pensa Shelby. Dans leurs appartements d'autrefois, les jouets traînaient partout, le chaos régnait. Elle ne comprenait pas comment Chloe se débrouillait pour que tout soit parfaitement rangé. Shelby ne s'attarda pas dans les minuscules toilettes, sous l'escalier – Chloe attendait –, après quoi elles ressortirent. La jeune femme se précipita vers sa voiture, garée le long du trottoir, et s'assit à la place du passager. Shelby ouvrit la portière du conducteur.

— Tu ne veux pas qu'on prenne ma voiture, chérie ?

Chloe lui lança un regard incrédule.

— Tu n'as pas de siège enfant, maman. Un petit garçon ne peut pas monter dans une voiture qui n'a pas de siège réhausseur, dit Chloe sur le même ton outré que si Shelby avait suggéré la décapitation comme traitement de la migraine.

— Oui, bien sûr. D'accord.

Shelby repoussa divers sachets et paquets et s'installa au volant. Elle était sidérée, comme souvent – l'intérieur de la voiture était un vrai capharnaüm. Ce véhicule semblait être le seul endroit où la maniaquerie compulsive de Chloe n'avait pas cours. Les sièges avant et la banquette arrière étaient encombrés de bouteilles d'eau vides, de briques de jus de fruits, d'emballages alimentaires, de catalogues et de journaux. Des pièces de monnaie jonchaient les tapis de sol, comme si on les avait jetées là par poignées.

— Tu ne préfères pas conduire ? demanda Shelby, en jetant un regard vers sa fille. Tu connais le chemin.

— Je t'indiquerai par où passer. Il faudra bien que tu conduises ma voiture cette semaine, puisque tu ne peux pas prendre Jeremy dans la tienne. Pas sans siège réhausseur.

— Je ne le ferai pas. Promis.

— Donc tu dois t'habituer à cette voiture.

— Je pense que j'y arriverai sans trop de difficulté.

— Chaque voiture est différente, déclara Chloe, les sourcils froncés.

— Ma chérie, il ne s'agit pas d'un avion qu'il me faudrait piloter. Ce n'est qu'une automobile.

— Je me sentirai mieux en sachant que tu l'as déjà conduite, insista Chloe.

— Bien sûr, d'accord.

Shelby capitula et mit le contact.

— Tu prends la première à droite et ensuite tout droit pendant un kilomètre, jusqu'à notre église. Tu la connais.

Shelby acquiesça. Elle savait en effet que l'école maternelle de Jeremy était aménagée dans l'entresol de l'église. Mais entendre Chloe parler de « son » église lui paraissait toujours bizarre. Shelby ne lui avait pas donné d'éducation religieuse, cependant, quand Chloe avait épousé Rob, elle avait adopté sa foi. Les parents de Rob étaient missionnaires en Asie du Sud-Est, il avait grandi dans un milieu où la religion tenait une place majeure. Shelby respectait leur choix même s'il était très éloigné de ses propres convictions. Elle regarda de nouveau sa fille et fut stupéfaite de la voir au bord des larmes.

— Chloe, que se passe-t-il ?

— Je supporte mal de laisser Jeremy. Ça va être tellement dur pour lui, tout seul pendant une semaine.

Shelby se sentit vaguement insultée par cette image de Jeremy, malheureux comme les pierres avec sa grand-mère, mais il était clair que Chloe parlait ainsi parce qu'elle redoutait la séparation. La jeune mère et son enfant n'avaient passé que fort peu de temps l'un sans l'autre.

— Je veillerai à ce qu'il s'amuse, ne t'inquiète pas. Tout ira bien.

— Je l'espère.

— Tu n'es pas contente de partir en croisière ?

— Ce sera agréable de s'en aller un peu, admit Chloe.

— Ne pas travailler, ne pas faire le lit ni préparer les repas pendant une semaine.

— Un break ne sera pas du luxe, acquiesça Chloe dans un soupir. Pas à cause de Jeremy, mais... Rob et moi, nous n'avons jamais de temps pour nous. Je crois que nous en avons besoin.

— Tu devrais faire appel à moi plus souvent. Tu sais que je suis ravie de garder Jeremy.

— Et moi, je sais à quel point ton métier est prenant, rétorqua Chloe d'un ton un peu triste.

— Tu ne m'avais pas dit que Molly, à présent, était assez grande pour faire du baby-sitting ?

Chloe haussa les épaules.

— Pas si grande que ça. Elle n'a que treize ans.

— Tout de même, elle peut se rendre utile.

— Je dois aller la chercher, ensuite la ramener dans leur beau manoir et faire la causette avec Lianna. Ce n'est pas vraiment une partie de plaisir.

— Je m'en doute…

— Et puis, maintenant, Lianna est enceinte. Et, naturellement, il a fallu qu'elle choisisse le Dr Cliburn, maugréa Chloe, mentionnant l'obstétricien qui l'employait. Par conséquent, je suis obligée de la voir aussi au cabinet. J'espère juste qu'elle ne jettera pas son dévolu sur Cliburn.

— Allons, la taquina Shelby en souriant.

— Oh, elle en serait capable. Elle mène les hommes par le bout du nez, ils la trouvent tous tellement… parfaite. Même après ce qu'elle a infligé à Rob – le quitter pour le Dr Janssen –, il refuse qu'on émette la moindre critique à son sujet.

— Elle est la mère de Molly. Rob en tient compte, c'est un très bon père, objecta gentiment Shelby. Pour ses deux enfants. Tu as de la chance. Beaucoup d'hommes s'en ficheraient.

— Mon père, par exemple, dit Chloe d'une petite voix amère.

L'absence de père avait grevé sa vie, ce dont Shelby se sentirait à jamais coupable.

— Je dis simplement que tu as épousé un homme bien. Tu as fait le bon choix.

— Par là, coupa Chloe, désignant un bâtiment en briques jaunâtres, dont le faîtage s'ornait d'une grande croix sans fioritures. On y est.

Shelby, docile, se gara le long du trottoir où attendaient d'autres parents. Chloe regardait fixement la rue, les yeux vides, ses doigts, longs et fins, étroitement entrelacés sur ses genoux. Elle portait une veste en cuir usé, trop grande, dénichée aux puces, par-dessus sa tenue d'infirmière. Elle paraissait si menue et fragile.

— Ça va, chérie ?

Chloe ne répondit pas.

À cet instant, les portes de l'école paroissiale s'ouvrirent, et les enfants déferlèrent. Shelby scrutait leurs frimousses, le cœur battant comme une adolescente qui guette le garçon dont elle est amoureuse. Soudain, elle le reconnut. Et lui aperçut sa grand-mère.

— Shep ! s'écria-t-il gaiement.

Quand il avait commencé à parler, il déformait son nom qu'il prononçait « Shep ». C'était resté. Jeremy accourut, ses cheveux blonds tombant sur son front. Il serrait dans sa main un dessin aux couleurs éclatantes.

— Le voilà ! s'exclama Shelby.

— Je sais, maman, répondit Chloe. C'est mon enfant, je le connais.

2

Le soir, dès le retour de Rob, Chloe sortit du four un ragoût maison.

— Il en restera largement assez pour demain, dit-elle à Shelby, tout en dressant le couvert dans la petite salle à manger.

— Ne t'inquiète pas, répondit Shelby qui grimaça un sourire. Je n'oublierai pas de le nourrir.

Chloe alluma les bougies sur la table, évitant le regard de sa mère.

— Je n'aime pas qu'il mange des plats tout préparés. Je sais que, quand j'étais petite, c'était plus simple pour toi à cause de ton travail, mais Jeremy a l'habitude des aliments frais.

Shelby inspira à fond et s'exhorta à ne pas se vexer. En effet, songea-t-elle, en matière de cuisine elle avait souvent opté pour la facilité. Chloe n'avait pas dit ça par méchanceté.

Rob, un blond aux traits accusés, aux yeux bleus et doux, se lavait les mains dans la cuisine. Il les rejoignit, desserra sa cravate et déboutonna le col de sa chemise en chambray. Il portait toujours une cravate, malgré son jean, quand il travaillait au centre pour personnes âgées.

— Dis donc, ta mère sait s'occuper d'un enfant. La preuve, tu es une belle réussite.

Rob tira la chaise de sa belle-mère pour l'inviter à s'asseoir.

— Une très belle réussite, répéta Shelby en riant, mais cela n'amusa pas Chloe qui piqua un fard.

— À table, dit-elle. Jeremy, tu viens.

— Je me mets à côté de Shep ! clama le garçonnet qui grimpa sur la chaise près de sa grand-mère.

Tous sourirent, et Shelby songea à sa propre mère, dont la vie tournait autour du gin et de médiocres griefs. Elle n'avait jamais demandé pardon à Shelby pour l'avoir poussée à avorter, ni manifesté le moindre intérêt à sa petite-fille. À une époque, l'indifférence d'Estelle la blessait encore. Au fil des ans, Shelby s'était endurcie. Tant pis pour sa mère. Elle avait choisi la bouteille, au lieu de regarder grandir son unique descendante.

Après le dîner, Rob proposa d'emmener Jeremy dans Main Street, chez un marchand de glaces, pendant que Chloe faisait les bagages. Shelby suivit sa fille dans une petite chambre et s'étendit sur le lit, appuyée sur un coude. Chloe prit les valises dans la penderie, puis des vêtements soigneusement pliés. Shelby l'observait. Elle s'était fait tellement de souci, à tort, pour l'avenir de sa fille. Chloe, renonçant à l'université, avait suivi une formation de secrétaire médicale, commencé à travailler, rencontré un homme plus âgé qui voulait refaire sa vie, et s'était retrouvée enceinte. Shelby redoutait de la voir finir seule avec un bébé, sans ressources ni diplômes, une situation qu'elle-même avait connue avant de se sortir de l'ornière et de réussir dans son métier.

Chloe lui serinait qu'elle se trompait, que sa vie

serait différente. Durant les cinq dernières années, Shelby avait dû admettre qu'en effet elle s'était trompée. Ça marchait bien pour Chloe, professionnellement et dans sa vie familiale, et Shelby avait désormais la conviction que Rob était un garçon bien.

Chloe plaqua une robe d'été contre sa poitrine et s'examina dans le miroir en pied, fronçant le sourcil.

— Je ne sais pas si le jaune me va. Je suis si blanche. Et ces taches de rousseur…

— Toutes les couleurs te vont à merveille.

— Oh, maman, soupira Chloe qui replia la robe et la mit à l'écart.

— Tu t'es acheté des tenues pour la croisière ?

— J'ai ce qu'il me faut.

— Je sais, mais je t'ai donné un peu d'argent pour que tu t'offres une ou deux jolies choses.

— Au travail, je ne porte qu'une blouse blanche. D'ailleurs, j'ai utilisé cette somme pour faire réparer notre chaudière.

— Ma chérie, tu aurais dû me le dire, j'aurais payé la…

— Tu as été suffisamment généreuse avec nous, maman. Je suis très bien comme je suis.

Shelby se leva et noua les bras autour de sa fille. Toutes deux s'examinèrent dans le miroir. Shelby se savait capable de séduire, mais Chloe possédait la pure perfection de la jeunesse. Elle n'avait nul besoin de maquillage ou de robes moulantes pour se mettre en valeur.

— Bien sûr que tu es très bien. Tu es parfaite.

Chloe regarda sa mère dans le miroir, gravement.

— Non, je suis tout sauf parfaite.

— Arrête, tu es toujours si dure avec toi-même.

Shelby scruta le visage triste, sombre, de sa fille.

— Quelque chose ne va pas, chérie ? Tu as l'air... si lointaine.

— Non, ça va. Je... je ne suis pas habituée à voyager. Je ne voudrais pas que nos vacances soient gâchées, voilà tout.

— Qu'est-ce qui pourrait les gâcher ?

— Rien. J'ai tellement attendu ça. Être seule avec Rob. La lune de miel que nous n'avons pas eue, en quelque sorte.

— Eh bien, moi, je veux que tu profites de cette croisière et que tu n'aies aucun souci. Aucun. Savoure le soleil, la liberté et oublie tout le reste pendant une semaine. Jeremy et moi, nous nous amuserons beaucoup. La semaine sera trop courte.

— Je sais, balbutia Chloe, les yeux humides. Je sais que je peux compter sur toi.

Ce compliment inattendu bouleversa Shelby qui ravala aussi ses larmes.

— Et tu as raison, dit-elle.

Elle serra Chloe contre elle, un court moment, puis elle la libéra.

Très tôt le lendemain matin, après avoir bombardé Shelby de recommandations, vérifié et revérifié qu'on n'oubliait pas les passeports, tout en couvrant Jeremy de baisers, Chloe et son mari partirent pour l'aéroport dans le pick-up de Rob. Ils atterriraient à Miami où ils embarqueraient à bord du paquebot. Chloe, sur le siège passager, agita la main pour dire au revoir jusqu'à ce que le véhicule ait disparu. Jeremy pleurnicha un moment, mais accepta de se laisser consoler par sa grand-mère, surtout quand il avisa les figurines Pirates des Caraïbes qu'elle avait apportées pour lui dans ses bagages.

Les jours suivants passèrent à toute vitesse. Il n'échappa pas à Shelby que s'occuper d'un tout-petit la fatiguait. À dix-neuf ans, ça passait. À quarante-deux ans, c'était un brin plus éprouvant. Quand Jeremy sortait de la maternelle, ils allaient à la bibliothèque ou au terrain de jeux du jardin public, à quelques minutes de marche de la maison. Cette routine lui procurait un bonheur, une sérénité qu'elle n'avait pas connus lorsque Chloe avait quatre ans.

En ce temps-là, elle était perpétuellement pressée. Elle se demandait aujourd'hui si cette course permanente n'était pas la source de l'angoisse qui taraudait Chloe depuis sa plus tendre enfance. À l'époque, Chloe refusait invariablement de descendre des balançoires, et Shelby avait toujours l'œil rivé à sa montre, l'esprit obnubilé par une longue liste de tâches à accomplir. Sa fille lui paraissait têtue, pénible, traînant les pieds quand on lui ordonnait de venir, de se dépêcher. Peut-être était-elle simplement frustrée qu'on l'arrache sans cesse à sa joie, Shelby le comprenait à présent.

À trois jours du retour de Chloe et Rob, Shelby goûtait donc pleinement ces moments en compagnie de son petit-fils. Assise sur une balançoire, dans le pâle soleil d'avril, elle regardait Jeremy grimper en haut du toboggan, dévaler la rampe, recommencer sans se lasser. Pour tous les deux, semblait-il, rien d'autre n'avait d'importance.

Le mobile de Shelby sonna, un nom s'inscrivit sur l'écran. Talia. Encore, maugréa-t-elle. D'une certaine façon, elle était vraiment navrée pour sa sœur. Autrefois, elle-même avait décidé de reporter tout son amour sur sa propre fille, de ne se soucier que d'elle. Mais pour Talia, leur mère était demeurée le centre de son univers, le principe organisateur de son existence. Or Estelle Winter s'apprêtait à quitter ce monde, et la dévotion de Talia devenait vaine et triste. Pas assez triste cependant pour que Shelby compatisse. À l'instar de leur mère, Talia ne s'était absolument pas intéressée à Chloe durant son enfance, et plus tard n'avait même pas commenté la naissance de Jeremy. Elle a ses préoccupations, moi les miennes, pensa Shelby. Elle hésita puis décida de ne pas décrocher. Cette semaine avec Jeremy était trop précieuse, rien ne la gâcherait. Talia attendrait.

— Shep, regarde-moi. Regarde, Shep !
— Je te vois, lui répondit Shelby. Il est haut, ce toboggan.
— Drôlement haut, corrigea-t-il.
Elle lui sourit, amusée par son orgueil.
— Tu as raison.
— Je peux remonter ?
— Vas-y.
— Tu me regardes.
— Je ne vois que toi.

Quand le soleil déclina et qu'il fit trop frisquet pour rester dehors, ils rentrèrent à la maison. Shelby prépara à son petit-fils des hot dogs et des haricots pour le dîner, ensuite ils se régalèrent de dessins animés jusqu'à l'heure du bain. Elle lui lut son histoire favorite, lui fit un gros câlin et le borda dans son lit. Sur la pointe des pieds, elle quitta la chambre et redescendit au rez-de-chaussée ranger la cuisine. Elle se souvint alors de Talia. Bah, il fallait quand même lui faire signe, se dit-elle, et elle composa le numéro professionnel de sa sœur.

— Bureau du Dr Winter.
— Talia ?
— Non, je suis son assistante. Faith.

Shelby l'avait déjà eue au bout du fil. Faith avait largement dépassé la trentaine, poursuivait toujours ses études et veillait à ce que rien ne cloche dans l'organisation du laboratoire.

— Oh, bonsoir, Faith. Puis-je parler à Talia ? Je suis sa sœur, Shelby.
— Non, ce soir elle donne un cours.
— Désolée, je n'avais pas son emploi du temps.
— Elle sera là dans une heure environ. Je peux lui demander de vous rappeler.
— Inutile, il n'y a pas d'urgence. Dites-lui simplement que j'ai téléphoné, voulez-vous ?
— Je n'y manquerai pas.

En raccrochant, Shelby avait meilleure conscience. Elle s'était contrainte à contacter sa sœur, mais n'avait pas eu à discuter avec elle. D'une certaine manière, la fidélité de Talia envers leur mère lui inspirait presque de l'admiration, même si elle ne comprendrait jamais et refusait absolument de se laisser entraîner là-dedans. Bref, elle avait téléphoné et, maintenant, désirait simplement rester tranquille, à s'empiffrer de hot dogs devant des dessins animés.

Dans la soirée, elle décida de veiller pour regarder

un vieux film d'espionnage de Michael Caine. Depuis son arrivée chez Chloe, elle s'était forcée à se coucher tôt, d'abord parce qu'elle avait besoin de repos pour tenir le rythme avec Jeremy, mais aussi parce que, dès que son petit-fils était au lit, la maison lui semblait froide et lugubre.

Shelby aurait pu s'installer au salon où le téléviseur était plus grand, cependant elle préféra se retirer dans la chambre de Molly, sienne pour la semaine. Chloe ronchonnait souvent à ce sujet : Molly était trop gâtée par sa mère, laquelle lui achetait n'importe quoi depuis qu'elle avait épousé un riche médecin. Ainsi avait-elle, dans sa chambre chez son père et sa belle-mère, son propre poste de télé et un ordinateur portable. Du temps où Chloe était adolescente, Shelby tenait à ce qu'elle travaille pour se payer ce genre d'extravagance, elle comprenait donc la réprobation de sa fille. Néanmoins, elle l'avouait, il était bien agréable de regarder la télé de Molly, confortablement allongée sur le lit.

Elle verrouilla toutes les portes du rez-de-chaussée, s'assura que Jeremy, qui avait sombré dans le sommeil sitôt la tête sur l'oreiller, ne bougeait pas. Puis elle se doucha, se sécha les cheveux et les démêla. En pyjama et peignoir, elle gagna la chambre. Chloe avait tout nettoyé, tout rangé, et s'était répandue en excuses à cause du décor très nettement adolescent, mais Shelby trouvait plutôt amusant de dormir sous des posters de Miley Cyrus et des Jonas Brothers. Elle s'étendit sur la courtepointe, se couvrit avec l'un des quilts de Chloe, d'inspiration rustique, posa son mobile sur la table de chevet, comme à son habitude, pour se sentir en sécurité dans cette maison qui n'était pas la sienne.

Après quoi elle alluma la télé et, bientôt, fut absorbée par le film. Ce fut ainsi que, vaincue par la fatigue de la journée, elle s'assoupit.

La sonnerie du mobile la réveilla en sursaut. Elle avait froid. Le quilt avait glissé et gisait en tas sur le sol. La télé diffusait les infos locales du matin. Combien de temps ai-je dormi ? se demanda Shelby, désorientée. Par la fenêtre, elle vit se découper, entre les branches d'un arbre, un ciel d'étain soutaché de rose nacré.

Six heures dix, indiquait sa montre. Le numéro, sur l'écran de son téléphone, ne lui évoquait rien.

— Allô ? dit-elle, circonspecte.

Un silence, puis :

— Shelby, c'est moi, Rob.

— Rob ! s'exclama-t-elle, alarmée – en principe, c'était Chloe qui l'appelait.

— Il est arrivé... quelque chose. Je ne sais pas...

Un vrombissement assourdissant vrilla le tympan de Shelby. Elle sentit son cœur s'emballer.

— Rob, je vous entends très mal. Que se passe-t-il ?

— J'ai pensé qu'il fallait vous prévenir. Il est arrivé un malheur.

— Que..., croassa-t-elle. Quoi ?

— On a fait demi-tour... on est à Saint-Thomas[1].

— Qui est à Saint-Thomas ? Qui est ce « on » ? Où est Chloe ? Passez-moi Chloe, je veux lui parler.

— Justement, répondit-il d'une voix sourde.

Shelby crispa les doigts sur l'appareil, exaspérée par son gendre.

---

1. Constitue avec Saint-Jean et Sainte-Croix les îles Vierges américaines.

— Comment ça, « justement » ?

Il demeura un instant silencieux. La colère de Shelby enfla, emplissant sa poitrine, comprimant ses poumons, écrasant son cœur. Se mettre en colère était si facile. Bien plus facile que d'accepter la peur qui s'insinuait, tel un ruisselet glacé, dans la moelle de ses os.

— Qu'est-ce qu'il y a, Rob ?
— Chloe… elle a disparu.

3

Shelby avait les doigts gourds, les pieds gelés, comme si elle avait passé la nuit dehors.

— Je ne comprends pas.

Rob toussota. Les mots jaillirent, il parlait d'une toute petite voix.

— Moi non plus, croyez-moi. Hier soir, je participais à un tournoi de Trivial Sport, j'étais dans une équipe qui... enfin, peu importe. Chloe s'est un peu... énervée, et elle est partie. En disant qu'elle allait... se trouver une autre distraction. Quand je suis retourné dans notre cabine, après le tournoi... elle n'était pas là. Je suis redescendu sur le pont, je l'ai cherchée, mais... sans résultat. Personne ne l'avait vue. Finalement, j'ai... alerté un steward qui a prévenu le capitaine, et ils ont fouillé le navire. Ils n'ont pas eu plus de chance que moi. Et maintenant, on regagne le port le plus proche. C'est-à-dire Saint-Thomas.

— Je ne comprends pas ! Comment aurait-elle pu aller à Saint-Thomas ?

Silence.

— Rob ! tonna Shelby. Où est Chloe ? Où est-elle allée ?

— Ils ont dit… ils pensent qu'elle a dû passer… par-dessus bord.

Shelby eut la sensation que son champ de vision se rétrécissait, que tout s'obscurcissait.

— Shelby, vous êtes toujours là ?
— Par-dessus bord ? chuchota-t-elle.
— Le capitaine a averti la police de Saint-Thomas, la garde côtière patrouille depuis plusieurs heures. C'est ça, le bruit que vous entendez. Des avions et des hélicoptères.
— Par-dessus bord ? Elle est tombée à l'eau ?
— Oui. C'est ce qu'ils craignent.

Soudain, Shelby souhaita éperdument, vainement, n'avoir jamais pris la communication, remonter le temps et se retrouver au moment où elle ignorait encore la terrible nouvelle. Elle se mit à trembler comme une feuille.

— Pour l'instant, je n'en sais pas davantage, Shelby. Je suis désolé. Si j'apprends quoi que ce soit, je vous appelle.

Elle perçut à sa voix qu'il en avait fini avec elle, qu'il allait raccrocher.

— *Non !* s'écria-t-elle. Non, attendez !
— Calmez-vous, je suis toujours là.

Secouant la tête, elle se redressa, serrant le mobile dans sa main, et fit les cent pas dans la chambre.

— Non.
— Non quoi ? rétorqua Rob avec lassitude.

Shelby s'évertuait à rassembler ses idées.

— Non, je n'y comprends rien. Chloe…
— Moi non plus, je ne comprends pas. Écoutez, je vous rappelle dès que j'ai du nouveau, promis.

— Non, s'entêta Shelby.

— Il faut que je vous laisse. Ne bougez pas. Je vous tiendrai au courant.

— Ah non, pas question. Vous ne pouvez pas me laisser en plan comme ça.

— Ce n'est pas ce que je fais, Shelby, répondit Rob d'une voix éraillée.

— Eh bien, excusez-moi, mais je ne vais pas rester là à attendre que le téléphone sonne.

Il ne réagit pas. Elle avait déjà pris sa décision.

— Je viens.

— Ce n'est pas possible, Shelby. J'ai besoin de vous à la maison, auprès de Jeremy.

— Ce dont vous avez besoin, je m'en fiche ! riposta-t-elle, le sang battant à ses tempes. Chloe… c'est mon enfant. Je ne peux pas… je ne… il faut que je vienne.

— Et votre petit-fils ?

Shelby se représenta Jeremy, dormant à poings fermés dans son lit, et son cœur se brisa.

— Dites-moi qui peut l'accueillir. Vous avez des amis chez qui le laisser ?

— C'est trop compliqué…

— Compliqué ? Je suis navrée, mais ma fille a disparu, alors j'arrive. N'essayez même pas de m'en dissuader. Dites-moi juste chez qui je peux emmener Jeremy.

— Appelez Lianna, soupira-t-il. Ça ne les dérangera pas, elle et Harris. Et Molly le dorlotera. Elle l'adore.

— Vous êtes certain qu'ils accepteront ?

— Je ne sais pas. Vous étiez censée vous en occuper.

— Et vous, vous deviez veiller sur ma fille !
Silence.
— Rob… il faut que je vienne, c'est plus fort que moi.
— Je… je m'en doute, répliqua-t-il avec désespoir. Téléphonez à Lianna. Je suis certain qu'ils prendront soin de Jeremy.
— J'arrange ça, décréta-t-elle, impérieuse, de peur qu'il ne se ravise. Je leur confie Jeremy, et j'arrive. Si on la retrouve d'ici là…
— Je vous avertis, bien entendu, marmonna-t-il.

Shelby coupa la communication et s'efforça de ne pas envisager le pire. Dans l'immédiat, elle devait mettre Jeremy en sécurité, acheter un billet d'avion – quel qu'en soit le prix – et partir. Ne pas réfléchir. Tenter de ne pas réfléchir.

Elle parcourut les numéros d'urgence que Chloe avait notés, de son écriture fine et familière, sur un Post-it placardé sur le réfrigérateur. Elle hésita. Il était bien trop tôt pour téléphoner, mais Harris Janssen était médecin. Ils avaient probablement l'habitude d'être dérangés à n'importe quelle heure. D'ailleurs, même si elle réveillait la maisonnée, tant pis. Elle n'avait pas de temps à perdre. D'un doigt hésitant, elle composa le numéro. On décrocha, un homme grogna « allô ? ».

— Je suis désolée de vous appeler si tôt. Lianna est là ? bredouilla Shelby.

— Une minute, répondit son interlocuteur, d'un ton plus intrigué que fâché.

Elle entendit une voix féminine demander si c'était l'hôpital.

— Non, c'est pour toi, dit l'homme.
— Pour moi ?
Des bruits confus, le combiné changeait de main.
— Oui ? articula la femme, méfiante.
— Lianna, vous ne me connaissez pas, chevrota Shelby. Je suis désolée de vous importuner à cette heure. Je suis Shelby Sloan. Ma fille, Chloe, a épousé Rob...
— Oh... oui. Que se passe-t-il ?
— Rob vient de me téléphoner...
— Ils sont en croisière.
— Oui et... apparemment, Chloe aurait... disparu. On pense qu'elle est peut-être... tombée à la mer.
— Oh, mon Dieu !
Shelby entendit le mari demander ce qui n'allait pas.
— La femme de Rob a disparu. Elle serait tombée à la mer.
— Bonté divine ! s'exclama Harris.
— Comment pouvons-nous vous aider ? interrogea Lianna d'un ton résolu.
Shelby se sentit soulagée – du moins momentanément.
— Je suis confuse, mais Rob m'a suggéré de faire appel à vous. Je veux partir immédiatement là-bas, à Saint-Thomas. La police côtière recherche ma fille, et je veux être sur place. Mais mon petit-fils...
— Vous gardez Jeremy.
— Oui, je suis avec lui au domicile de ses parents.
Lianna n'eut pas une hésitation.

— Amenez-le chez nous. Nous veillerons sur lui.

Voilà qui retirait une sacrée épine du pied de Shelby.

— Oh, ce serait formidable…

— Pas de problème. Molly sera ravie d'avoir son frère ici. Vous savez où nous habitons ?

Avant que Shelby ait pu répliquer, Lianna lui donnait l'adresse et le plus court chemin pour y parvenir.

Shelby contacta les compagnies aériennes, la navette de l'aéroport, et refit ses bagages, regrettant de n'avoir pas de vêtements légers – tant pis, elle n'avait pas le temps de repasser chez elle. Au dernier moment, cependant, elle gagna la chambre de Chloe. Elle ne voulait pas fouiller dans les affaires de sa fille, mais elle avait quand même besoin de quelques T-shirts pour supporter la chaleur des Caraïbes. Elle ouvrit directement le deuxième tiroir de la commode. Chez elle, c'était dans le deuxième tiroir qu'elle rangeait ses T-shirts, et elle était certaine que Chloe faisait de même. Le parfum léger du shampoing de sa fille, de son lait corporel faillit lui arracher un gémissement de souffrance. Serrant les dents – dans l'immédiat, elle ne pouvait pas se permettre de flancher –, elle sélectionna deux T-shirts parmi les moins moulants, qui à première vue semblaient à sa taille. Puis elle referma le tiroir, sortit de la chambre et descendit au rez-de-chaussée.

Dans la buanderie, elle prit des habits de Jeremy qu'elle avait lavés et pliés, les mit dans un sac avec quelques jouets, remplit une poche en plastique de ses friandises préférées. Elle allait vite, elle se concentrait pour tenter de ne pas penser à l'avenir. Elle attendit le dernier instant pour remonter à l'étage et réveiller son petit-fils.

— Jeremy, murmura-t-elle. Allez, mon ange, il faut se lever.

— Nan, protesta-t-il.

— Si, allez. Debout, Jeremy.

Il fronça le sourcil, cligna les yeux.

— Pourquoi ?

— Tu vas rester chez Molly quelques jours, dit-elle d'un ton joyeux, comme s'il s'agissait d'une merveilleuse aventure.

Sa frimousse s'éclaira brièvement, puis il se rembrunit.

— Toi aussi, tu viens chez Molly ?

Shelby hésita.

— Non, mon ange, je ne peux pas.

— Pourquoi ? Non... je veux être avec toi, Shep.

Elle le prit dans ses bras, l'étreignit.

— Moi aussi, je veux être avec toi, dit-elle posément. Mais je dois partir.

— Pourquoi ? demanda-t-il, cette fois avec colère.

Elle avait décidé, tandis qu'elle lui préparait ses affaires, de ne pas lui expliquer ce qui était arrivé. Non, elle ne lui dirait pas que sa maman avait disparu. Comment le lui faire comprendre, alors qu'elle-même ne comprenait pas ? En outre, c'était trop tôt. Inutile. Il s'avérerait peut-être qu'il s'agissait d'un horrible malentendu.

— Ta maman et ton papa ont besoin de mon aide, alors je pars les aider. Et toi aussi, tu dois les aider en allant chez Molly et en étant bien sage. Tu peux faire ça ?

— Nan, protesta-t-il.

— S'il te plaît. Pour Shep.

Il fit la moue, croisa ses bras potelés sur sa poitrine.

— Jeremy, s'il te plaît. Je suis très embêtée. Tu es le seul qui puisse me donner un coup de main.

L'argument l'ébranla.

— Bon... d'accord, grommela-t-il.

— Bravo, tu es un grand garçon. Et maintenant, vite, on s'habille. Molly nous attend.

De fait, c'était la pure vérité. Lorsque Shelby atteignit l'imposante demeure en pierre dans l'élégant et verdoyant Gladwyne, elle vit Molly derrière la porte vitrée, en pantalon de survêtement avachi, T-shirt à l'effigie des Jonas Brothers et lunettes à monture violette, qui scrutait anxieusement l'allée. Ses longs cheveux bruns étaient tirés en queue-de-cheval, et sa face lunaire criblée de boutons d'acné. Dès qu'elle les aperçut, elle pivota pour crier quelque chose, puis ouvrit la porte et dévala les marches du perron. Elle portait de gros chaussons en fourrure verte qui lui donnaient l'allure d'un clown.

Shelby se gara, souleva Jeremy, qui s'était rendormi, de son siège. Elle le tint contre sa poitrine, il était chaud, son petit corps s'abandonnait. La jeune adolescente s'approcha.

— Molly ?

Elle opina ; avec précaution, Shelby déposa Jeremy dans les bras en berceau de sa sœur. Un couple apparut sur le seuil. Shelby reconnut aussitôt Lianna, Chloé la lui avait souvent décrite : une belle femme, mince, aux traits délicats, aux cheveux noirs et aux immenses yeux couleur d'encre. Pieds nus, elle s'était enveloppée dans un peignoir qui paraissait confortable. L'inquiétude et l'empathie se lisaient dans son regard. Derrière elle se tenait Harris Janssen, le neurologue qui l'avait chipée à Rob. Lui ne correspondait pas du tout à ce qu'attendait Shelby. Rob étant très beau, elle s'était imaginé son rival comme un don Juan doté d'un physique de star de cinéma. Or Harris était trapu, pas très grand. La calvitie le guettait, il avait une figure toute ronde et les dents de la chance. Il était en tenue de week-end, décontractée : large pantalon en velours côtelé et pull jaune pâle. C'était a priori le genre d'homme que les femmes choisissent comme ami et confident, il n'avait pas le profil d'un amant. Mais bien sûr, songea Shelby, il était médecin, une situation qui constituait une sérieuse arme de séduction. En outre, Chloe le disait toujours à l'époque où elle travaillait pour lui, le Dr Janssen était la bonté même. On le connaissait pour ses activités bénévoles et, selon Chloe, il acceptait fréquemment de traiter des patients n'ayant aucune couverture sociale.

Harris fut le premier à lui tendre la main.

— Vous êtes sans doute la mère de Chloe. Quelle fille adorable.

— Oui, merci. Elle m'a souvent parlé de vous.

Lianna prit le sac de vêtements et de jouets que Shelby sortait de la voiture.

— Je vous ai aussi emballé les friandises qu'il préfère. Je suis certaine d'avoir oublié des choses, mais s'il vous manque quoi que ce soit…

— Molly a la clé de la maison, dit Lianna. Nous nous débrouillerons.

— Donnez-moi ça, dit Harris en saisissant le sac en plastique.

— Je ne sais comment vous remercier. Rob ne voulait pas que je vienne, mais il faut que je sois là-bas.

— Naturellement, dit Lianna en lui étreignant brièvement la main – Shelby fut émue par ce geste, son regard chaleureux. Je réagirais comme vous s'il s'agissait de Molly. Ne vous inquiétez pas pour Jeremy. Nous prendrons soin de lui. Tenez-nous au courant… Je suis sûre que tout ira bien.

Shelby se mordit les lèvres, ravalant ses larmes.

— Voulez-vous que je vous accompagne à l'aéroport ? proposa Harris.

— J'ai commandé un taxi, il passera me chercher à la maison dans une demi-heure. Je suis trop nerveuse pour conduire.

— Ça ne me dérange pas de vous emmener, insista-t-il.

— Non, je me suis organisée. Mais… merci infiniment.

— Ne vous faites aucun souci pour Jeremy, dit Lianna.

Shelby acquiesça, se tourna vers Molly qui tenait toujours Jeremy.

— Il pèse une tonne, dit l'adolescente, puis elle hocha la tête. Mais je m'en occupe.

— Merci, Molly.

Shelby se pencha sur son petit-fils endormi, huma son odeur, l'embrassa. Avant de l'inonder de ses pleurs, elle rejoignit la voiture sous le regard de la famille, leur abandonnant enfant et paquets.

4

Shelby étudia le panneau d'affichage puis, d'un pas pressé, se dirigea vers les portiques de sécurité. Tandis qu'elle faisait patiemment la queue, elle se félicita d'avoir pris l'habitude, grâce à son métier, de ne jamais se séparer de son passeport. Elle prenait si souvent l'avion dans cet aéroport pour des voyages d'affaires que son passeport était en permanence rangé dans un compartiment spécial, zippé, de son sac besace en cuir. Elle le présenta, avec la carte d'embarquement imprimée sur l'imprimante de Rob, et franchit le barrage des agents de sécurité qui semblaient s'ennuyer ferme. Elle se rechaussa et mit le cap vers son hall d'embarquement. Il y avait là une foule de passagers, jeunes et vieux, en jean, chaussures de sport ou sandales, qui parlaient avec une joyeuse excitation de leurs vacances.

Shelby s'approcha du stand de journaux. Elle s'attendait presque à voir la photo de Chloe à la une, accompagnée de gros titres annonçant sa disparition, son plongeon par-dessus bord. Mais non, il n'y avait pas de photos de Chloe. Shelby acheta deux quotidiens et alla s'asseoir à bonne distance des autres passagers. D'un doigt nerveux, elle feuilleta les journaux. Rien.

Pourquoi ? Les journalistes n'étaient pas encore au courant ? Non, absurde. L'information, sur Internet, était diffusée en temps réel. Peut-être le journal avait-il été mis sous presse avant la disparition de Chloe. Pour se rassurer, en quelque sorte, elle leva les yeux vers le téléviseur, en hauteur, réglé sur CNN. S'il y avait du nouveau, CNN s'en ferait l'écho. Elle fixa l'écran, les sujets s'enchaînaient... toujours rien sur sa fille disparue. À présent, l'info aurait dû être reprise par CNN. Shelby était indignée, pour Chloe, pour elle-même. Révoltée que les médias soient si indifférents à sa disparition. À moins que... et si cela signifiait que tout allait bien ? Oui, cela signifiait peut-être qu'on l'avait retrouvée.

Le préposé de la compagnie aérienne annonça l'embarquement, Shelby se leva et se mêla à la file des voyageurs qui, lentement, avançait le long de la passerelle. Une fois à bord, elle s'installa à sa place et se mit à compter les minutes. Sa voisine essaya de lier conversation, mais Shelby eut tôt fait de la décourager en ne répondant que par monosyllabes.

Le voyage se déroula sans encombre, pourtant ce fut pour Shelby l'une des journées les plus atroces de son existence. Un millier de fois elle faillit téléphoner à Rob et résista à la tentation. Après l'atterrissage à Saint-Thomas, elle l'appela sur son mobile ; il lui suggéra de venir en taxi au poste de police. Comme elle le questionnait sur les recherches, il l'interrompit :

— Nous en parlerons quand vous serez là.

Sur quoi, il raccrocha.

Son portable serré dans sa main, au cas où Rob la

contacterait, elle se fraya un chemin dans l'aéroport bondé. Elle devait rassembler toutes ses forces, simplement pour aller de l'avant. Elle sortit du terminal climatisé et fut littéralement agressée par l'atmosphère suffocante, tropicale, des Caraïbes. Le ciel était plutôt sombre, l'air humide comme à l'approche de la pluie. Shelby se faufila jusqu'à la station de taxis, où une grosse femme noire en blouse lavande, les cheveux huilés et plaqués sur le crâne, endiguait le flot de clients. Considérant le modeste bagage de Shelby, elle désigna, impassible, une voiture.

— Quel hôtel ? demanda-t-elle avec un accent chantant, tout en consultant ses documents pour voir qui elle pouvait caser dans le véhicule avec Shelby.

Celle-ci se rendit compte qu'elle n'avait même pas pensé à un hôtel, un endroit où dormir, car elle ne s'imaginait pas dormant – pas avant qu'on retrouve Chloe.

La femme la lorgnait avec impatience. Shelby éprouva soudain l'impérieux besoin de se confier à quelqu'un.

— Ma fille a disparu, déclara-t-elle, les larmes aux yeux.

Son interlocutrice se radoucit.

— Où allez-vous, madame ?
— Au poste de police.

La voix de Shelby était sourde, mais la femme la comprit. Elle la dévisagea, le sourcil froncé, secouant la tête. Puis elle héla un chauffeur auquel elle parla. L'homme, avec douceur, débarrassa Shelby de son sac qu'il rangea dans le coffre de son taxi. Shelby s'assit à l'arrière de la voiture, et le chauffeur démarra sans un mot. Il avait allumé la radio, il écoutait une chaîne chrétienne dont le prêcheur exhortait les auditeurs à vouer leur existence à Dieu.

On roulait au pas, mais le chauffeur coupait par d'étroites ruelles pour éviter la route desservant le port. Shelby aperçut au passage plusieurs énormes paquebots de croisière amarrés là. Son cœur se pétrifia. Sur lequel de ces navires avaient-ils voyagé ? Lequel de ces géants avait-il emporté Chloe ? Les gens à bord semblaient de la taille de fourmis, et la coque, des ponts jusqu'aux eaux turquoise, plus escarpée qu'un glacier.

Le taxi monta à l'assaut d'une colline, Shelby ne vit plus les bateaux du port et en fut soulagée. Les rues étaient belles et pittoresques, bordées de bâtiments colorés aux volets clos, de palmiers et d'une profusion de fleurs. Un paradis tropical et raffiné que le chauffeur quitta bientôt pour redescendre vers la route du port et stopper devant un immeuble moderne, en béton chamois et saumon, pourvu d'une multitude de fenêtres scellées. Hommes et femmes à la peau noire, en costume ou tailleur, policiers en uniforme impeccable allaient et venaient.

— C'est là, madame, dit-il avec un fort accent. Le palais de justice à droite, le poste de police à gauche. En haut de ces marches, là.

Pendant que Shelby réglait la course, il s'extirpa de son siège et sortit le sac du coffre. Il le tendit à Shelby d'un air grave.

— Je suis très triste de ce qui vous arrive, madame. Je prierai pour vous.

Elle fut d'abord stupéfaite, se demandant comment il savait, puis elle se souvint de la femme à l'aéroport, qui avait dû le lui dire. Elle aurait voulu le remercier de sa gentillesse, mais les mots se bloquèrent dans sa gorge. Elle hocha la tête, serrant les lèvres pour ne pas fondre en larmes. Il remonta dans son taxi et démarra. Alors, les jambes flageolantes, son sac en bandoulière, elle monta les marches menant au poste de police.

Une réceptionniste se leva, sitôt que Shelby eut décliné son identité, et l'entraîna, par un couloir encombré, jusqu'à une porte close à l'arrière du bâtiment. Là, assis à un bureau, un homme robuste jouait les cerbères.

— Voici la mère de la jeune femme disparue..., lui dit la réceptionniste.

Aussitôt la mine sévère du gardien se radoucit. Il se redressa.

— Venez, madame.

Cramponnée à son sac de voyage, Shelby le suivit et franchit la porte. Si elle avait douté du sérieux des investigations, le spectacle de la salle où elle pénétra l'aurait rassurée, et terrifiée à la fois. Des dizaines d'officiers de police et d'hommes en civil discutaient autour de bureaux, devant des cartes et des tableaux muraux, des tables lumineuses verticales.

Celles-ci offraient une vision particulièrement dévastatrice. On y avait affiché des photos agrandies de Chloe dans sa robe d'été jaune, des clichés manifestement pris à bord du paquebot par un professionnel. Chloe avait le teint hâlé, ses longs cheveux ébouriffés par le vent. Devant ces images de sa fille, Shelby pressa les deux mains sur sa bouche pour étouffer un cri. On avait enlevé des photos le compagnon de Chloe, on l'avait découpé, il ne restait de Rob que sa main sur l'épaule de la jeune femme, l'alliance à son doigt.

— Shelby.

Elle sursauta, se retourna et découvrit son gendre. Il était grisâtre sous les néons, une barbe naissante lui mangeait les joues. Ses grands yeux clairs étaient ternis par l'épuisement, rougis par les larmes. Il posa un gobelet de café sur un bureau.

— Rob ! s'exclama-t-elle.

Elle posa la seule question qui comptait pour elle, mais devina la réponse avant même qu'il n'ouvre la bouche.

— Rien, murmura-t-il – soudain, son menton trembla, son regard se mouilla. Je suis désolé.

Il ébaucha le geste de l'étreindre, mais Shelby recula, très raide.

— Je suis tellement désolé, balbutia-t-il d'un ton désespéré. J'aurais dû être avec elle.

L'expression affligée de Rob, brusquement, mit Shelby en rage.

— Cela n'explique rien, articula-t-elle. Comment serait-elle tombée à la mer ? Enfin, Rob, ça ne se produit pas comme ça.

— Notre cabine avait un balcon.

Shelby se remémora la brochure, se souvint d'avoir choisi pour eux la plus belle cabine. Elle les imaginait prenant leur petit déjeuner sur le balcon. Contemplant de leur petit pont privé le soleil couchant.

— Ils pensent qu'elle est tombée du balcon. Ils ont trouvé sa sandale sur le vélum en dessous.

Shelby ne pouvait plus respirer. Elle sut instantanément que l'image de cette sandale, perdue pendant la chute, la hanterait jusqu'à la fin de ses jours.

— Vous devriez vous asseoir, lui dit Rob.

Un quinquagénaire à la peau sombre, en chemisette d'uniforme, les rejoignit.

— C'est la mère de votre femme ?

— Oui, répondit Rob. Elle vient d'arriver. Shelby, je vous présente le chef de la police de Saint-Thomas, M. Giroux. Voici ma belle-mère, Shelby Sloan.

— Enchanté... Madame Sloan, j'aimerais m'entretenir avec vous, dans mon bureau.

— Je vous suis ? demanda Rob.

— Non. Pourquoi ne pas nous attendre là ?

C'était un ordre, pas une suggestion. Le chef de la police guida Shelby en la tenant par le bras, comme si elle était aveugle. Ils entrèrent dans un grand bureau ensoleillé où deux autres hommes, assis, parlaient à voix basse. Des plantes tropicales aux feuilles luisantes s'alignaient sur la tablette de la fenêtre, une collection de diplômes et de récompenses honorifiques ornait les murs. Les deux types se redressèrent à l'entrée de Shelby.

— Madame Sloan, je vous présente M. Warren DeWitt du FBI, et le capitaine Fredericks qui commande le navire.

Le capitaine Fredericks ôta son couvre-chef qu'il tritura nerveusement entre ses doigts et salua Shelby d'un hochement de tête. L'agent DeWitt lui serra la main. En proie à un subit étourdissement, elle se retint au dossier d'un fauteuil.

— Je vous en prie, madame Sloan, asseyez-vous, lui dit Giroux.

Elle s'exécuta, avec précaution. Giroux se pencha et, gentiment :

— On peut vous apporter quelque chose à boire ? Vous êtes en état de choc, vous avez fait un long voyage... Une boisson chaude ? Du thé, peut-être ? Ou un rafraîchissement ?

— Non, ça va, souffla-t-elle.

L'agent du FBI et le capitaine, qui ne cessait de tripoter la visière de sa casquette, se rassirent. Shelby fixa son regard sur l'agent DeWitt, un barbu musculeux, en veston et cravate.

— Pourquoi le FBI ? demanda-t-elle d'une voix ténue.

— C'est la procédure normale, madame Sloan. Saint-Thomas est sous notre juridiction, puisque l'île est un territoire américain. Le capitaine Fredericks a contacté le chef de la police, M. Giroux, lorsqu'il s'est avéré que votre fille n'était plus à bord du navire. Ensuite Giroux a demandé l'aide du Bureau ainsi que de la police côtière.

Shelby le regardait toujours fixement. Elle avait les lèvres sèches – du carton – et toutes les peines du monde à s'exprimer de façon audible.

— Je ne comprends pas. Il y a eu... crime ?

— Nous l'ignorons, répondit l'agent DeWitt. C'était plus probablement un accident.

— Vous parlez comme si elle était... comme si Chloe était...

Elle ne put se résoudre à achever sa phrase.

— Les recherches se poursuivent, intervint Giroux avec sollicitude.

Shelby s'accrocha à ce terme « recherches » comme à une bouée de sauvetage.

— Oui, les recherches...

Elle tourna un regard plein d'espoir vers le capitaine Fredericks, un homme maigre, tanné par le soleil, aux cheveux du même blanc que son uniforme. Il cilla quand il croisa le regard de Shelby, toussota.

— La police côtière, expliqua-t-il, a envoyé sur les lieux un Falcon HU-25, un hélicoptère Dauphin et deux patrouilleurs. Ils cherchent votre fille depuis que j'ai prévenu les autorités de sa disparition.

— En outre, renchérit Giroux, nous avons beaucoup de pêcheurs et de plaisanciers locaux qui nous prêtent main-forte.

— Ça fait combien de temps ? murmura Shelby.

L'agent DeWitt, les sourcils froncés, jeta un coup d'œil au capitaine.

— Eh bien, nous avons été alertés ce matin vers cinq heures trente.

— C'est l'heure à laquelle mon gendre m'a téléphoné.

— Mais nous présumons, en fonction des éléments dont nous disposons maintenant, qu'elle est tombée entre vingt-trois heures et minuit, ajouta DeWitt.

Ce fut comme un coup de poing ; Shelby ravala une exclamation, ses interlocuteurs échangèrent un regard sombre. Warren DeWitt se racla la gorge.

— D'après les déclarations de votre gendre, il a regagné la cabine aux alentours de minuit. Quand il s'est aperçu que votre fille n'était pas là, il est ressorti la chercher. Il a alors demandé de l'aide à un steward. Ensuite, comme ils ne la trouvaient pas, ils se sont adressés au capitaine. Le capitaine Fredericks a ordonné de fouiller le navire.

— Vous avez fait demi-tour, pour essayer de la trouver ? demanda Shelby au capitaine.

Il acquiesça.

— Quand nous avons eu fouillé tout le navire, oui, nous avons effectivement fait demi-tour.

Il fallut un moment à Shelby pour mesurer la portée de ces propos.

— Quand vous avez eu fouillé le navire ? Combien de temps cela vous a pris ?

Le capitaine tapotait sa casquette d'un geste anxieux.

— Trois heures environ ont été nécessaires.

Shelby le dévisagea, pressant de nouveau les mains sur sa bouche.

— Vous avez laissé ma fille toute seule en pleine mer et vous avez continué ? finit-elle par articuler. Pendant trois heures ?

Le capitaine ne broncha pas.

— Nous ne faisons jamais demi-tour quand un passager est porté disparu, à moins qu'on ne l'ait vu tomber à l'eau. C'est impossible, nous ne serions plus en mesure de respecter notre feuille de route. Ces navires sont gigantesques, il arrive souvent qu'une personne soit portée disparue alors qu'elle est à bord. C'est la politique de la compagnie.

La situation était désespérée, Shelby ploya sous l'évidence. Chloe était introuvable depuis la veille. Seule dans la mer infinie, et même dans ces eaux chaudes… Une pensée lui tordit brutalement l'estomac.

— Il y a des requins… ?

Les yeux de Fredericks papillotèrent.

— La police côtière continue ses recherches. Ils la retrouveront peut-être, ce n'est pas inenvisageable. Je suis vraiment désolé.

— Désolé ? s'écria-t-elle. Ça ne me suffit pas.

— Madame Sloan, intervint l'agent DeWitt, le chef

Giroux a eu l'amabilité de mettre un bureau à ma disposition. J'ai plusieurs questions à vous poser. Pouvez-vous me suivre, s'il vous plaît ?

Shelby hésita, dévisageant tour à tour le capitaine et l'agent du FBI. Tous deux affichaient la même impassibilité.

— Qu'est-ce qu'il va faire ? demanda-t-elle à Giroux, sans cesser d'étudier le capitaine.

— Je dois m'entretenir avec la direction, dit Fredericks. Ils veulent que je les tienne informés.

— Madame Sloan ? insista DeWitt. Vous venez, je vous prie ?

— Bon, d'accord, marmonna-t-elle.

— C'est à côté, dans le couloir. Nous pourrons parler en tête à tête. Si cela ne vous ennuie pas.

— D'accord.

Elle se leva et sortit avec l'agent du FBI dans un large couloir où s'alignaient, sur la droite, des box vitrés. Il y avait là une foule de gens, assis par terre sur la moquette ou appuyés contre le mur. Manifestement des Américains, à en juger par leur tenue décontractée. La plupart, hommes et femmes, étaient bronzés, en short, avec sac banane à la taille, chapeau et lunettes de soleil. D'autres, pareillement vêtus, étaient déjà dans les box, face à des policiers. Shelby jeta un regard à DeWitt.

— Le chef Giroux et ses hommes interrogent encore les passagers du paquebot, déclara-t-il, répondant à la question muette de Shelby. Ainsi que les membres de l'équipage. Au cas où quelqu'un saurait ou aurait vu quelque chose.

Hochant la tête, Shelby le suivit dans un petit

bureau au décor dépouillé. Il ferma la porte et, soudain, le silence les enveloppa.

L'agent s'assit à la table, vis-à-vis de Shelby, joignit les mains.

— Je sais que c'est très pénible. Je comprendrais que cela vous soit intolérable, mais votre coopération nous est véritablement indispensable.

— Je ferai de mon mieux.

— Parfait. Bien... Avez-vous parlé à votre fille durant ces derniers jours ? Vous a-t-elle téléphoné ?

— Oui... deux ou trois fois. Elle a un fils. Il a quatre ans. Jeremy, balbutia Shelby. Elle ne l'avait encore jamais quitté. Elle aimait bien entendre sa voix.

— Dans quel état vous a-t-elle paru être ?

Shelby ferma les paupières, fouillant sa mémoire.

— Elle paraissait... normale.

— Joyeuse ? Elle passait de bonnes vacances ?

Shelby rouvrit les paupières, le regarda fixement.

— Vous pensez que ma fille est... morte ?

L'agent du FBI ne se laisserait pas entraîner sur ce terrain.

— Les recherches se poursuivent.

— Combien de temps peut-on survivre dans l'eau, sous ces latitudes ? questionna-t-elle, pressant ses paumes sur la table.

— Je ne suis pas expert dans ce domaine. Interrogez plutôt quelqu'un de l'équipage.

— Je voudrais le faire maintenant, tout de suite.

— Quand nous aurons terminé, répliqua DeWitt d'un air obtus. D'abord, revenons à ces communications téléphoniques. Vous dites qu'elle semblait normale...

Les yeux de Shelby s'emplirent de larmes.

— Madame Sloan, vous désirez aider votre fille. Répondre à mes questions est la meilleure manière de lui être utile.

Elle opina, essuya ses yeux d'un revers de main.

— Normale, répéta-t-il. Rien qui sortait de l'ordinaire ?

— Non. Pourquoi ?

— Et son mari ?

— Eh bien quoi ?

— Ils s'entendaient bien ?

— Chloe et Rob ? Oui. Une minute, une petite minute. Pourquoi m'interrogez-vous sur Rob ?

— Je... La question doit être posée.

— Pourquoi ? répéta-t-elle, puis brusquement elle comprit. Oh non. Vous ne croyez pas...

— Nous n'avons aucune raison de suspecter votre gendre. Pour être franc, nous avons des images de vidéosurveillance. Il a bien participé, comme il l'affirme, au Trivial Sport.

— Et alors... ?

— Pour l'instant, nous penchons pour l'hypothèse de l'accident.

— Mais c'est absurde ! Comment peut-on tomber par-dessus bord accidentellement ?

— C'est vite fait, rétorqua DeWitt, sinistre. Pour une personne en état d'ébriété.

Shelby le dévisagea longuement, stupéfaite.

— En état d'ébriété ? Vous voulez dire ivre ? Vous pensez que ma fille était ivre ? ajouta-t-elle avec un petit rire amer.

— Elle ne serait pas la première à...

— Excusez-moi, ce n'est pas drôle, mais vous ne

connaissez pas ma Chloe. C'est une obsédée de la santé. Elle avait peur que, pendant son absence, je gave son fils de bonbons.

L'agent DeWitt soutint son regard sans un mot.

— Je ne dis pas que ma Chloe n'a jamais pris un verre, bredouilla Shelby. Il est possible qu'elle ait bu un verre ou deux. Mais pour tomber par-dessus bord, quelle quantité d'alcool faut-il avoir ingurgitée ?

DeWitt soupira, saisit un document sur une pile devant lui, l'étudia.

— Sans doute beaucoup.

— Évidemment, rétorqua Shelby d'un ton ferme.

— Madame Sloan, êtes-vous consciente que votre fille avait un problème avec l'alcool ?

Shelby en fut sidérée. Une gifle en pleine face.

— Ce n'est pas vrai. Absolument pas !

— Une caméra de vidéosurveillance l'a filmée en train de jouer au bingo, dans la soirée. À un moment, elle s'effondre et tombe de son siège, déclara DeWitt, la mine indéchiffrable.

— Non, railla Shelby. Elle était peut-être malade. Le mal de mer.

— Deux autres couples, qui étaient à la même table de bingo, ont dû l'aider à regagner sa cabine. Elle était incapable de marcher.

— Non, ce n'est pas possible.

Elle essayait de se représenter Chloe... complètement ivre. Mais la seule image qui lui venait était celle de sa mère, ronflant sur le carrelage de la salle de bains, et Shelby qui l'appelait pour la réveiller, qui poussait la porte bloquée, s'acharnait à ouvrir cette maudite porte.

Chloe ? Non… Cela ne lui ressemblait pas.

— Attendez… Ce que vous dites, je ne… non. Être un peu éméchée, sans l'avoir voulu, ça arrive… Ça pourrait arriver à n'importe qui…

L'agent DeWitt soupira, tapotant de l'index les documents.

— J'ai là les déclarations d'un barman du navire. Apparemment, elle lui a commandé sept vodkas.

Shelby se taisait, les yeux écarquillés. DeWitt lissa les papiers.

— Ce n'était pas un incident isolé. Cela s'est reproduit tous les soirs, depuis le début de la croisière.

Shelby se sentit rougir violemment.

— Vous ne saviez pas, dit-il.

5

— Ma Chloe ?
— Vous n'étiez pas au courant de son... problème.
— Son problème ? répéta-t-elle, sidérée, totalement désorientée.
— Elle ne vous en a jamais parlé.
— Non...
Elle s'efforçait, mentalement, de faire coïncider cette information avec l'image immuable qu'elle avait de son enfant. Une fille employée par un médecin, si attentive à sa santé, sa maison si bien rangée, ses méticuleux travaux d'aiguille. Chloe, une alcoolique ? Non. L'alcoolique, c'était la mère de Shelby, celle qui oubliait de mettre une culotte lors d'une fête de quartier et soulevait sa jupe pour se gratter la cuisse. Les gamins qui rigolaient. Se tordaient de rire. Mais pas Chloe. Jamais de la vie. Shelby se plia en deux, il lui semblait avoir reçu un direct au foie.
L'agent DeWitt l'observait patiemment.
— Je ne comprends pas, gémit-elle.
— Vous étiez proche de votre fille ?
Shelby devinait ce qu'il pensait. Qu'elle était la mère la plus lamentable du monde, puisqu'elle ne savait pas.

— Oui, elle était toute ma vie.

— Elle a peut-être voulu vous épargner.

C'était possible, effectivement. Car, quand Shelby la trouvait irritable ou déprimée, Chloe refusait de l'admettre.

— Mais pourquoi ? Pourquoi aurait-elle bu ? Elle était heureuse, protesta-t-elle.

Il haussa les épaules.

— C'est une maladie.

Shelby fixa le vide devant elle, les joues en feu. Combien de fois avait-elle ricané lorsque les gens tentaient de mettre le comportement d'Estelle Winter sur le compte de la maladie ? Shelby avait toujours considéré que c'était un choix. La maladie, on ne pouvait pas y échapper. C'était dans les gènes. Un héritage. Que sa mère avait peut-être transmis à sa petite-fille. Sa mère qui jamais n'avait souhaité son anniversaire à Shelby, parce qu'elle ne se souvenait jamais de la date ; sa mère qui, pour s'acheter une bouteille, dépensait l'argent destiné à payer la cantine de ses gosses. Mais Chloe ne ressemblait pas à sa grand-mère. En aucune manière.

— Vous ne comprenez pas. Ma Chloe a un petit garçon. C'est une maman merveilleuse. Interrogez mon gendre. Jamais elle ne...

— C'est justement votre gendre qui nous a informés.

— Rob ?

DeWitt acquiesça. Shelby plongea son regard paniqué dans les yeux noisette, froids, de l'agent du FBI.

— Que vous a raconté Rob ?

Il secoua la tête, signifiant ainsi qu'il n'irait pas plus loin.

— Vous n'avez qu'à le questionner. De toute façon, nous ne basons pas nos conclusions uniquement sur ses déclarations. Je vous le répète, nous avons les dépositions de plusieurs personnes qui l'ont vue boire énormément durant la croisière. Nous devons donc, selon moi, partir de l'hypothèse que ses capacités diminuées ont provoqué sa... chute. Elle était ivre, peut-être une fois seule dans la cabine a-t-elle été désorientée. Elle n'avait plus de discernement. Nous présumons qu'elle est sortie sur le balcon, s'est penchée par-dessus la balustrade et a basculé. Nous interrogeons toujours les passagers, dans l'espoir de trouver un témoin oculaire. Cependant, même sans témoin, c'est vraisemblablement ainsi que les choses se sont passées.

Lentement, Shelby se mit debout.

— Il faut que je parle à mon gendre.

— J'ai encore quelques questions...

— Non, coupa-t-elle, levant la main pour lui intimer de ne pas bouger. Non, je ne peux pas.

Elle quitta la pièce. Le couloir grouillait toujours de monde.

— Hé ! rouspéta un type bedonnant, couvert de coups de soleil, en T-shirt, long short de basket et sandales, un bob en madras sur la tête. On va être bloqués ici combien de temps ?

— Nous faisons aussi vite que possible, déclara l'agent DeWitt. Merci à tous pour votre patience.

— J'suis en vacances, moi ! tonna le bonhomme. On veut remonter à bord du paquebot et continuer.

Certains passagers acquiescèrent, ronchonnant dans leur barbe, d'autres essayèrent de faire taire le type furibond. Cramoisie, Shelby baissa le nez, des larmes brûlantes plein les yeux, et commença à s'éloigner.

— Hé, qu'est-ce qu'il vous a demandé ? lui lança le type en T-shirt.

— Ils recherchent un témoin, chevrota Shelby sans oser soutenir son regard exaspéré.

— Écoutez, vous autres ! dit-il d'une voix tonitruante. Si quelqu'un a vu cette nana tomber à la flotte, rendez-nous service : crachez le morceau, OK ? Qu'on puisse foutre le camp d'ici.

Cette fois, Shelby le regarda droit dans les yeux.

— Cette nana est ma fille.

Le râleur tressaillit ; il rougit, gêné, sans pour autant perdre sa mine revêche.

— Désolé, marmonna-t-il.

Shelby se détourna. Les gens dans le couloir bondé s'écartèrent pour la laisser passer. Tous la considéraient d'un air circonspect.

Shelby s'éloignait quand, lui touchant le bras, une femme l'arrêta. Sèche comme une brindille, elle avait des cheveux bruns et ternes, des yeux rayonnant de bonté. Elle portait un corsage à ramages, une jupe évasée bleu clair et des tennis immaculées. Un homme en chemisette à carreaux, qui aurait pu être son jumeau, se tenait près d'elle et regardait Shelby avec sollicitude.

— Vous êtes la maman de Chloe ? demanda la femme.

Entendre le nom de sa fille dans la bouche d'une inconnue fut un choc pour Shelby qui opina, essuyant ses larmes.

— Ne faites pas attention à ce monsieur. Certains

individus devraient avoir honte. La situation est dramatique. Ils ne comprennent donc pas que c'est grave ?

— Et comment, approuva son compagnon.

— Je m'appelle Virgie Mathers, et voici mon mari, Don. Nous participons à cette croisière parce que nous fêtons notre cinquantième anniversaire de mariage. Nous avons joué au bingo avec votre fille. Elle était vraiment charmante. Tellement douce. Elle nous a parlé de son fils. Et de ses travaux d'aiguille. N'est-ce pas, Peg ? Peggy et Bud étaient là, eux aussi.

La vieille dame désigna un homme d'âge mûr, robuste, au crâne déplumé. Une femme dodue, à l'expression gentille, se cramponnait à son bras et s'appuyait sur une canne. Elle hocha vigoureusement la tête.

— Une fille adorable. Elle s'amusait un peu, voilà tout.

Bud haussa les sourcils.

— Elle était sacrément imbibée.

— Veux-tu bien te taire, Bud. Tu n'en sais rien. Elle a pu avoir un malaise. Toi aussi, tu as eu le mal de mer sur ce paquebot.

— Ça oui, admit-il.

— C'est donc vous qui avez essayé de l'aider ? demanda Shelby.

Don Mathers, courtoisement, balaya d'un geste la question.

— Nous n'avons pas fait grand-chose. Juste la raccompagner à sa cabine. Elle nous a répété qu'elle était désolée, pourtant il n'y avait pas de quoi. Nous étions très contents de l'aider.

— Absolument, acquiesça son épouse.

— Quelle horreur, quand même, dit Peggy. Une si

jeune femme. Avec un mari et un enfant. Elle avait la vie devant elle.

— Affreux, renchérit son mari, Bud, d'un ton solennel.

Malgré son âge et son handicap, Peggy avait les joues roses, pas une ride.

— Pauvre petite, murmura-t-elle avec douceur.

L'espace d'un instant, l'idée que ces gens étaient les derniers que Chloe ait vus en ce monde réconforta Shelby. Virgie referma ses doigts froids et osseux sur sa main.

— Allons, il ne faut pas renoncer, pas encore. Peut-être qu'on la retrouvera. J'ai lu quelque part que des gens ont survécu dans des circonstances identiques. Don était dans la marine, il est bien placé pour en parler. Ce n'est pas vrai, Don ?

Celui-ci grimaça.

— Je ne sais pas, je...

— Madame et monsieur Ridley ! l'interrompit l'agent DeWitt, désignant Bud et Peg.

— Il veut nous parler, dit anxieusement Bud. On ferait mieux d'y aller.

— Je suis navrée, balbutia Shelby.

— Oh, Seigneur, ne vous excusez pas, rétorqua Peg. C'est nous qui sommes désolés.

Les autres acquiescèrent dans un murmure. Ils étaient si gentils que Shelby en eut de nouveau les larmes aux yeux. Néanmoins leur récit, quoique édulcoré, de la dernière soirée de Chloe à bord du navire lui avait broyé le cœur.

— Merci, dit-elle aux Ridley – Bud dégageait le passage pour sa femme qui, appuyée sur sa canne, traînait la jambe.

— Nous prierons pour Chloe, lui répondit Peggy.

Virgie tapota le bras de Shelby.

— Et nous prierons aussi pour vous.

— Absolument, renchérit Don – son regard reflétait une pitié si sincère que Shelby tourna la tête.

— Merci, bredouilla-t-elle.

Baissant le nez, elle s'éloigna d'eux à grands pas. Elle fut interceptée par Giroux alors qu'elle regagnait le QG des opérations.

— Je veux parler à mon gendre, lui déclara-t-elle.

— Dans l'immédiat, ce ne sera pas possible. On est en train de l'interroger.

Shelby jeta un regard circulaire.

— J'attendrai. J'ai simplement besoin de m'asseoir.

— Madame Sloan, pardonnez-moi de vous le dire, mais vous paraissez exténuée.

— Je vais bien.

— Et vous n'avez sans doute rien avalé, insista Giroux. Nous avons réservé des chambres pour vous et votre gendre, dans un petit hôtel de la ville. Vous pourrez y dîner et prendre un peu de repos.

— Non, je vais bien, s'obstina-t-elle, les larmes roulant sur ses joues. Je préfère rester ici.

— Je vous contacterai s'il y a du nouveau, dit-il avec fermeté. Je vous le promets. S'il y a quoi que ce soit, je vous téléphone. L'hôtel n'est qu'à cinq minutes d'ici.

Shelby était réduite à l'impuissance. Fallait-il donc qu'elle s'en aille ? Pouvait-il l'obliger à s'en aller ? Dans cette île inconnue, exotique, elle ignorait les règles. Elle implora son secours de la seule manière concevable pour elle.

— C'est ma fille...

Giroux lui prit la main, l'étreignit brièvement. Ses doigts étaient chauds, et Shelby se rendit compte qu'elle-même était glacée. Elle eut un étourdissement, craignit de s'évanouir. Pour ne pas chanceler, elle s'accrocha au poignet de l'homme.

— Je comprends, lui dit-il. J'ai moi aussi une fille, madame. Croyez-moi, il n'est pas nécessaire de rester ici pour me rappeler la gravité de la situation. Je ferai le maximum pour votre fille. Mais, dans l'immédiat, vous devriez partir.

Sans lui laisser la possibilité de protester encore, Giroux fit signe à l'un de ses subordonnés, un jeune homme au teint clair et aux yeux vert d'eau.

— Darrell, conduisez Mme Sloan à La Maison sur la Mer. Christophe l'y attend.

Il se retourna vers Shelby.

— Quand nous en aurons terminé avec votre gendre, je vous l'enverrai. Je vous verrai tous les deux demain matin. À la première heure. Maintenant, Darrell va vous emmener à l'hôtel. Allez-y, cela vaut mieux.

Le jeune policier acquiesça d'un hochement de tête et indiqua d'un geste la sortie.

Engourdie, Shelby saisit son sac et suivit son guide.

6

Sur la banquette arrière de la voiture de patrouille, Shelby regardait par la vitre. Le jeune policier ne roulait pas vite, saluait ou hélait des gens au passage. Le soir était tombé, pourtant le soleil s'attardait à l'horizon ; la mer était argentée, le ciel zébré de violet et de sanguine, en équilibre sur les noires collines basses qui cernaient le port. Dans les rues assombries, entre les hauts troncs gracieux des palmiers, on apercevait d'élégantes boutiques aux grilles en fer forgé, des restaurants chatoyants de lumières et qui côtoyaient de modestes cottages couleur pain d'épice.

Darrell s'arrêta devant une maison en bois dont le rez-de-chaussée était occupé par un café et les étages ceinturés de balcons aux balustrades blanches ornées de jardinières débordant d'éclatantes fleurs exotiques. Une enseigne au-dessus du café annonçait : La Maison sur la Mer. Darrell descendit du véhicule et sortit le sac de Shelby du coffre.

— Nous y sommes, lui dit-il en lui ouvrant la portière.

Un homme grand, au teint moka, qui portait des dreadlocks, vint saluer Darrell. Il avait une large figure, des traits réguliers et des touches de gris à la racine de ses cheveux.

— Christophe, voici Mme Sloan.

Le sourire du dénommé Christophe reflétait tant de gentillesse et de sollicitude que Shelby dut détourner les yeux pour ne pas éclater en sanglots.

— Votre chambre est prête, dit-il d'une voix chantante.

— Merci, murmura-t-elle.

Elle remercia également le policier, puis empoigna son sac et suivit son hôte dans le hall de l'hôtel où régnait une agréable fraîcheur.

Christophe montra du menton les portes du café.

— Nous avons un restaurant, si vous avez faim.

— Je suis incapable d'avaler la moindre bouchée.

— Comme vous voulez.

Il passa derrière le comptoir de la réception, lui tendit une clé.

— Deuxième étage, chambre 204. Je vous monte votre sac ?

Elle refusa d'un geste, prit la clé.

— Si vous avez besoin de quoi que ce soit...

Shelby, hochant la tête, se dirigea vers l'escalier faiblement éclairé menant à l'étage.

La chambre était monacale, grossièrement badigeonnée de jaune tournesol. Un quilt d'inspiration provençale, rouge et moutarde, recouvrait le lit étroit flanqué d'une table de chevet sur laquelle était posée une lampe au pied en céramique. De l'autre côté de la pièce se groupaient une petite commode, un bureau peu solide et un fauteuil où Shelby abandonna son sac. Une fleur fraîche s'épanouissait dans un soliflore, sur le bureau. Shelby alluma la lampe et ouvrit la porte-fenêtre qui occupait la majeure partie d'un mur. Un balcon, tout juste assez large pour deux chaises et une minuscule table ronde, dominait la rue éclairée par des réverbères. À travers les feuilles du palmier qui se dressait devant l'hôtel, elle apercevait des flâneurs en bas, qui s'interpellaient, se chamaillaient ou riaient ensemble.

La brise tropicale enveloppait Shelby qui, soudain, regretta de n'avoir pas auprès d'elle quelqu'un sur qui s'appuyer. Elle avait pourtant l'habitude, elle vivait seule depuis que Chloe avait quitté le nid et, dans le fond, appréciait sa solitude. Mais jamais elle ne s'était sentie aussi esseulée que ce soir. Entre les bâtiments, sur le trottoir d'en face, elle voyait les lumières scintillantes du port et, au-delà, l'étendue noire de l'eau. C'était là, quelque part dans cette mer, que sa fille unique s'était égarée.

Des frissons la secouèrent, malgré la tiédeur de la nuit. Elle s'était précipitée ici, mue par la certitude superstitieuse que sa présence sur les lieux sauverait Chloe du danger. C'était certes irrationnel, mais profondément maternel – se croire capable de protéger son enfant à condition d'être près de lui. De nombreuses mères pouvaient témoigner que c'était faux, que le destin frappait implacablement. Peu importait, la croyance persistait. Quoique ne sachant pas piloter un bateau, Shelby brûlait de fuir cette chambre exiguë pour se ruer vers le port. Elle y louerait une embarcation et mettrait le cap au large. Elle s'imaginait à la proue, appelant Chloe à grands cris. Sa voix étoufferait le grondement du moteur et, portée par les alizés, atteindrait le cœur de la mer immense, là où Chloe implorait qu'on vienne à son secours. Oui, Shelby pouvait presque la voir, ballottée par les vagues, se demandant avec colère pourquoi sa mère tardait tellement. Cette image la fit sourire, mais son sourire s'évanouit et l'image s'effaça. Chloe ne l'attendait pas, flottant tel un bouchon, à l'abri des éléments et des créatures marines. Choe avait disparu.

Shelby pivota. Elle ne supportait pas de regarder les lumières de Charlotte Amalie, la capitale de Saint-Thomas. Ce spectacle lui coupait la respiration, elle ressentait physiquement la panique de sa fille. Elle eut un haut-le-cœur en se représentant Chloe tombant par-dessus bord comme une pierre. Malgré ce que tout le monde lui avait dit, elle continuait à penser que, peut-être, Chloe avait survécu à ce plongeon dans la mer. Mais ensuite… quoi ? S'était-elle débattue pour remonter à la surface, ceci pour voir le gigantesque navire, ignorant de son drame et sourd à ses hurlements, poursuivre sa route vers le prochain port ? Terrorisée, désespérée, Chloe avait peut-être discerné les lointaines lumières de ce port, et tenté de nager dans cette direction, pieds nus, avec sa robe jaune et ses longues boucles lui faisant cortège. L'horreur de sa situation lui était-elle apparue alors qu'elle nageait et n'avançait guère, à bout de forces, le cœur lourd ? Était-elle en proie au regret, telle la sirène comprenant trop tard qu'elle a stupidement troqué sa queue de poisson contre un rêve d'amour avec un mortel indifférent ? Cette idée déchira l'âme de Shelby qui, ne pouvant plus contenir son angoisse, laissa échapper un gémissement de douleur et de chagrin.

Soudain, on frappa à la porte. Sa plainte se mua en cri, la peur la submergea.

— Madame Sloan ?

Elle alla ouvrir. L'hôtelier, Christophe, se tenait sur le seuil avec un plateau – un bol de soupe à l'appétissant fumet, un verre de vin et une corbeille de pain.

— Mais je n'ai pas...

— Giroux m'a ordonné de veiller à ce que vous mangiez, déclara-t-il d'un ton ferme.

Sans demander la permission d'entrer, il franchit le seuil et alla poser le plateau sur la petite table du balcon.

— Et voilà. La soupe, ça passe tout seul.

Shelby, perturbée, chercha son porte-monnaie. Elle ne savait pas s'il fallait ou non donner un pourboire à cet homme. Christophe, devinant ce qui la tracassait, ressortit dans le couloir.

— Je vous en prie, acceptez notre hospitalité. Vous traversez des moments épouvantables. Quand vous aurez quelque chose dans l'estomac, peut-être que vous vous sentirez un peu mieux...

L'odeur de la soupe, de fait, réveillait son appétit. Elle inclina la tête.

— Merci. Vous êtes très gentil.

Christophe agita une main négligente.

— Si vous avez besoin de quoi que ce soit, dit-il en redescendant l'escalier, appelez la réception.

Shelby referma sa porte et s'installa sur le balcon, contemplant le plateau, simple et joli. De nouveau, ses yeux s'embuèrent. Une digue s'était brisée, les larmes s'accumulaient, frémissantes, débordant à tout instant. Elle respira à fond, rompit un morceau de pain à la croûte dorée qu'elle trempa dans le bol. Elle le grignota, puis saisit sa cuillère, mangea et but un peu de vin.

De nouveau, on toqua timidement à la porte.

— Shelby, vous êtes là ? demanda une voix familière. C'est Rob. Je peux entrer ?

Elle eut une hésitation avant d'aller ouvrir. Son gendre, blême, mal rasé et les cheveux en bataille, s'appuyait contre le chambranle comme pour ne pas s'effondrer.

— Il y a du nouveau ? interrogea-t-elle.

Il fit non de la tête.

Shelby lui tourna le dos, retourna sur le balcon, se rassit. Au bout d'un moment, Rob pénétra dans la chambre et referma la porte. Il la rejoignit sur le balcon, posa la main sur le dossier de la chaise libre.

— Je peux ?

Elle opina, muette. Rob s'assit précautionneusement sur la petite chaise, les yeux rivés sur le plateau.

— Vous avez mangé ? lui dit-elle.

Il haussa les épaules.

— On m'a donné un sandwich au poste de police.

Shelby prit un autre morceau de pain, le contempla, douta de réussir à l'avaler.

— Ils ont dit quelque chose ?

— Non… Personne ne l'exprime clairement, mais je crois qu'ils vont opter pour l'hypothèse de l'accident. Ils pensent que Chloe est tombée par-dessus la balustrade du…

— Parce que vous leur avez dit qu'elle avait un problème d'alcool, coupa Shelby, dardant sur lui un regard noir.

— Je sais que c'est terrible pour vous, pourtant c'est vrai. Je suis navré, mais c'est la vérité.

— Je ne vous crois pas, riposta-t-elle d'une voix sifflante. Ma Chloe ?

— Oui. Votre Chloe.

— Vous avez tout inventé.

Il ne se rebiffa pas.

— Vous n'êtes pas obligée de me croire. Ils ont les tickets des consommations qu'elle a payées. Ils ont des images d'elle à bord, en train de les payer. De boire. Demandez à Giroux.

— J'ai déjà entendu tout ça.

— Alors vous savez que c'est vrai.

— Deux ou trois verres en vacances, ce n'est pas de l'alcoolisme, rétorqua-t-elle sèchement. Or vous avez laissé entendre qu'elle était alcoolique avant la croisière.

— Elle l'était. En réalité, je pensais qu'elle avait arrêté. Elle assistait aux réunions des AA. Mais, de toute évidence, elle avait rechuté.

— Comment osez-vous me dire ça en face ? Chloe n'est pas aux Alcooliques Anonymes. Elle m'en aurait parlé.

— Désolé, mais elle assistait aux réunions. Elle était alcoolo-dépendante.

— Non, s'obstina Shelby. Ça ne ressemble pas du tout à Chloe. Elle ne se laisse jamais aller. Elle tient à ce que tout soit… absolument… parfait.

— C'était une illusion, qu'elle avait trop de mal à entretenir.

— Je ne vous crois pas !

— Croyez ce que vous voulez, répliqua-t-il d'un ton las.

Ils restèrent assis face à face, dans un silence furieux, embarrassant. Puis Rob poussa un soupir.

— Je conçois que ce soit un choc pour vous, Shelby. Ça l'a été pour moi aussi, je vous l'assure, quand je m'en suis aperçu.

De nouveau, Shelby le foudroya du regard. Il ne parut pas le remarquer. Ou peut-être lui était-ce indifférent.

— Pendant un moment, j'ai eu des soupçons, mais... il n'y avait rien de précis. Et puis, il y a de ça... oh, environ un an, elle est allée récupérer Jeremy à une fête, et elle n'est pas rentrée à la maison. Il neigeait, j'étais inquiet, je l'ai appelée sur son portable, mais elle n'a pas répondu. Je suis parti à sa recherche. J'ai trouvé la voiture en travers sur le trottoir, devant un bâtiment abandonné. Chloe était affalée sur le volant. Jeremy pleurait dans son siège.

— Vous dites qu'il neigeait ! protesta Shelby. La voiture a pu déraper, et Chloe s'est cogné la tête.

— Elle était ivre, répondit Rob, catégorique.

— Avec Jeremy dans la voiture ? s'écria Shelby dont les yeux jetaient des éclairs. Non. Pas Chloe, certainement pas ! Je n'y crois pas. Elle ne ferait rien qui puisse nuire à son enfant, jamais de la vie.

Rob était au bord des larmes.

— Vous pensez que je ne le sais pas ? C'est justement à cause de ça que j'ai compris la gravité de la situation.

Il pleurait, à présent. Shelby le regardait, interloquée. Enfin, il renifla, s'essuya la figure d'un revers de main.

— Je l'ai mise face à la réalité, et elle m'a tout avoué. Elle cachait la vodka dans des bouteilles d'eau. Elle buvait au bureau, et quand Jeremy était à l'école. C'est un miracle qu'il ne soit rien arrivé de pire. Longtemps, je lui ai interdit de prendre la voiture avec Jeremy. Ensuite, elle a rejoint les Alcooliques Anonymes. Elle m'a juré qu'elle était sobre. Elle m'a donné sa parole… Des dizaines de fois, elle m'a juré qu'elle avait arrêté…

— Mais pourquoi ne m'a-t-elle rien dit ?

— Elle avait tellement honte. Elle ne se confiait à personne. Sauf aux gens des AA, je suppose. Et encore, elle s'arrangeait pour choisir des groupes qui se réunissaient loin de la maison. Elle allait dans une église de la vieille ville. Comme ça, elle ne… je ne sais pas, elle ne risquait pas de rencontrer quelqu'un qu'elle connaissait. J'ai tenté de lui expliquer que demander de l'aide n'était pas un signe de faiblesse. Mais elle avait honte. Elle m'a obligé à lui promettre que je me tairais.

— Pourquoi ? gémit Shelby, en pleurs. Pourquoi faisait-elle ça ?

— Quoi donc ? bredouilla Rob, exténué. Vous le cacher ? Elle n'ignorait pas ce que vous pensiez de l'alcoolisme de votre mère. Chloe voulait votre approbation. Elle avait toujours peur que vous la jugiez mal.

— Mais je l'adorais !

— Elle ne voulait pas vous paraître faible.

Shelby se rejeta en arrière, comme pour échapper à cette vérité qu'il lui livrait. Honnêtement, elle savait qu'il y avait chez Chloe une perpétuelle et inconsolable tristesse. Mais penser que sa fille redoutait son jugement... c'était insupportable. Penser qu'elle redoutait la désapprobation de sa mère ? Non, c'était trop dur à envisager. Pas maintenant. Jamais.

— Elle n'était pas faible, dit Shelby. Elle était forte. Je ne vous apprends rien. Elle s'imposait une discipline de fer. Elle était physiquement entraînée. En fait, je pense qu'elle a pu survivre à cette chute. Il y a des gens qui ont sauté du Golden Gate Bridge et qui s'en sont tirés. Pourquoi pas Chloe ? J'y ai beaucoup réfléchi. Demain, je compte monter à bord du paquebot et voir de mes yeux où ça s'est passé.

Rob secoua la tête.

— Ils n'ont pas le droit de m'en empêcher. Qu'ils essaient, s'ils osent !

Rob cacha son visage dans ses mains. Son air vaincu, brusquement, rendit Shelby furieuse.

— Quoi ? Qu'est-ce que vous avez ?

— Le navire est reparti.

Elle le regarda fixement.

— Pardon ?

— Le paquebot a levé l'ancre. Il fait route vers sa prochaine escale.

— Ce n'est pas possible, murmura-t-elle, médusée.

— Si. Les passagers sont nombreux, et ils ont payé cher pour cette croisière.

— C'est plus important que la vie de Chloe ?

Il ne répondit pas.

— Hein ? Et vous les avez laissés partir ?

— Ils n'avaient pas besoin de mon autorisation, rétorqua-t-il froidement. Ils appliquent leur règlement qui est parfaitement légal. Le capitaine Fredericks me l'a expliqué.

Le prosaïsme de son gendre, son apparent détachement redoublèrent la fureur de Shelby.

— Donc… ça ne vous dérange pas. Vous vous foutez qu'elle ne soit plus là, n'est-ce pas ? Vous êtes même content qu'elle ait disparu. Et qui vous le reprocherait ? Après tout, vous êtes débarrassé de votre femme alcoolique.

Elle regretta ses mots sitôt qu'ils eurent franchi ses lèvres. Rob demeura un instant figé, silencieux, puis il se leva.

— J'ai besoin de me reposer un peu. La journée de demain sera longue.

— Rob, je suis désolée, balbutia-t-elle, honteuse d'elle-même. Je suis injuste.

— Peu importe. Tout cela est injuste. Mon monde s'écroule, dit-il d'une voix éraillée.

Shelby fondit en larmes.

— Je n'aurais pas dû vous accuser de cette façon.

— Je m'accuse moi-même. Je ne l'ai pas protégée. Je me le reproche.

— Oh, Seigneur… Et Jeremy ?

— Oui, je sais.

— Demain, peut-être… il y aura du nouveau, dit-elle sans y croire.

— Je passerai vous chercher dans la matinée, nous retournerons au poste de police.

— Si vous apprenez quoi que ce soit cette nuit…

— Oui, bien sûr.

— Je me sens impuissante.

— Nous sommes impuissants.

Ils échangèrent un long regard douloureux.
— À demain, dit-il.

Il sortit, ses pas résonnèrent dans le couloir, puis elle l'entendit ouvrir la porte de sa chambre. Elle verrouilla la sienne et regagna le balcon. Elle se rassit, contemplant la nuit. En bas, dans la rue, une jeune fille passait. Elle chantait, insouciante, sereine. Son chant s'envolait entre les palmes des arbres.

Shelby enfouit son visage dans ses mains. Les larmes dégoulinaient entre ses doigts, gouttaient de son menton. La chanteuse s'éloigna dans la rue, sa voix faiblit et, peu à peu, se tut.

7

Le lendemain, ils arrivèrent au poste de police de bonne heure, et trouvèrent Giroux en pleine conversation avec l'agent DeWitt. Lorsqu'ils pénétrèrent dans la vaste salle, où cinq ou six policiers travaillaient, bavardaient et buvaient du thé, le silence se fit. Tous les observèrent un moment, avant de reprendre leurs occupations – moins bruyamment.

— Comment avez-vous trouvé votre hôtel ? demanda Giroux. Christophe vous a bien accueillis ?

— Oui, merci, répondit Shelby d'une voix sourde.

— Il a un bel établissement. Mon père et le sien se sont installés ici quand ils étaient jeunes, ils venaient de Martinique. Nos mères sont sœurs. Tous les deux, on se considère comme des frères plutôt que comme des cousins.

Shelby et Rob gardèrent le silence. Ils ne pouvaient songer qu'à leur propre famille.

Giroux ne leur demanda pas s'ils avaient bien dormi. On voyait à leurs vêtements froissés, leurs yeux cernés, rougis, que la nuit avait été pour eux interminable.

— Nous devons discuter avec vous de certains points.

— Si vous voulez bien nous suivre, dit l'agent DeWitt.

Giroux désigna une salle d'interrogatoire où tous s'engouffrèrent. DeWitt ferma la porte. Un ordinateur était allumé sur une table, en mode veille. Giroux les invita à s'asseoir. Rob refusa, mais Shelby se posa avec soulagement sur une chaise. Par contraste avec sa peau noire, la chemise de Giroux était d'un blanc aveuglant. Joignant les mains derrière le dos, il déclara d'un ton aimable mais ferme :

— Monsieur Kendrick, madame Sloan, je suis dans la pénible obligation de vous annoncer que les recherches n'entrent plus dans le cadre d'une mission de sauvetage. La police côtière a suspendu ses opérations…

— Oh non, gémit Rob.

— Quoi ? s'exclama Shelby.

Comme s'il n'avait pas entendu, Giroux poursuivit :

— Il s'agit maintenant, officiellement, d'une mission de récupération qui ne nécessite pas l'intervention des garde-côtes. La police locale peut s'en charger.

Shelby le dévisagea ; elle avait tant pleuré qu'il lui semblait avoir du sable sous les paupières.

— Qu'est-ce que cela signifie ?

L'agent DeWitt se mit à tripoter la pointe de sa cravate.

— Pour être clair, nous considérons que votre fille n'a pas survécu. Nous fondons notre conclusion sur notre connaissance de la mer, le risque d'hypothermie et les prédateurs marins. En réalité, il y avait peu de chances qu'elle soit encore en vie quand elle a percuté l'eau après une chute pareille. Mais à présent, les chances sont véritablement infimes.

— Mais vous ne pouvez pas abandonner ! s'écria Shelby.

— Madame Sloan, soupira Giroux. C'est une terrible épreuve, j'en ai conscience, néanmoins vous devez comprendre qu'on ne retrouvera pas votre fille vivante. Et même, on ne la retrouvera sans doute pas du tout.

— Si vous arrêtez les recherches, c'est sûr ! riposta Shelby.

Rob ne protesta pas. Il s'assit lourdement sur la chaise la plus proche, blanc comme un linge. Le chef de la police croisa les bras sur sa poitrine. Shelby pivota vers l'agent DeWitt.

— Vous ne pouvez rien faire ? Vous êtes du FBI. Expliquez-leur qu'il faut continuer.

L'agent DeWitt fixa sur elle un regard compatissant mais inflexible.

— Alors c'est comme ça ? s'exclama-t-elle, incrédule. Et vous, ajouta-t-elle, s'adressant à son gendre, vous comptez rester assis là ? Faites quelque chose, bon sang !

La colère flamba dans les yeux de Rob.

— Je ne suis pas magicien, Shelby. Si je pouvais la ramener, je le ferais.

Shelby ne l'écouta pas, elle le détestait.

— Et si nous engagions des gens pour poursuivre les recherches, à nos frais ? Vous avez peut-être quelqu'un à nous conseiller. J'ai les moyens de payer. Je paierai volontiers.

— Madame Sloan, l'interrompit Giroux d'un air soucieux. Je ne peux pas vous en empêcher, mais elle a disparu en mer voici près de trente-six heures. À moins d'un miracle…

— Oui, un miracle, dit Shelby, s'accrochant à cet espoir. Pourquoi pas ?

— Aller dans votre sens serait malhonnête. Il est impossible de survivre aussi longtemps dans l'eau. Surtout après une telle chute. Vous gaspillerez votre argent pour rien, je dois vous en dissuader.

— C'est mon argent. Si je désire engager quelqu'un…

— Bon, coupa Giroux. D'accord, je vous organiserai ça. Je ferai en sorte que plusieurs bateaux poursuivent les recherches, pendant une période que vous définirez.

— Je ne veux pas n'importe qui, objecta Shelby. Et je veux aussi des hélicoptères. Des hommes qualifiés qui connaissent cette zone.

— J'ai bien compris. Et ça peut se faire, confirma le chef de la police d'un ton apaisant. Avec des gens du privé. Je vous préviens, ça vous coûtera une fortune, mais je peux les contacter.

— Eh bien, foncez.

— Je vous le déconseille, dit l'agent DeWitt. Ce serait une perte d'argent inutile, absurde. La police côtière a mobilisé des hélicoptères et un avion de surveillance maritime. Les vedettes garde-côtes ont fouillé un secteur d'environ mille quatre cents kilomètres carrés, ils l'ont passé au peigne fin à plusieurs reprises avec le matériel le plus sophistiqué qui existe.

— Oui, mais…, s'entêta Shelby.

Giroux et DeWitt échangèrent un coup d'œil.

— Vous n'êtes pas forcée de prendre votre décision immédiatement, dit Giroux. Réfléchissez et ensuite contactez-moi. Si vous le souhaitez toujours, l'opération sera lancée en un rien de temps.

— D'autre part, je ne suis pas du tout satisfaite de vos conclusions. Vous ne savez même pas comment elle est tombée à l'eau. Il ne suffit pas d'affirmer qu'elle était ivre et qu'elle a basculé dans le vide. Je ne l'accepte pas !

— Nous sommes dans cette salle pour cette raison, notamment. J'ai quelque chose à vous montrer, dit Giroux.

Il approcha l'ordinateur posé sur la table.

— M. Kendrick a vu ça hier. Je veux que vous le voyiez aussi. Regardez bien.

Il appuya sur une touche du clavier, des images défilèrent sur l'écran. Il cliqua sur l'une d'elles.

Des gens déambulaient devant un café. Il fallut à Shelby un moment pour reconnaître la jeune femme aux longs cheveux ondulés, en robe bain de soleil, accoudée au bar.

— Chloe, s'exclama-t-elle, tendant machinalement les mains. Où est-elle ? Où avez-vous eu ça ?

— Cela été filmé par la caméra de surveillance sur le pont Lido du paquebot. Regardez ce qu'elle fait.

Chloe, après avoir jeté un coup d'œil autour d'elle d'un air coupable, parlait au barman qui saisissait une bouteille sur une étagère, derrière lui, et la servait. Elle lui tendait sa carte, vidait son verre d'un trait. Il n'avait pas plus tôt pris la carte qu'elle lui faisait signe de la resservir. Il s'exécutait.

— Eh bien, quoi ? Elle a bu un verre, dit Shelby, dédaigneuse.

— Si vous y tenez, nous pouvons la regarder en siffler deux autres, rétorqua l'agent DeWitt avec une pointe de sarcasme.

Shelby se sentit rougir.

— Avançons, dit Giroux.

Il afficha une autre image : des gens attablés, en train de bavarder, des cartes numérotées devant eux. On repérait facilement Chloe, installée dans le fond de la salle, très raide sur son siège. La caméra qui la filmait étant placée non loin d'elle, on la voyait nettement. Une femme se penchait pour lui adresser la parole – Shelby reconnut Virgie et Don, ceux qui fêtaient leur cinquantième anniversaire de mariage, qui lui avaient parlé la veille au poste de police. À l'évidence, ils essayaient de lier conversation avec Chloe. Elle répliquait, agitait une main molle.

L'autre couple que Shelby avait rencontré, Bud et Peggy, les rejoignait. Peggy appuyait sa canne contre la table. La discussion continuait. Chloe avait les paupières lourdes et, soudain, d'un geste large, heurtait la canne qui tombait sur le sol. Mortifiée, elle se levait, vacillante, se penchait pour ramasser la canne sans parvenir à l'attraper. Le mari de la boiteuse s'en saisissait ; Chloe, à l'évidence, bredouillait des excuses, mais il secouait la tête, l'air de dire que ce n'était pas grave. Il reposait la canne contre la table, hors de portée de Chloe.

La partie de bingo se déroulait, tous cochaient des numéros sur leurs cartes, hormis Chloe qui, les yeux rivés sur son verre, émettait de temps à autre un commentaire ne s'adressant à personne en particulier. Elle dodelinait de la tête, s'obligeait alors à se secouer, tel un conducteur qui s'assoupit au volant. Finalement, elle n'avait plus la force de lutter et basculait en avant, les bras écartés, envoyant cartes et marqueurs valser par terre. Sa joue était écrasée sur la table, ses paupières closes. Les passagers, alentour, l'observaient. Ses voisins de table étaient visiblement inquiets. La vieille dame l'agrippait par l'épaule, lui parlait à l'oreille. Chloe bougeait mais ne relevait pas la tête.

Shelby se détourna.

— Ça suffit, dit-elle.

Giroux actionna l'économiseur d'écran.

— Nous avons d'autres séquences. On y voit ces gens l'aider à regagner sa cabine, lui porter ses chaussures et son portefeuille. Elle n'arrive même pas à tenir debout. Naturellement, nous n'avons pas d'images d'elle dans la cabine – les cabines sont des espaces privés – mais nous pouvons supposer que, quand ces personnes charmantes l'ont laissée seule…

— D'accord, coupa Shelby. D'accord.

Rob, le visage pétrifié, contemplait l'écran de nouveau noir. Giroux et DeWitt échangèrent un regard.

— Et maintenant ? balbutia Shelby.

— Vous rentrez chez vous, et vous vous souvenez d'elle telle qu'elle était lors de périodes plus heureuses, conseilla Giroux.

— Je ne peux pas, gémit Shelby.

Elle aurait voulu se cramponner à son siège, refuser d'ébaucher un mouvement, comme une enfant têtue. Mais elle vit l'expression de son gendre et comprit qu'il abandonnait le combat. Il avait accepté – sa femme était tombée à la mer, accident d'ivrogne.

— Je regrette que nous ne puissions pas faire plus, dit Giroux.

— Je comprends, rétorqua Rob qui lui serra la main. Merci. Pour tout. Merci d'avoir essayé.

Giroux opina gravement. Shelby se leva de sa chaise. Elle se sentait trop déboussolée, trop ulcérée pour tendre la main à Giroux. Cependant, au dernier moment, alors que Rob l'entraînait vers la porte, elle murmura humblement :

— Oui, merci…

— Nous vous présentons nos plus sincères condoléances, déclara Giroux. L'un de mes hommes va vous ramener à l'hôtel. Vous n'avez qu'à l'attendre dans le hall.

Pesamment, ils quittèrent la salle et regagnèrent le hall. Mais, par un accord tacite, ils sortirent dans la rue étroite. Rob s'immobilisa, Shelby s'adossa au mur, étourdie par la chaleur tropicale.

— Donc vous n'êtes pas favorable à la poursuite des recherches, l'accusa-t-elle.

Il fit non de la tête, sans la regarder.

— Si j'avais assez d'argent, je dirigerais moi-même les opérations. Je pourrais sans doute vendre la maison, par exemple. Mais je dois penser à mes enfants. À leur avenir. C'est ce que Chloe aurait voulu.

— Vous êtes si… passif. Si résigné, rétorqua-t-elle avec colère.

— Je suis ici depuis plus longtemps que vous. La réalité s'est peu à peu imposée à moi.

Le policier se gara le long du trottoir, ils montèrent dans la voiture. Le trajet de retour à l'hôtel se fit en silence et, dès leur arrivée à La Maison sur la Mer, Shelby et Rob se séparèrent sans se dire un mot.

Elle s'étendit sur le lit, le ventilateur tournait au plafond. Les mains sur ses yeux, elle réfléchit à la possibilité d'organiser des recherches. Giroux et

DeWitt ne lui avaient pas menti, elle le savait. Il n'y avait plus d'espoir. Et ce serait ruineux. Elle n'était pas démunie, mais pas riche non plus, loin de là. Elle avait un portefeuille d'actions à liquider – une poire pour la soif, ainsi que ses économies pour sa retraite.

Au bout d'un moment, elle se releva et appela le poste de police. Elle eut aussitôt Giroux en ligne.

— Je souhaite reprendre les recherches. Avec un hélicoptère, des bateaux.

— Ça risque de vous coûter plusieurs milliers de dollars.

— S'il vous plaît, arrangez ça pour moi. Je paierai. Dois-je revenir au poste ? Vous aurez sans doute des documents à me faire signer.

— Eh bien, oui. Il me faudra la preuve que vous possédez les fonds nécessaires.

— Avant de me rendre à l'aéroport, je vous apporterai mon RIB.

— Je ferai les vérifications très vite, et nous lancerons la machine.

— Merci.

— Retournez en Amérique auprès de votre petit-fils. Je vous tiendrai informée, vous avez ma parole.

— Je compte sur vous.

Tandis que Rob réservait, par téléphone, leurs billets d'avion, Shelby descendit demander à Christophe de préparer leur note.

— Vous partez ?

Elle acquiesça.

— Ils estiment qu'il n'y a plus rien à espérer.

Christophe grimaça, pour signifier qu'il imaginait l'horreur de ce verdict.

— Je suis vraiment désolé.

— Vous avez été très gentil, dit Shelby d'un ton morne.

— Qu'allez-vous faire maintenant ?

— Je ne sais pas. Rentrer chez moi, je suppose. Essayer de… oh, je ne sais pas. J'allais dire « recommencer », mais je ne sais plus…

— Je suis de tout cœur avec vous. J'espère que vous trouverez la paix.

Shelby le remercia et regagna sa chambre. Elle prit ses affaires dans la commode, les rangea dans son sac de voyage. En repliant les T-shirts empruntés à Chloe, elle crut s'évanouir de douleur. Ce n'était pas bien de partir. Même si elle allait dépenser toutes ses économies pour la poursuite des recherches, il lui semblait qu'en partant elle acceptait d'abandonner Chloe.

Chloe, pour qui elle avait trimé, lutté, échafaudé tant de rêves. À présent, sa vie avait perdu tout son sens – il avait disparu dans les vagues scintillantes.

Un instant, elle se dit qu'elle allait rester ici, à Saint-Thomas. Elle s'assit même près de son sac de voyage pour y réfléchir. Pourquoi pas ? Pourquoi ne pas tout laisser tomber et s'accrocher à son dernier espoir, ce fétu de paille ? Monter la garde. Mais elle finirait par devenir folle, à attendre dans le port, à scruter la mer turquoise étincelante sous le soleil, à espérer contre tout espoir. Et alors ? Quelle importance ? Si elle perdait l'esprit, tant pis.

Une image, cependant, tremblotait obstinément dans son cœur. La frimousse d'un garçonnet qui allait devoir digérer l'inconcevable. Jeremy, le fils de sa fille, aurait besoin d'elle, elle devrait surmonter son chagrin pour le soutenir. Chloe souhaiterait qu'elle soit auprès de Jeremy, qu'elle l'aide à traverser cette épreuve. Évidemment.

La conclusion s'imposait. Elle se redressa et acheva de ranger son sac. Pour l'instant du moins, elle s'en remettrait aux hommes qui poursuivraient les recherches, et elle s'en irait.

Shelby et Rob avaient leur place réservée à bord des mêmes vols – d'abord un petit appareil qui se posa à Miami, puis un autre avion à destination de Philadelphie. Ils n'étaient pas côte à côte, mais Rob l'attendit poliment à Miami et, en silence, ils s'installèrent dans un bar de l'aéroport.

— Vous avez parlé à Jeremy ? lui demanda enfin Shelby, en faisant tinter les glaçons dans son verre de citronnade. Il est au courant ?

— Non, pas encore. Franchement, je ne sais pas comment le lui annoncer.

Shelby opina, observant son gendre qui prenait sa tête entre ses mains. Elle se remémora les cruelles accusations qu'elle lui avait lancées. Il s'était montré, face à cette catastrophe, plus passif qu'elle ne l'aurait souhaité. Mais à le voir à présent, il était évident que la disparition de Chloe le terrassait. Il avait le teint cendreux, les yeux creusés, rougis. En une semaine, il paraissait avoir vieilli de vingt ans.

— Vous savez, Rob…, bredouilla-t-elle. J'ai beaucoup réfléchi, ça va être très dur pour Jeremy…

— Pas possible ? marmonna-t-il distraitement, avec amertume.

— Je ne veux surtout pas rendre les choses encore plus difficiles, mais je me demande s'il ne vaudrait pas mieux pour Jeremy que je reste chez vous. Un certain temps. Jusqu'à ce qu'il s'habitue à l'idée que sa maman ne... ne reviendra pas.

Rob la dévisagea avec circonspection.

— Chez nous... vous voulez dire à la maison ?

— Seulement pendant quelques jours. Bien sûr, maintenant que Chloe n'est plus là, je me rends compte que je ne suis peut-être plus la bienvenue.

— Non, ce n'est pas ça.

— Quoi, alors ?

— Rien. Mais... vous avez votre travail. Chloe m'avait parlé de votre nouveau patron, tout ça. Elle disait que vous étiez préoccupée.

Albert Markson, l'homme qui avait embauché et formé Shelby, qui lui avait permis de grimper les échelons, était brutalement décédé un mois auparavant. Son neveu et successeur, Elliott, plus jeune et beaucoup moins accessible, n'avait pas mâché ses mots : chaque employé, chaque poste seraient réévalués.

— J'avoue qu'à présent je m'en fiche totalement.

— Je comprends, soupira Rob. Il ne faudrait quand même pas que vous perdiez votre job.

— Le boulot peut attendre. Mais, bien sûr, si vous pensez que je vais vous déranger..., dit Shelby, percevant le malaise entre eux.

Rob détourna les yeux, silencieux. On annonçait l'embarquement pour Philadelphie.

— C'est notre vol, marmonna-t-il en se levant.

Shelby l'imita et empoigna son sac. Elle ne s'attendait pas à ce que son idée enthousiasme son gendre, néanmoins elle considérait qu'il aurait au moins pu manifester un minimum de politesse.

— D'accord, dit-il tout à trac.

— Vous acceptez que je reste chez vous ? répliqua-t-elle, hésitante.

Il haussa les épaules.

— Pour Jeremy.

— C'est ce que Chloe aurait voulu que je fasse, je crois.

Il ne répondit pas. Tirant sa valise et évitant le regard de Shelby, il se dirigea vers la salle d'embarquement.

8

Ils ne se parlèrent quasiment pas en revenant de l'aéroport. Devant la maison, toutes les places de stationnement étaient occupées. Rob s'arrêta en double file.

— Vous n'avez qu'à descendre. Je vais me garer plus loin.

Shelby embrassa du regard la maison de sa fille. Les pensées fleurissaient dans les jardinières si bien entretenues. Une semaine auparavant, elle sortait de sa voiture et voyait sa fille qui la guettait devant cette façade de pierre grise. Il y avait de cela, semblait-il, une éternité.

— J'ai peur d'entrer, murmura-t-elle.

L'épuisement et l'irritation se lisaient sur la figure de Rob.

— Attendez-moi dehors, si vous préférez.

— Non, je voulais dire que… Peu importe. J'ai ma clé, j'y vais.

Lentement, péniblement, comme si ses articulations étaient bloquées par le froid, Shelby s'extirpa du véhicule. Elle saisit son sac qu'elle fit rouler jusqu'à la porte d'entrée, tandis que Rob redémarrait.

La porte bleu ardoise s'ouvrit sur la fraîche pénombre du vestibule. Elle entra et s'immobilisa, submergée par ses souvenirs de Chloe.

Rob la rejoignit quelques minutes plus tard, traînant les bagages.

— Il vaut mieux que je range tout ça, dit-il. Jeremy sera là d'un instant à l'autre.

— Comment ça ? Nous n'allons pas le chercher ?

— J'ai appelé Lianna quand nous avons atterri à Philly, répondit-il sans la regarder. Elle a proposé de le ramener.

À la perspective de retrouver si vite Jeremy, Shelby sentit son estomac se contracter. Elle n'était pas prête. Elle ne voulait pas entendre Rob annoncer à son petit garçon que sa maman était partie pour toujours.

— Vous devriez peut-être rappeler Lianna et lui dire que nous viendrons le chercher.

— Pourquoi ? Ils peuvent le conduire jusqu'ici.

— Je sais, je comprends, seulement…

Un coup frappé à la porte l'interrompit.

— Les voilà, dit Rob.

Mais deux hommes en veston et cravate se tenaient sur le perron, exhibant leur carte de police.

— Oui ? fit Rob.

— Je suis l'inspecteur Ortega, monsieur. Et voici mon coéquipier, l'inspecteur McMillen. Pouvons-nous vous déranger une minute ?

— Et en quel honneur ?

— Rob, le rabroua Shelby – il en avait certes assez de la police, mais ce n'était pas une raison pour se montrer grossier. Je vous en prie, messieurs, entrez.

Les deux hommes s'avancèrent dans le salon.

— Vous revenez de voyage ? demanda le plus jeune.

Shelby et Rob échangèrent un coup d'œil.

— Oui, acquiesça-t-elle.

— Ce ne sera pas long, mais nous aimerions que vous examiniez cette photo.

Il leur tendit la photographie d'un type aux cheveux courts, aux yeux vides. Le genre de cliché – de face et de profil – qu'on voit dans les commissariats.

— Vous reconnaissez cet individu ?

— Non, qui est-ce ? questionna Rob. Et quel rapport avec nous ?

— Il se nomme Norman Cook. Il s'est récemment évadé, alors qu'il travaillait dehors avec une équipe de prisonniers à l'entretien d'une route près de Lancaster. Il a volé une voiture qu'il a ensuite abandonnée dans un parking municipal. On a trouvé à l'intérieur du véhicule un ticket de parcmètre émis dans ce quartier. Nous quadrillons le secteur, au cas où quelqu'un le reconnaîtrait et pourrait nous aider à le localiser. Nous avons affaire à un individu potentiellement très dangereux.

Les sourcils froncés, Rob examina plus attentivement le cliché.

— Non, je n'ai jamais vu cet homme.

Le policier se tourna vers Shelby.

— Désolée…

— OK, fit Ortega. Restez à l'affût. S'il a un rapport avec un habitant du quartier, il reviendra peut-être. Si jamais vous l'apercevez, s'il vous plaît, avertissez-nous. Ce type est violent.

— Nous n'y manquerons pas, dit Rob.

Les flics s'éloignèrent et allèrent sonner chez les

voisins, laissant leur voiture pie garée en travers dans la rue, le gyrophare allumé.

— Bon, soupira Rob. Il vaudrait mieux que je range les valises, que Jeremy ne les voie pas.

— Il nous faut plus de temps, protesta Shelby.

— Retarder l'inévitable ne le rendra pas plus facile.

Il avait raison, Shelby l'admettait. Pour sa part, si elle l'avait pu, elle aurait repoussé l'épreuve sine die. Pour s'empêcher d'y penser, s'occuper les mains, elle emporta son sac dans la chambre de Molly.

Tandis qu'elle rangeait ses affaires, elle entendit la porte d'entrée s'ouvrir et une voix juvénile qui appelait :

— Papa ?

Shelby passa sur le palier, en haut de l'escalier.

Molly, affublée d'un sweat trop grand et d'un jean, se tenait sur le seuil, hésitante. L'adolescente leva le nez et avisa Shelby, ses yeux s'écarquillèrent derrière ses lunettes. Sans même saluer Shelby qui descendait les marches, elle s'avança et lança par-dessus son épaule :

— Maman, grouille !

Parvenue dans le vestibule, Shelby articula :

— Bonjour.

Molly s'évertuait à ne pas la voir, redoutant apparemment, si elle croisait son regard, que la malédiction ne s'abatte sur elle. Elle se dirigea vers le salon. Rob apparut et lui tendit les bras. Molly se jeta contre lui, la joue pressée sur sa poitrine.

— Je suis désolée, papa, bredouilla-t-elle.

Les yeux dans le vide, Rob caressa tendrement ses cheveux mal coiffés.

— Je le sais, ma chérie, merci.

Shelby se campa sur le perron, scrutant l'obscurité. Lianna avait ouvert la portière arrière de sa voiture garée en double file, les feux de détresse allumés. Harris Janssen, qui était au volant, sortit et adressa un geste amical à Shelby, puis désigna d'un air interrogateur le véhicule de patrouille, qui n'avait pas bougé, et dont le gyrophare jetait alentour des éclairs lumineux.

Shelby le rejoignit.

— Un détenu évadé a pris un ticket de parcmètre dans le coin. La police cherche quelqu'un qui l'aurait vu.

— C'est rassurant, grimaça Harris. Quel comité d'accueil, quand on rentre chez soi.

— La vie dans les grandes villes, rétorqua Shelby avec un sourire forcé. Merci d'avoir ramené Jeremy. Mais nous aurions pu venir le chercher.

Lianna se redressa et fixa sur elle son regard gris, perçant.

— Nous l'avons fait avec plaisir. Comment allez-vous, vous tenez le coup ? Vous et Rob ?

— On survit.

Une sincère compassion se peignit sur le visage de Lianna.

— Je vous admire, franchement. Je suis vraiment navrée.

Shelby sentit les larmes affluer, ne tenta même pas de les ravaler.

— Merci.

Elle essuya ses yeux d'un revers de manche et respira profondément.

— Je vous remercie d'avoir pris soin de Jeremy pour me permettre de partir là-bas.

— Nous l'avons fait avec plaisir.

Lianna s'écarta de la portière arrière, murmura :

— À propos de Jeremy, je dois vous prévenir que...

Shelby voyait les petites jambes de Jeremy, dans la voiture ; il donnait des coups de pied au dossier du siège avant. Harris se pencha dans l'entrebâillement de la portière.

— Alors, bonhomme ! dit-il en débouclant la ceinture de sécurité. Tu es à la maison.

Il souleva le garçonnet, le serrant contre sa poitrine. Jeremy, par-dessus son épaule, vit Shelby et cligna les paupières, stupéfait.

— Bonjour, mon ange.

Shelby tendit les bras, mais Jeremy se recula d'un bond et lui asséna un coup de pied.

— Non, Shep, je te veux pas. Je te veux pas. Je veux ma maman ! cria-t-il, la figure toute congestionnée.

— Tu arrêtes, bonhomme, ordonna gentiment Harris. Dis bonjour à ta grand-mère.

— Pas Shep ! hurla Jeremy. Je veux maman, je veux maman, je veux ma maman !

En pleurs, il s'agrippait à la veste de Harris qui le tenait fermement.

— Je suis navrée, dit Lianna à Shelby, de sa voix sourde et rauque. C'est ce que je voulais vous dire. Une bénévole, à l'école, lui a dit pour Chloe. Une espèce de vieille pie qui donne un coup de main dans la classe. Je me demande quelle mouche l'a piquée. Elle a eu peur, prétendument, que les gosses lui annoncent que sa mère s'était noyée en pleine mer, et elle s'est sentie obligée de l'avertir.

Jeremy cachait son visage contre l'épaule de Harris.

— Allons, bonhomme, murmura celui-ci. Montre-nous le bout de ton nez.

L'enfant sanglotait.

— Il est bouleversé, dit Harris. Laissez-moi le porter à l'intérieur.

Shelby tourna la tête. Rob, sur le seuil de la maison, consolait Molly.

— Je m'en charge, décida-t-elle.

Lorsqu'elle s'approcha, Jeremy la frappa de ses menottes crispées. Il était cramoisi. Indifférente à ses coups de poing, de pied, Shelby prit son petit-fils des bras de Harris Janssen.

— Pose-moi par terre ! brailla-t-il.

— Il préfère peut-être marcher, suggéra Lianna.

Jeremy continuait à taper sa grand-mère. À cet instant, un adolescent au volant d'une voiture surbaissée, qui écoutait de la musique à fond, stoppa derrière la berline flambant neuve de Harris Janssen. Entre le véhicule de patrouille mal garé et la Lexus en double file, le jeune n'avait plus la place de passer.

— Molly ! dit Shelby à la jeune fille toujours blottie contre son père, sur le perron. Tu peux prendre les affaires de Jeremy ?

Molly opina et accourut. Harris ouvrit le coffre et tendit à Molly les affaires de son petit frère. Lianna, les bras croisés à hauteur de sa taille légèrement épaissie, s'avança vers Rob. Ils échangèrent quelques mots, avec gêne. Shelby remarqua que, pendant que Rob lui parlait, son ex-femme hochait la tête en fixant le sol.

L'ado klaxonna.

— On se calme ! le rabroua Harris. Vous ne voulez pas que je le porte, vous en êtes sûre ? demanda-t-il à Shelby.

Elle se remémora le temps où, jeune maman, elle était complètement démontée par les fréquentes crises de rage de Chloe. Sans expérience des enfants, de la vie, elle s'évertuait à calmer sa fille avec pour seul résultat de redoubler sa fureur. Avec son petit-fils, elle ne se posait pas de questions. Il souffrait, elle le savait. Elle étreignit plus fort le bambin qui se débattait, la cognait.

— Ce n'est pas nécessaire. Je le tiens.

Molly avait empoigné les sacs contenant les vêtements et les jouets de Jeremy.

— Dis, Jeremy, tu veux laisser quelques-uns de tes jouets, pour la prochaine fois que tu viendras ? proposa-t-elle gentiment à son frère.

— Non ! Tu m'embêtes !

— Tu reviendras nous voir bientôt, déclara Harris.

— Nan ! vociféra le garçonnet.

— On t'aime, Jeremy, lui dit Molly d'une petite voix.

— Merci, Molly, répliqua Shelby. Merci à vous tous. Pour tout.

L'ado klaxonna de nouveau, Harris poussa un soupir excédé.

— Allez-y, dit Shelby.

— Ça ira, vous en êtes certaine ? demanda Janssen.

— Ça ira, répondit-elle d'un ton résolu.

Jeremy protesta et se tortilla impétueusement pour se dégager des bras de sa grand-mère.

— Jeremy, je ne te lâcherai pas, lui murmura Shelby – c'était une promesse, pas une menace. Shep est là, maintenant. Et papa. Tu as beaucoup manqué à ton papa. Écoute-moi bien : ton papa et moi, nous allons rester avec toi. Nous nous occuperons de tout. Tu verras. Tout ira bien.

Elle n'était pas sûre de dire la vérité, mais elle devait tenter de l'en convaincre.

Lianna et Molly remontèrent en voiture. Harris Janssen décocha à l'adolescent un regard dégoûté, comme pour le mettre au défi de klaxonner à nouveau. Puis il s'assit au volant et éteignit les feux de détresse. Quand il démarra, Lianna et Molly agitèrent la main.

— Au revoir, Jeremy, dit tristement Lianna. Au revoir, chaton.

Brusquement, Jeremy cessa de s'agiter, se raidit. Il suivit la voiture des yeux, jusqu'à ce que les feux arrière disparaissent, puis se mit à sangloter.

— Je veux ma... man !

Shelby le serra de toutes ses forces, sentit ses larmes sur son oreille, ses cheveux, son cœur qui battait frénétiquement contre le sien. Son cri, sa souffrance la transpercèrent comme une flèche. Il lui sembla que la fièvre qui faisait trembler son petit corps d'enfant la brûlait.

Rob la rejoignit et voulut prendre son fils. Jeremy se déroba, braquant sur son père un regard furieux.

— Pourquoi elle est partie, maman ? Pourquoi elle est tombée dans l'eau ? demanda-t-il, pointant un index potelé.

— Je ne sais pas, fiston, murmura Rob.

Jeremy lui tourna le dos et se pelotonna contre Shelby.

— Tu l'as pas ramenée à la maison. Il fallait que tu la ramènes à la maison.

Shelby, assourdie par le sang battant à ses tempes, n'osa pas regarder Rob.

— J'aurais dû la ramener ici, murmura-t-il. Oui, je sais.

9

Les jours suivants, ce fut un déluge d'appels téléphoniques, de visites d'amis et de voisins, tous animés des meilleures intentions du monde. Les gens de la paroisse apportèrent des plats cuisinés, les collègues de Chloe au cabinet du Dr Cliburn, des fleurs. Darcie, l'institutrice de Jeremy à l'école maternelle, vint chargée de brownies et du livre préféré du garçonnet, qu'elle lui lut plusieurs fois.

Les bouquets de deuil envahissaient la maison, et parmi eux une gerbe mortuaire des magasins Markson, accompagnée d'une carte signée par toutes les employées de Shelby. Quand celle-ci téléphona pour annoncer qu'elle comptait rester quelque temps auprès de son gendre et de son petit-fils, Elliott Markson, son nouveau patron, ne daigna pas lui parler personnellement – trop occupé, soi-disant. Contrairement à son oncle Albert, parangon du pater familias, Elliott ne considérait sans doute pas que le foyer passait avant le business. La détermination de Shelby n'en fut cependant pas ébranlée. En réalité, elle s'en fichait à un point qui l'étonnait. Si Elliott Markson ne comprenait pas son attitude, tant pis pour lui. Elle essaierait de se justifier quand elle retournerait au bureau.

Car elle y retournerait, elle n'aurait pas le choix. En un peu plus d'une semaine, les recherches avaient épuisé la moitié de ses économies, sans l'ombre d'un résultat. Giroux l'implora par courriel d'y mettre un terme. Shelby hésita, effrayée par le montant des frais dont il lui joignait la liste, puis ordonna de poursuivre encore un moment les opérations.

Là-dessus, Talia appela pour se plaindre que leur mère était maintenant incohérente, elle perdait la tête. Shelby ne comprit pas immédiatement que sa sœur ignorait la disparition de Chloe. Quand elle lui eut expliqué ce qui était arrivé, Talia raccrocha brutalement, comme si on l'avait insultée. Deux jours après, Shelby reçut une carte de condoléances, signée « Talia et maman ». Aucun signe de Glen.

Rob, lui, reprit son travail, allant et venant tel un zombie. Ses collègues l'interrogeaient-ils sur la disparition de Chloe ? En tout cas, il n'y faisait pas allusion.

Shelby garda Jeremy à la maison quelques jours puis, comme son gendre insistait, le ramena à l'école maternelle. Rob avait raison, elle en convenait. La maison regorgeait de souvenirs de Chloe, or Jeremy avait besoin de se divertir. Shelby le déposa donc à l'école, inquiète de le voir s'éloigner, apathique, silencieux et grave. Quand elle revint le chercher, il semblait mieux – jouant à se bagarrer avec un copain. Il se rembrunit cependant en voyant Shelby. Manifestement, il avait un moment oublié que sa maman ne l'attendrait pas à la sortie.

Le samedi après leur retour, le téléphone sonna.

Rob avait emmené Jeremy à un match de foot sur le terrain proche de l'école primaire. Le numéro inscrit sur l'écran de l'appareil n'évoquait rien à Shelby. Elle décrocha, circonspecte, craignant que ce soit un journaliste. Rob tenait à ce qu'ils évitent tout contact avec les reporters locaux.

— Madame Sloan ?

Quand Shelby reconnut cette voix, à l'autre bout du fil, elle fut soulagée. C'était l'amie d'enfance de Chloe.

— Franny !

Durant des années, Franny avait aidé ses parents à faire tourner leur pizzeria ; puis, son diplôme de l'école hôtelière en poche, elle avait émigré à Los Angeles où elle était sous-chef de cuisine dans une trattoria réputée. Malgré la distance, l'amitié entre les deux jeunes femmes n'avait pas faibli. Elles se voyaient chaque fois que Franny était de passage à Philadelphie.

— Madame Sloan, je suis tellement désolée pour Chloe. J'aurais dû appeler plus tôt, mais je ne savais pas quoi dire. J'ai du mal à y croire.

— Comment l'as-tu appris ?

— Par ma mère, qui l'a su par le journal. Un article d'à peine quelques lignes, elle a failli le louper.

— J'aurais dû te téléphoner.

— Mais non, c'était à moi de le faire. Seulement… j'avais peur d'entendre votre voix. Je sais combien vous aimiez Chloe.

— Merci, cela me touche beaucoup, répliqua Shelby, qui se représentait la figure ronde de Franny, ses cheveux brillants, d'un noir de jais.

— Est-ce qu'il y aura… une cérémonie, quelque

chose ? Si c'est le cas, je veux absolument y assister. J'ai l'impression que c'est irréel, mais peut-être que s'il y a un office…

Shelby hésita. Quand le prêtre de l'église que Rob fréquentait avait mentionné la possibilité d'organiser un office, Shelby s'était hérissée. « Nous ne sommes pas sûrs qu'elle soit morte », avait-elle protesté. Rob n'était pas content, mais elle n'en démordait pas. Naturellement, elle n'ignorait pas qu'elle s'acharnait contre toute évidence à éluder le verdict définitif, elle n'était pas sotte à ce point.

— Nous n'avons rien prévu, rétorqua-t-elle. On ne l'a pas retrouvée.

— Oh non, souffla Franny, bouleversée. C'est trop affreux.

— La police côtière a organisé les recherches avec des bateaux et un hélicoptère, mais ils ont fini par renoncer. Moi, j'ai engagé des gens pour continuer, malheureusement… jusqu'ici… ça n'a rien donné.

Franny renifla, inspira profondément.

— Sait-on ce qui s'est vraiment passé ?

Shelby se refusait à l'énoncer à voix haute. Néanmoins, songea-t-elle, si un être au monde pouvait être au courant de l'alcoolisme de Chloe, c'était forcément son amie. Elle décida d'y aller carrément, la réaction de Franny serait intéressante.

— Il semble que Chloe buvait. Elle serait tombée à la mer accidentellement.

— Ma mère m'a dit l'avoir lu dans le journal. Je n'y crois pas du tout !

L'indignation de Franny fut un baume pour Shelby.

— Moi non plus. Mais Rob affirme que…

111

— Quoi donc ?
— Qu'elle avait un problème avec l'alcool.
— Certainement pas. Depuis quand ?
— Ça, je l'ignore. Quand l'as-tu vue pour la dernière fois ?
— Lors de mon dernier séjour chez mes parents, il y a environ un mois. Nous avons dîné ensemble, chez elle. On a discuté de la croisière. J'avais apporté un vin fabuleux, j'ai voulu le lui faire goûter, elle a refusé. Maintenant que j'y repense...
— Oui ?
— Je me suis demandé si elle n'était pas enceinte. Ou si elle envisageait une nouvelle grossesse. Il ne m'est pas venu à l'esprit qu'elle pouvait être...
— Une alcoolique.
— Ça ne m'a même pas effleurée.
— Apparemment, elle assistait aux réunions des AA.
— Pas possible ! Je l'ignorais totalement.
— Je me disais que, si elle en avait parlé à quelqu'un, c'était forcément à toi.

Franny soupira.

— Je pensais pourtant la connaître mieux que quiconque.

Elles restèrent un instant silencieuses, chacune plongée dans ses réflexions.

— Comment l'as-tu trouvée, la dernière fois ? interrogea Shelby.
— Oh, vous connaissez Chloe. Assez angoissée.
— À quel propos ?
— Je ne sais pas trop... Parfois, elle se rendait malheureuse toute seule.

— Comment ça ? Que veux-tu dire ?

— Eh bien, elle se comparait toujours à Lianna, qu'elle trouvait tellement belle. Elle m'a annoncé que Lianna était enceinte. Il m'a semblé qu'elle était un peu... jalouse.

Le cœur de Shelby se serra. Elle se remémora Chloe, les larmes aux yeux, décrétant qu'il n'y avait pas un nuage dans sa vie affective.

— Tu penses qu'elle et Rob avaient... des problèmes ?

— À mon avis, non. Enfin, il était peut-être ennuyé à cause de l'alcool. Rob est très strict. Mais s'il dit qu'elle avait arrêté...

— Il a dit qu'elle était aux AA, rectifia Shelby. Il faut être sobre pour assister aux réunions. Mais j'ai le sentiment qu'il ne lui faisait pas vraiment confiance. Elle devait le sentir...

— Vous savez comment est Chloe. Elle manque de confiance en elle.

— Oui, elle se dénigre en permanence...

Toutes deux s'aperçurent soudain qu'elles parlaient de Chloe au présent.

— Je n'arrive pas y croire, murmura Franny avec désespoir. Je n'y crois pas.

À cette seconde, la porte de derrière claqua et Shelby entendit Rob : « On est là ! », puis les pas de Jeremy dans l'escalier, son cri : « Shep ! » Il entra en courant dans la pièce, les yeux brillants pour la première fois depuis leur retour. Il offrit à Shelby un ballon de foot terreux.

— Je l'ai attrapé, Shep !

— Bravo, dit-elle au garçonnet ravi, en saisissant le

113

ballon. Franny, Jeremy vient de rentrer, je vais devoir te laisser.

— D'accord. Vous me tenez au courant s'il y a du nouveau ? Combien de temps comptez-vous rester avec Rob et Jeremy ?

— Je ne sais pas encore.

— Vous me préviendrez si vous organisez une cérémonie ?

— Bien sûr. Merci d'avoir appelé.

Rob apparut à son tour, couvert de poussière mais joyeux.

— Jeremy vous a montré le ballon qu'il a attrapé ?

Shelby reposa lentement le combiné.

— Oui, et je veux qu'il me raconte cette aventure.

— Qui était-ce, au téléphone ?

— Une amie.

— C'était tatie Franny, pépia Jeremy.

Shelby rougit, Rob haussa les sourcils.

— Ah oui ? fit-il d'un ton plutôt froid. Très aimable de sa part. Comment va-t-elle ?

— Elle a du chagrin, bien sûr, rétorqua sèchement Shelby, sans réfléchir.

Jeremy regarda tour à tour, avec circonspection, sa grand-mère et son père.

— Désolée, marmonna-t-elle. Ce coup de fil m'a bouleversée.

Sans laisser à Rob le temps de répondre, elle s'assit sur le canapé et attira Jeremy près d'elle.

— Maintenant, passons aux choses sérieuses. Raconte-moi en détail comment tu l'as eu, ce ballon.

En fin d'après-midi, alors que Shelby explorait le réfrigérateur, en quête d'idées pour le dîner, Rob annonça qu'il emmenait Jeremy, Molly et sa copine Sara au Pizza Hut. Ensuite ils iraient voir le dernier Disney.

— Ah bon ? s'étonna-t-elle. J'aurais cru que ce genre de chose n'intéressait pas les jeunes filles de treize ans.

— En réalité, elles souhaitaient voir le dernier film de vampires pour les ados, mais je ne voulais pas exclure Jeremy. Quand j'ai expliqué le problème à Molly, au téléphone, c'est elle qui a suggéré le Disney. Les dessins animés, ça lui plaît toujours.

— Elle est gentille.

— Molly est mignonne, et elle adore son frère. Chloe n'a jamais compris ça.

— Ce qui signifie ?

— Rien, répondit-il, sur la défensive. Simplement, elle n'arrivait pas à saisir qu'ils sont frère et sœur. Jeremy était son fils, et Molly... n'avait pas sa place dans le tableau.

Shelby fut blessée par sa remarque. Comment pouvez-vous critiquer Chloe, faillit-elle lui reprocher. Est-ce réellement le seul souvenir que vous conservez d'elle ?

— Il n'est pas si facile de devenir une belle-mère.

— Je ne la critique pas, dit-il d'un air buté. Je me borne à constater. J'espérais qu'elle finirait par s'adapter.

Cela n'apaisa pas Shelby, qui garda néanmoins ses réflexions pour elle et aida Jeremy à se préparer. Rob lui demanda poliment si elle désirait les accompagner, elle refusa sous prétexte qu'une soirée tranquille lui ferait du bien. Elle se campa sur le perron, agita la main pour leur dire au revoir, en essayant de sourire. Cependant, dès que la voiture se fut éloignée, elle sentit le désespoir la submerger. Elle était seule dans la maison, avec les patchworks de Chloe, ses photos fixées par des magnets sur le réfrigérateur, ses placards méticuleusement rangés. Un affreux sentiment de vide la terrassa. Pour l'instant Rob la tolérait sous son toit. Il l'avait même remerciée de l'aider à prendre soin de Jeremy. Pourtant Shelby n'avait aucune illusion quant à son rôle dans leur existence. Jeremy était son petit-fils, certes, mais il avait son père et sa sœur.

Shelby, en revanche, n'avait personne. Sans Chloe, il lui semblait qu'à présent elle n'avait plus rien. Rob et Jeremy poursuivraient le cours de leur vie et, sans Chloe pour les rappeler à l'ordre, ils oublieraient de lui téléphoner, de lui faire signe. Pendant quelques années encore, Jeremy accepterait volontiers d'être choyé par elle, puis il aurait de moins en moins de temps pour sa grand-mère. Cette perspective démoralisa Shelby – une nouvelle crise de larmes s'annonçait.

Il te faut sortir de cette maison, s'exhorta-t-elle. Tu étouffes entre ces murs. Distrais-toi un peu. Prends ta voiture et va te balader en ville. Appelle Jen, propose-lui de dîner dehors. Retourne chez toi te détendre. Elle monta dans la chambre de Molly pour se farder, mais une sorte de paralysie la gagnait. Elle ne ferait rien.

Elle s'examinait dans le miroir, ne sachant pas comment échapper à son malheur, ni où se réfugier, quand la sonnette retentit. Elle passa sur le palier, s'immobilisa en haut de l'escalier, espérant que l'importun battrait en retraite.

Mais on sonna de nouveau. Soupirant, Shelby descendit et alla ouvrir. Elle découvrit devant elle une inconnue. Une femme de son âge mais qui ne paraissait pas se soucier de son apparence. Elle avait le teint pâle, le visage sillonné de rides, des cheveux frisés, gris. Elle portait un imperméable mal coupé.

— Madame Sloan ? interrogea-t-elle.

— Oui, répondit Shelby, suspicieuse.

— Je m'appelle Janice Pryor. Je ne suis pas d'ici, j'habite à New York.

Shelby ne répliqua pas.

— Je suis là au sujet de votre fille.

Le cœur de Shelby fit un bond.

— C'est-à-dire ?

— Eh bien, je souhaitais vous parler de ce qui lui est arrivé.

— Vous étiez sur ce paquebot avec elle ? questionna Shelby dont le cœur, maintenant, cognait.

— Non, mais je connais bien ces « accidents » qui surviennent durant ces croisières, et je pense qu'on vous a peut-être mal orientée. Puis-je entrer pour que nous en discutions ?

Dans l'esprit de Shelby s'était déclenchée une sirène d'alarme. Cette femme était cinglée. Elle ébaucha le geste de refermer la porte.

— Excusez-moi, je suis très occupée.

— S'il vous plaît, dit Janice Pryor, écoutez-moi. Je ne vous en demande pas plus. J'ai fait des heures de voiture simplement pour vous parler. C'est important, croyez-moi.

117

Le regard direct, tourmenté, de cette femme était insoutenable.

— Je suis navrée, vraiment. Je regrette que vous ayez perdu votre temps.

Avant que Shelby ait pu l'éconduire, la visiteuse lâcha tout à trac :

— Ma fille aussi a disparu à bord d'un navire de la compagnie Sunset Cruise.

Shelby crispa les doigts sur la poignée de la porte, les yeux écarquillés. Janice Pryor, devant son expression stupéfaite, hocha la tête d'un air satisfait.

— Je peux entrer ?

10

— Ces patchworks sont magnifiques, déclara Janice Pryor.

Elle s'installa dans un fauteuil du salon, admirant les ouvrages colorés qui décoraient les murs, accrochés à des tringles horizontales.

Shelby demeurait plantée dans l'encadrement de la porte.

— C'est ma fille qui les a faits.

Janice lui lança un regard compatissant.

— Elle avait l'art d'assembler les couleurs.

Shelby regarda les patchworks. La souffrance lui broyait le cœur.

— Pourrais-je boire quelque chose si ce n'est pas trop demander ? Un soda, peut-être ?

— J'ai du thé glacé.

— Ce sera parfait.

Shelby passa dans la cuisine et remplit un verre. Son esprit battait la campagne. Elle avait laissé entrer Janice Pryor dans la maison – n'était-ce pas une terrible erreur ? Cette parfaite inconnue avait dû découvrir son nom dans la presse. Il n'était pas exclu qu'elle soit légèrement déséquilibrée. Néanmoins la fille de cette femme était morte de la même façon que Chloe ; voilà qui attisait terriblement la curiosité de Shelby, malgré sa méfiance.

Elle retourna au salon, les glaçons tintant gaiement dans le verre qu'elle tendit à sa visiteuse. Celle-ci but une gorgée. Shelby resta debout.

— Asseyez-vous, je vous en prie, dit Janice. Je sais combien vous devez être épuisée.

Soudain, Shelby ressentit effectivement, de façon aiguë, la fatigue demeurée jusque-là en suspens à la lisière de sa conscience.

— Oui, je suis fatiguée, admit-elle. Je m'occupe de mon petit-fils.

— Ah, les gosses. C'est le plus dur, répliqua aimablement Janice.

— Ce soir, son père l'a emmené au cinéma.

— Oui, je sais. Je les ai vus partir, dit Janice en sirotant son thé.

— Comment ça, vous les avez vus ? s'exclama Shelby, médusée. Vous nous espionnez ?

— Non, pas du tout !

— De quoi s'agit-il, alors ?

— Je vous en prie, Shelby... Vous me permettez de vous appeler Shelby ? Vous n'avez rien à craindre, je vous le jure. J'ai suivi l'histoire de votre fille, avec attention. Je connais donc l'existence de votre gendre et votre petit-fils. Je désirais simplement vous parler en tête à tête. De mère à mère.

Shelby n'en fut pas calmée pour autant.

— Écoutez... je suis sincèrement navrée que vous ayez perdu votre fille... comme moi, mais cela ne crée aucun lien entre nous. Je... j'apprécie votre... intérêt pour moi, toutefois il serait sans doute préférable que vous…

— Vous pensez probablement que je suis une dingue, mais ce n'est pas le cas, je vous assure. S'il vous plaît, ajouta Janice, montrant le canapé.

Shelby hésita puis, très raide, se posa au bord du coussin, prête à bondir sur ses pieds. Janice l'observait avec une sorte de tendresse.

— J'ai lu que votre fille Chloe avait vingt-quatre ans.
— Ou… oui.

Janice prit son portefeuille et en extirpa une photo qu'elle contempla avec émotion puis tendit à Shelby. Le portrait d'une jeune fille blonde aux yeux brillants.

— Mon Elise avait dix-sept ans. Elle a fait une croisière avec sa classe de terminale. Les élèves n'étaient pas nombreuses. Elise était dans un lycée de filles catholique. Elle a disparu, tombée à l'eau la troisième nuit de la croisière. Il y a dix ans de ça.

Shelby baissa la tête – le chagrin ne s'atténuait donc jamais ?

— Je suis désolée, mumura-t-elle.

— Vous savez comment on m'a expliqué ce qui lui était arrivé ? enchaîna Janice, véhémente. On m'a dit qu'elle s'était enivrée et avait fait une chute fatale. Un accident.

Shelby sursauta.

— C'est aussi ce qu'on vous a dit pour Chloe, n'est-ce pas ?

— Eh bien… oui, en fait.

Janice opina.

— C'est toujours ce qu'ils racontent.

Shelby, quoique a priori surprise de cette similitude, ne sut trop comment réagir.

— Ce n'est sans doute qu'une coïncidence, objecta-t-elle faiblement. Je crains que… je l'ignorais, mais il semble que ma fille avait un problème d'alcool.

— Qui vous a dit ça ?

— Elle avait ce problème depuis un certain temps, commenta Shelby, sans répondre à la question de son interlocutrice.

Celle-ci croisa les bras sur sa poitrine.

— La compagnie de croisière voulait me convaincre que ma fille était alcoolique. Mais Elise n'avait jamais bu une goutte d'alcool.

— Les enfants font certaines expériences, parfois, quand ils sont loin de leurs parents.

— Non, pas Elise. Elle détestait le goût de l'alcool. Elle répétait toujours que ça la rendait malade.

— Les tropiques…, bredouilla Shelby. On y boit ces cocktails fruités, tellement sucrés. On ne sent même pas qu'ils sont corsés.

— Non ! s'exclama Janice, frappant l'accoudoir de sa paume. Ce n'est pas comme ça que les choses se sont passées. Cette version des faits est une fable inventée par eux dans l'unique but de nier leur responsabilité. Ma fille a été assassinée par l'un de leurs employés.

De nouveau, Shelby fut assaillie par l'inquiétude : elle avait laissé entrer une folle dans la maison.

— Vraiment ? articula-t-elle, sceptique.

— Il ne s'agit pas d'une simple hypothèse, Shelby. C'est la réalité. Ils ont embauché un prédateur sexuel sans vérifier ses antécédents.

Shelby fronçait les sourcils. Elle regrettait vaguement d'avoir autorisé cette femme à l'appeler par son prénom. Cette familiarité la mettait mal à l'aise.

— Comment le savez-vous ?

— Pas grâce à la compagnie de croisière. Ah non. Mon mari a consacré tout son temps à enquêter. Jour et nuit. Il a fini par en perdre son emploi. Ensuite il a eu une attaque, et maintenant il est en maison de repos. Peut-être jusqu'à la fin de sa vie. Mais il a découvert la vérité. Il a trouvé.

— Un prédateur sexuel.

— Trois arrestations. Une condamnation. Il s'était chaque fois attaqué à de jeunes adolescentes.

— Et… ils ont arrêté ce type pour le meurtre de votre fille ?

Janice leva les mains, comme si elle capitulait.

— Pas exactement. Écoutez, je ne suis pas là pour parler d'Elise.

Elle fouilla dans son grand sac, y prit plusieurs feuillets.

— Voilà, je vous ai imprimé ça. Il n'y est pas question d'Elise. Pas seulement, en tout cas.

Elle tendit les papiers, d'un geste brusque, à Shelby qui s'en saisit à contrecœur.

— Je vous demande juste d'y jeter un œil.

Réticente, Shelby feuilleta les documents. Ils étaient répartis en plusieurs séries, agrafées, portant l'en-tête « Overboard », par-dessus bord. Chacune concernait une personne différente, disparue en mer, et dont on racontait l'histoire.

— Qu'est-ce que c'est ?

— « Overboard », c'est le nom de notre organisation. Et ça, ce sont les cas sur lesquels vous pouvez vous documenter en consultant notre site web. Nous sommes les proches de gens qui ont disparu durant une croisière ou sont morts à bord d'un de ces paquebots.

— Il y en a beaucoup, s'étonna Shelby.

— Là, vous n'avez que quelques exemples, répondit Janice, lugubre. Ils sont très nombreux.

Shelby parcourut les documents, lut les conclusions. Elle secoua la tête.

— Des suicides. Des accidents.

— Les compagnies ne veulent pas de mauvaise publicité. Elles feraient n'importe quoi pour l'éviter. Il ne faut pas que les gens sachent la vérité.

L'indignation de Janice était immense, égale à celle émanant des récits qu'elle avait entre les mains.

— Je ne comprends pas... Quelle vérité ?

— Balancer quelqu'un d'un paquebot, c'est le crime parfait.

— Pardon ?

— Mais oui. Si personne ne vous voit le faire, c'est imparable.

Shelby frissonna, secoua encore la tête.

— Une minute, attendez...

Janice se pencha vers elle, son regard las soudain brûlant.

— Réfléchissez un peu. Combien de temps s'est écoulé avant que le navire stoppe puis fasse demi-tour pour rechercher votre fille ?

— Des heures, avoua Shelby dans un soupir.

Janice serrait son sac sur ses genoux. Elle opina avec brusquerie.

— Exactement ! On croit que, sur ces navires, on met tout en œuvre pour porter secours aux passagers. Mais à moins qu'il y ait un témoin du drame, le paquebot ne change pas de cap avant des heures. Et à ce moment-là, la personne que vous aimez a disparu depuis longtemps. On ne retrouve jamais les corps et…

— Ne dites pas ça !

— Excusez-moi, j'ai oublié. Vous espérez toujours.

Shelby entendit la pitié, et la pointe de mépris, dans la voix de sa visiteuse. Elle la contempla un instant, battant des paupières, puis détourna les yeux.

— C'est dur à assimiler, je sais, dit gentiment Janice.

— Que voulez-vous de moi ?

— Premièrement, soyez persuadée que vous n'êtes plus seule.

— Eh bien… merci, rétorqua Shelby sans conviction.

— Deuxièmement, je veux que vous rejoigniez notre mouvement. Que vous découvriez notre site. Lisez les histoires des autres. Vous comprendrez ce que je veux dire. Tout cela ne coûte pas un centime. Nous sommes simplement des gens qui ont été aveuglés par un deuil brutal. On nous a privés de ceux que nous aimions. Leur mort est restée trop longtemps impunie.

Shelby la dévisagea d'un air soupçonneux.

— Vous semblez assoiffée de vengeance.

Le terme fit grimacer Janice.

— Je préfère le mot justice. Mais nous n'espérons même pas ça, car il n'y a pas de justice. Par contre, nous espérons être assez nombreux pour exercer une influence.

— Une influence sur quoi ? interrogea Shelby, toujours aussi sceptique.

— Eh bien, par exemple, la façon dont on enquête sur ces drames. C'est une honte. Comme si une personne qui tombe à la mer était un désagrément mineur. En quoi est-il si crucial de poursuivre la croisière ?

La question était d'une douloureuse pertinence, d'ailleurs Shelby se l'était posée.

— Le capitaine m'a dit que, sur ces paquebots, les fausses alertes étaient monnaie courante.

— D'accord, mais quand il s'agit bien d'une disparition, ils s'en moquent. Et je vais vous dire pourquoi – les compagnies refusent d'ébruiter que des passagers meurent durant ces croisières. Cela nuit à leur image. Dans les journaux, on essaie d'étouffer ces drames.

— Je l'ai remarqué pour Chloe, convint Shelby.

— Les compagnies y veillent, insista Janice. Leurs services de RP se démènent pour étouffer ça dans l'œuf.

Shelby hocha lentement la tête.

— Lire ces histoires... c'est si pénible.

— Nous voulons qu'ils rendent des comptes sur ce qui se produit à bord de leurs navires. Sur le manque de sécurité et... leur réaction inadéquate lorsqu'un meurtre est commis. Bien sûr, c'est difficile dans la mesure où jamais personne n'est accusé de ces crimes. Pas de cadavre, pas de crime. Pas de poursuites judiciaires.

— Je ne vois pas à quoi vous pensez aboutir.

— Nous souhaitons les frapper là où ça fait mal

– au portefeuille. Échafauder une action collective en justice contre ces puissantes compagnies de croisière.

Shelby eut un mouvement de recul.

— Oh…

Enfin, elle comprenait. Albert Markson lui avait dit un jour que c'était au tribunal que les Américains pleuraient leurs morts.

— Je n'ai pas l'intention de traîner qui que ce soit en justice. Si vous pouvez tirer profit de votre deuil, tant mieux…

— En tirer profit ! Mon mari nécessite des soins constants dans une maison spécialisée depuis son attaque. Tout cela parce que notre fille était à bord de ce navire ! s'insurgea Janice. Si c'est là votre conception du profit…

— Madame Pryor, s'il vous plaît, coupa Shelby en se levant. Mes paroles n'avaient rien d'agressif. Je comprends ce que vous avez enduré, croyez-moi. Mais… je ne vais pas aussi loin que vous.

Janice se pencha en avant, les avant-bras sur son sac.

— Vous pensez qu'on doit permettre à ces compagnies de s'en tirer sans y laisser de plumes ?

— Avoir quelqu'un à accuser serait un réconfort. Néanmoins, si quelqu'un est à blâmer pour la mort de ma fille, c'est moi, dit sincèrement Shelby. Je leur ai offert cette croisière, à elle et son mari. Sans moi, ils n'auraient jamais mis les pieds sur ce navire. Et ce n'est pas tout : je voyais régulièrement ma fille, or je ne me suis pas aperçue qu'elle avait un problème d'alcool. Pourtant, elle l'avait, ce problème. Manifestement. Elle a trop bu et elle est tombée à la mer. Accuser la compagnie de croisière ne me la ramènera pas et ne m'apportera aucune satisfaction. Je demande simplement qu'on me laisse seule avec mon chagrin.

Janice soupira, se redressa à son tour. Elle considéra tristement Shelby.

— Quand vous aurez lu ce que nous publions sur notre site, peut-être changerez-vous d'avis. N'hésitez pas à me contacter. Vous avez mes coordonnées là-dessus…

— Oui, très bien.

— Encore une chose. Il serait préférable de ne pas parler de ma visite à votre gendre.

— Pourquoi donc ?

— Eh bien, il était à bord avec Chloe. Il pourrait être… impliqué…

Shelby en fut d'abord médusée puis, la seconde d'après, furieuse. Cette inconnue osait accuser Rob ? Shelby avait eu, fugitivement, un doute sur son gendre, mais elle l'avait entendu sangloter depuis leur retour, la nuit, quand il pensait la maisonnée endormie.

— Bon, ça suffit, dit-elle. Je n'en écouterai pas davantage.

Janice s'attarda un instant sur le seuil.

— Je ne prétendrai pas que vous me remercierez d'être venue. Mais je vous souhaite de ne plus rejeter la faute sur vous-même et Chloe, de découvrir le véritable coupable.

— Bonsoir, madame Pryor.

Shelby referma la porte et s'appuya contre le battant. Elle attendit, écoutant les pas de la femme s'éloigner, puis vérifia par la fenêtre que la voiture démarrait.

Une fois que le véhicule eut tourné au coin de la

rue, elle saisit brutalement le paquet de documents abandonnés sur le fauteuil, et les mit à la poubelle. Puis elle vida le verre de Janice Pryor, le rangea dans le lave-vaisselle. Elle voulait effacer la moindre trace de cette femme, de sa sinistre visite.

Elle tremblait de la tête aux pieds, frigorifiée malgré la douceur du soir. Elle se sentait au bord de la crise de nerfs, salie, éclaboussée. Inutile d'essayer d'avaler quoi que ce soit, ça lui resterait sur l'estomac. Elle ne regarderait pas non plus la télé, elle n'y cromprendrait rien.

Mais pourquoi ai-je laissé cette bonne femme entrer ? se répétait-elle.

Elle n'avait qu'une envie, prendre une longue douche brûlante. Au moins, elle pourrait pleurer sans se réfréner, autant qu'elle voudrait et, même si Rob et Jeremy rentraient de bonne heure, ils ne l'entendraient pas. Elle verrouilla la porte d'entrée, ainsi que celle de derrière. Cependant, quand elle tourna la poignée pour vérifier que c'était bien fermé, qu'elle ne risquait rien, elle songea, en frémissant, qu'un verrou ne suffisait pas à garantir sa sécurité. Si un être malfaisant voulait s'introduire dans la maison, il trouverait toujours un moyen.

11

En pyjama et peignoir, Shelby descendit à la cuisine. Elle jeta un coup d'œil à la pendule, Rob et Jeremy rentreraient bientôt du cinéma. Elle grignota un bout de fromage, des crackers, puis remonta dans la chambre de Molly pour essayer de trouver une émission distrayante.

Mais tout en zappant, elle repensait malgré elle à la visite de Janice Pryor. Oublie ça, se tança-t-elle. Oublie l'intrusion dans ta vie de cette femme. Impossible, malheureusement. Chloe disparue, Shelby était de facto devenue membre du groupe « Overboard », que ça lui plaise ou non. Ces gens étaient ceux, sur cette terre, avec lesquels elle avait désormais le plus de points communs. Ces gens avaient tous souhaité gaiement à une personne aimée un « bon voyage », ou lui avaient dit « bonne nuit », ou « bonne promenade sur le pont », pour ne plus jamais la revoir ensuite. Comment s'imaginer capable de résister à leur histoire ?

Elle finit par se lever du lit, allumer son ordinateur portable et taper « Overboard ». Le site s'afficha sur l'écran. Malgré elle, Shelby se mit à lire. Au bout d'une demi-heure, elle entendit la porte, en bas, s'ouvrir, les voix de Rob et Jeremy.

Elle ne bougeait pas, attentive aux bribes de leur conversation qui lui parvenaient. Ils se demandaient si elle dormait, s'ils allaient ou non la réveiller. Rob trancha, demanda à Jeremy de se brosser les dents et d'enfiler son pyjama.

— Mais Shep, elle a pas éteint sa lampe, protesta le garçonnet.

— Elle s'est probablement endormie avec la lumière allumée.

— On peut l'éteindre ?

— Non, on risquerait de la déranger. Laissons-la dormir. Shep est très fatiguée.

Shelby n'aurait su expliquer pourquoi elle ne sortait pas de la chambre. Elle avait pourtant envie de les voir, d'écouter Jeremy lui raconter le film. Mais impossible de quitter ce site web. De ne pas s'absorber dans la lecture des récits qui y étaient réunis. Et comme elle ne tenait pas à ce que Rob et Jeremy sachent ce qu'elle fabriquait, elle garda le silence.

Leurs voix s'estompèrent. Jeremy, ne pensant plus à sa grand-mère, se remémorait avec enthousiasme les passages du film qu'il avait préférés. Rob répondait tout bas.

Quand elle ne les entendit plus, Shelby reprit sa lecture. Elle était fascinée par ces histoires, comme ces badauds qui se pressent sur les lieux d'un accident. Mais, là, elle était à la fois le badaud et la victime. Si ceux qui avaient raconté leur drame sur le site envisageaient une action en justice, cela ne transparaissait pas à travers leurs témoignages. Au contraire, leurs récits étaient empreints de frustration, de peine et d'incrédulité.

Dans deux ou trois cas, constata Shelby, les gens se refusaient tout simplement à accepter la réalité – en l'occurrence leurs proches partant en croisière pour tenter de soigner une dépression et, pour finir, abandonnant leurs affaires soigneusement rangées dans leur cabine, accompagnées d'un billet d'adieu. D'autres cas exigeaient, semblait-il, une enquête criminelle. Une des victimes, par exemple, était une dame d'âge mûr qui n'appréciait pas le petit ami de son fils, riche et débauché. Elle acceptait cependant de partir en croisière avec eux, aux frais dudit petit ami, et disparaissait à jamais du navire.

L'une des histoires les plus étranges était, de fait, la disparition d'Elise Pryor. Réfutant la version officielle des événements, Janice Pryor et son époux avaient inlassablement mis à jour leur récit, à mesure qu'ils cherchaient, et trouvaient, des réponses. Il y avait effectivement à bord du navire sur lequel voyageait Elise un steward déjà condamné pour agression sexuelle sur de jeunes adolescentes. Lorsque le mari de Janice eut attiré l'attention de la compagnie de croisière sur son palmarès, on fouilla la cabine du steward. Coincé entre son lit et la cloison, on découvrit un haut de bikini appartenant à Elise Pryor. La police enquêta pour finalement conclure qu'on manquait d'éléments concrets pour mettre l'homme en examen. Le steward fut congédié pour avoir falsifié son CV, et débarqué à Miami. Après quoi, on perdit sa trace.

Shelby, au fur et à mesure de sa lecture, partageait de plus en plus la rage des Pryor. Elle se reprochait aussi d'avoir chassé sans ménagement la mère endeuillée. Pourtant nul ne pouvait mieux qu'elle comprendre ce qu'éprouvaient ces parents. Elle avait subi la même perte, on lui avait servi le même... mensonge. Oui, pensa Shelby. Le même mensonge. Maintenant qu'elle se remémorait ces journées atroces à Saint-Thomas, il lui semblait qu'on s'était avant tout ingénié à gommer le problème de la disparition de Chloe. Or quelle meilleure manière que de rejeter la faute sur la victime ? Prétendre que, dans son ivresse, elle était tombée à l'eau. Il n'était cependant pas inconcevable que Chloe ait croisé un criminel. Une compagnie qui avait engagé par mégarde un prédateur sexuel pouvait en embaucher d'autres.

L'adrénaline crépitait dans ses veines. Assommée par la révélation de l'alcoolisme de Chloe, elle avait gobé ce que lui racontaient les officiels. À présent, elle était honteuse d'avoir accepté, en se fondant sur si peu d'informations, de considérer que sa fille était responsable de sa propre mort. Non, se répéta-t-elle. Je dois découvrir s'il n'y a pas eu autre chose. Mais comment ? Inutile d'exposer tout cela à la police de Philadelphie, puisque les policiers de Saint-Thomas et le FBI étaient satisfaits de leur version du drame. Impossible d'enquêter elle-même – elle ne saurait par où commencer. Il lui fallait l'aide d'une personne compétente.

Engager un détective privé ? Cela lui paraissait vain. Elle ne connaissait les détectives privés que par les séries télévisées et les thrillers. Des personnages négligés, qui fumaient comme des cheminées, avaient une vie sentimentale mouvementée et peinaient à rester sobres le temps d'élucider le meurtre. Attendre de l'aide de tels olibrius et les payer pour ça, il y avait de quoi rire. Certes, dans la réalité, les privés devaient être moins pittoresques. Mais elle n'avait dans ce domaine aucune expérience. Que faire – choisir un nom au hasard dans l'annuaire ?

Soudain, une idée lui vint, qui lui remonta le moral. En fait, elle avait dans son entourage l'homme de la situation : Perry Wilcox, le chef de la sécurité des magasins Markson, un type charmant qui, durant quinze ans, avait été inspecteur à la brigade criminelle de Philadelphie. Sa fille étant tombée malade – un diabète sévère –, la présence de Perry à la maison était indispensable. Il ne pouvait plus se permettre de travailler tard, d'avoir des horaires irréguliers, il s'inscrivit à une formation sur les délits informatiques, les techniques de surveillance, et fut séduit. Il démissionna donc de la police pour entrer dans le secteur privé où il fut embauché par Albert Markson. Depuis huit ans, grâce à lui, le système de sécurité des magasins Markson était à la pointe de la technologie.

Perry m'expliquera comment m'y prendre, songea Shelby, ou du moins m'indiquera quelqu'un de confiance. Elle s'empressa de chercher l'adresse mail de Perry, rédigea avec soin un message explicite. Un moment après l'avoir envoyé, elle recevait une réponse de Perry qui lui donnait rendez-vous à son bureau le lundi matin. « Je ne suis pas sûr de pouvoir vous être utile », écrivait-il – et Shelby se le représenta, grave et digne – « mais comptez sur moi pour essayer. » Cela lui suffisait pour l'instant, décréta-t-elle, en revenant au site web de l'organisation « Overboard » pour en parcourir les pages sinistres et désespérantes. C'était un point de départ.

Le lendemain matin, Shelby buvait son café en lisant le *Philadelphia Inquirer* à la table de la salle à manger, quand Rob et Jeremy rentrèrent de l'église. Le petit garçon courut se blottir contre sa grand-mère qui tourna vers Rob un regard alarmé.

— Beaucoup de questions sur… sa maman, expliqua son gendre. Les gens ne font pas ça méchamment.

Shelby frictionna le dos de Jeremy, murmurant d'un ton apaisant, pour le distraire de son chagrin :

— Comment c'était, le film, hier soir ?

Il marmonna une réponse incompréhensible, cachant toujours sa figure. Rob se servit une tasse de café.

— Les enfants ont adoré. Molly voulait rentrer avec nous et dormir ici, mais… je l'ai déposée chez son amie Sara en sortant du cinéma.

Le sous-entendu n'échappa pas à Shelby – elle gênait. Jeremy se recula soudain, déclara :

— On a vu un petit chat.

— Vraiment ? Où ça ?

— Il courait entre les maisons. Derrière.

— Il y est peut-être encore. Pourquoi tu n'irais pas voir ?

— Je vais voir, papa ?

— D'accord. Mais tu restes dans le jardin.

Jeremy fonça vers la porte et sortit dans le jardinet. Shelby le suivit des yeux. Le moment lui parut opportun pour évoquer ses projets.

— Je vais rentrer chez moi ce soir. Je dois passer au bureau demain, dit-elle négligemment.

— Ah oui ? rétorqua Rob, sans dissimuler que c'était pour lui une bonne nouvelle. Parfait.

— Ce n'est que pour demain, annonça-t-elle, repliant avec soin le journal. Ensuite je reviens ici. Vous pouvez trouver quelqu'un pour garder Jeremy, demain après l'école ?

Les traits de Rob s'affaissèrent visiblement, cependant il se ressaisit aussitôt.

— Bien sûr, je demanderai à son institutrice, Darcie. Elle m'a proposé son aide.

— Tant mieux.

Elle l'observa un instant. Elle n'avait pas l'intention de l'informer de son plan : convaincre Perry Wilcox d'enquêter sur la disparition de Chloe. Et elle préférait ne pas trop s'interroger sur les raisons qui la poussaient à éviter le sujet. En revanche, il lui semblait nécessaire de parler du malaise qui régnait entre eux.

— J'imagine que j'abuse de votre hospitalité. Mais je ne pense pas que Jeremy soit encore prêt à me voir partir.

Il haussa les épaules, reposa sa tasse de café et prit le *Philadelphia Inquirer*.

— C'est vous qui décidez.

— Je crois que je resterai encore un certain temps,

répondit-elle en se levant. Bon, il vaudrait mieux que j'explique la situation à Jeremy, pour demain.

— Si vous le dites, répliqua-t-il, le nez dans le journal.

12

Shelby n'était pas repassée chez elle depuis qu'elle avait posé ses bagages dans la maison de Chloe, avant la croisière. Le chagrin l'assaillit lorsqu'elle entra. Tout était en ordre. Son amie Jen avait, comme promis, relevé le courrier et arrosé les plantes. L'appartement, avec son panorama sur le fleuve miroitant dans la nuit, était aussi élégant et net qu'à l'accoutumée. Mais, en posant le pied dans le vestibule, elle se demanda – un automatisme – si elle aurait ou non un message de Chloe sur le répondeur. Ce fut ce qui la terrassa – il n'y aurait plus de message, ni aujourd'hui ni jamais.

Elle fit le tour des pièces, allumant les lampes, songeant que nul hormis le concierge ne la savait de retour, que tout le monde s'en fichait. Elle avait honte de sa solitude, comme si elle avait échoué à se bâtir une existence qui ait un sens.

Elle alluma son ordinateur, afficha ses courriels. Elle en avait reçu un de Giroux, le chef de la police de Saint-Thomas. « Inutile de continuer les recherches, il n'y a plus aucun espoir. » Elle le lut et le relut, en larmes, avant de rédiger sa réponse.

Puis elle se servit un verre de vin, s'assit sur son canapé gris et contempla les festons de lumière qui ourlaient le Benjamin Franklin Bridge.

Dans l'obscurité, sous le pont, le fleuve Delaware coulait vers la baie qui, à la pointe du New Jersey, se déversait dans l'Atlantique. Et l'Atlantique, très loin vers le sud, se confondait avec la mer des Caraïbes. Et là-bas, sur le sable blanc du fond de la mer, gisait Chloe. Le corps naguère vivant de Chloe, maintenant noyé, harponné par un récif ou prisonnier d'herbes marines. Toutes les eaux de la planète se rejoignaient et se mêlaient. Les yeux rivés sur le fleuve, pareil à de l'onyx étincelant, Shelby eut la sensation que son sang, dans ses veines, charriait de la glace.

Elle dormit mal ; le lendemain, elle se leva tôt et prit tout son temps pour s'habiller. Elle arriva aux magasins Markson, où elle avait rendez-vous avec Perry, avec une demi-heure d'avance, monta au quatrième étage et gagna son bureau. Son assistante, Rosellen, au teint café au lait, coiffée de tresses africaines qui lui tombaient sur les épaules, était diplômée de la Wharton School, l'école de finance la plus prestigieuse des États-Unis. Pour l'heure, penchée sur son ordinateur, elle dressait des tableaux. Elle leva le nez et, quand elle reconnut sa supérieure hiérarchique, eut une expression de surprise et de réel plaisir qui réconforta Shelby.

— Je ne savais pas que vous veniez aujourd'hui ! s'exclama-t-elle, se précipitant pour l'étreindre chaleureusement. Je suis si désolée pour Chloe.

Shelby la remercia.

— Vous auriez dû m'avertir de votre visite, la gronda Rosellen. J'ai une liste longue comme le bras de gens qui veulent vous parler.

Jusqu'à cet instant, Shelby n'en avait pas eu vraiment conscience, mais elle ne se sentait pas du tout prête à reprendre le collier. Elle considéra le bureau, les piles de dossiers et de photos sur sa table, les portants appuyés contre le mur, chargés de vêtements, les étiquettes pendant aux manches. Normalement, ce spectacle, ces tâches à accomplir l'auraient emplie d'énergie et de détermination. Aujourd'hui, elle n'avait qu'une envie : fermer les yeux.

— Je ne suis là pour personne, dit-elle. Je suis passée uniquement parce que j'ai rendez-vous avec Perry Wilcox.

— Le type de la sécurité ?

Shelby opina, sans s'expliquer davantage.

— Comment ça marche ? Vous vous débrouillez parfaitement sans moi, je présume ?

— On se croirait dans une maison de fous, avoua Rosellen, s'asseyant au côté de Shelby sur le long canapé, face à la table basse où s'entassaient des magazines de mode. Elliott Markson... disons qu'il fourre son nez partout.

— Je suis navrée.

— Ne vous inquiétez pas pour ça, répliqua Rosellen d'un ton résolu. Je gère la situation. Tant que vous n'êtes pas prête à revenir, ne vous faites aucun souci pour le travail.

— Merci, dit Shelby en se relevant. Bon, il faut que j'aille voir Perry.

Elle fit au revoir de la main à Rosellen, sortit et longea le couloir menant au bureau du responsable de la sécurité. Perry Wilcox l'y attendait, calme et soigné de sa personne, à son habitude. Il n'avait pas encore soixante ans, pourtant il paraissait plus âgé et avait un air paternel, avec ses cheveux clairsemés soigneusement peignés en arrière, ses lunettes à monture argentée. Il désigna un fauteuil à Shelby, referma la porte.

— Je ne me suis pas roulé les pouces depuis que j'ai reçu votre courriel, Shelby. Personnellement je n'ai guère d'expérience dans ce genre d'enquête, mais j'ai passé quelques coups de fil et discuté avec plusieurs de mes anciens collègues qui ont été de bon conseil.

— Que suggèrent-ils ?

Perry s'assit à sa table et joignit les mains sur son buvard immaculé.

— Pour commencer, je veux vérifier les antécédents de tous les membres de l'équipage.

— Oui, très bien.

— Je réclamerai également des copies des vidéos de surveillance.

— Je les ai visionnées. La police me les a montrées à Saint-Thomas.

— Sans vouloir vous offenser, vous n'étiez pas en état de savoir ce qu'il fallait regarder sur ces images. Je vais aussi demander à la compagnie une copie des facturettes de Chloe et de son mari. Cela nous indiquera ce qu'ils ont acheté, quels endroits ils fréquentaient à bord du paquebot, leurs allées et venues.

— D'accord.

— L'un des inspecteurs que j'ai eus au téléphone

m'a soumis une idée : vous pourriez peut-être promettre une récompense en échange de renseignements.

— Mais la police a interrogé tout le monde. Si quelqu'un avait eu des informations, il les aurait gardées pour lui ?

— Shelby, ces navires peuvent embarquer plus de deux mille cinq cents passagers, rétorqua-t-il patiemment. Les policiers ne les ont pas tous interrogés, c'est impossible. Et rien ne délie davantage les langues que la perspective d'empocher un peu d'argent.

Elle acquiesça, la mine sombre.

— Ça, c'est sûr. Sur quel support publier cette promesse de récompense ?

— Dans l'idéal, il faudrait adresser un courriel à tous les individus figurant sur le manifeste.

— Le manifeste ?

— La liste des passagers et des marchandises transportés par le navire. Il serait utile de l'avoir pour d'autres raisons. Vous pourriez éplucher cette liste et vérifier s'il n'y avait pas à bord quelqu'un qui était lié à votre fille, qui était peut-être en conflit avec elle, ou qui aurait eu un motif de s'en prendre à elle. En dehors de son mari, naturellement.

Shelby le dévisagea.

— Vous le soupçonnez, dit-elle.

— À l'évidence, son mari était la seule personne, à notre connaissance, qui aurait pu lui vouloir du mal. Voilà pourquoi nous avons besoin de cette liste. Au cas où vous y repéreriez un nom qui vous évoque quelque chose.

— Oui, ça me semble pertinent. Mais, cette liste, nous l'aurons ?

— Ce sera difficile. La compagnie refusera probablement de nous la communiquer. Ils s'abriteront derrière le prétexte de la confidentialité. Un avocat m'a dit que, dans une affaire similaire, il avait recouru au *subpoena*, une injonction à comparaître – mais la compagnie n'a produit qu'une liste ne comportant ni adresses ni coordonnées téléphoniques.

— C'est révoltant.

— Pour eux, c'est de la mauvaise publicité. Ils veulent mettre ça sous le tapis.

— Donc, selon vous, nous nous heurterons à un mur.

— La police de Saint-Thomas a peut-être exigé et obtenu le manifeste. Je les interrogerai à ce sujet.

— M. Giroux, le chef de la police locale, a été très gentil. Il a essayé d'agir.

Elle se remémora son courriel – « Il n'y a plus aucun espoir. » Il lui avait écrit ces mots par sollicitude, car il était temps d'affronter la réalité. Aussi, dans sa réponse, avait-elle à contrecœur, douloureusement, accepté d'arrêter les recherches.

— G-I… ? épela Perry, griffonnant sur son bloc-notes.

— R-O-U-X. Nous avons fait le tour ?

— Je dois vous poser une question, répondit Perry, hésitant. Votre gendre sait-il que vous souhaitez rouvrir l'enquête ?

— Je ne lui en ai pas parlé, répliqua-t-elle, détournant le regard.

Une expression sagace se peignit sur les traits de Perry.

— Savez-vous si, à Saint-Thomas, il s'est soumis au détecteur de mensonge ?

Shelby écarquilla les yeux.

— Non, je l'ignore.

— Je le demanderai à M. Giroux quand je l'appellerai.

Shelby était tiraillée entre l'envie de creuser ce sujet, et le refus de connaître son opinion.

— Avons-nous une petite chance de découvrir ce qui est vraiment arrivé à Chloe ?

— Évidemment. Vous m'avez contacté dans ce but, n'est-ce pas ? Maintenant, essayez de ne pas vous tourmenter, ajouta-t-il en se levant. Je vous avertirai dès que j'aurai du nouveau.

Shelby ouvrit son sac, y pêcha son carnet de chèques.

— Très bien, c'est parfait. Je vous laisse un chèque d'acompte et, quand ce sera terminé, vous n'aurez qu'à me donner votre facture…

— Ah non, non ! protesta-t-il en levant la main. Pas de rémunération, puisque je traiterai cette affaire comme s'il s'agissait d'une mission concernant les magasins Markson. Vous êtes une employée éminente de cette société. C'est ce que M. Markson aurait voulu.

Albert Markson, rectifia mentalement Shelby. Elle n'était pas du tout certaine qu'Elliott partagerait ce point de vue.

— Vous êtes sûr ? Je serais heureuse de vous rétribuer, Perry.

— Je n'aimerais pas qu'on pense que je cherche à mettre du beurre dans mes épinards à vos dépens. Que cette histoire reste entre nous, d'accord ?

Shelby se leva à son tour. Ils échangèrent une poignée de main.

— Vous aurez bientôt de mes nouvelles.

— Je ne vous remercierai jamais assez.
— C'est le moins que je puisse faire. Vous avez perdu votre unique enfant.

13

Le reste de sa journée s'écoula dans une sorte de brouillard. En quittant les magasins Markson, elle fit des courses au centre-ville. Pour finir, elle s'arrêta au cabinet du Dr Cliburn, l'employeur de Chloe. Elle n'avait jusqu'ici pas eu le courage d'aller récupérer les affaires de Chloe et d'affronter les collègues de sa fille. Mais ces jeunes femmes lui témoignèrent une vive sympathie, comprenant à quel point cette tâche lui était pénible. L'une d'elles avait rangé les affaires de Chloe dans un sac en plastique bleu ciel. Shelby y jeta un coup d'œil, découvrit une paire de sabots, un mug, un cardigan et une photo encadrée.

Le Dr Cliburn, un quinquagénaire grand et bourru, sortit de son bureau pour lui présenter ses condoléances. Tous n'avaient à la bouche que des paroles de compassion, de réconfort, si bien que Shelby eut bientôt la sensation d'étouffer. Elle quitta précipitamment le cabinet au décor riant, aux murs ornés de photos de bébés. Un début de migraine lui taraudait le crâne. Elle rejoignait sa voiture quand elle reçut un texto de Talia. « GLEN À LA MAISON. APPELLE-MOI. »

Glen, pensa-t-elle avec lassitude. Avait-il de nouveau des ennuis ? Il était le plus jeune des Winter, et le seul des trois qui, malgré son intelligence aiguë, n'avait jamais eu d'autre objectif dans la vie, semblait-il, que de se défoncer et d'éviter toute responsabilité. Il travaillait sporadiquement, logeait chez des copains ou des connaissances, fuyait comme la peste toute relation affective sérieuse. Il était souvent en délicatesse avec la justice, ce qui se soldait généralement par des vitupérations indignées contre les flics. Ses visites à la maison étaient rares. L'état de notre mère a dû empirer, pensa Shelby. Glen n'était pas là pour faire des mondanités. Shelby aurait voulu effacer le problème de son esprit, mais c'était illusoire. Feindre de n'avoir pas lu le texto ne l'avancerait guère.

Renvoyer un message à Talia ou lui téléphoner n'arrangerait rien non plus. Shelby était à proximité de l'université. Elle décida de se rendre directement au labo de Talia pour parler de vive voix à sa sœur.

Le parking de l'Université de Pennsylvanie étant bondé, Shelby fut obligée de se garer loin du labo d'informatique. La façade du bâtiment était essentiellement en verre, les escaliers et les couloirs aménagés dans d'énormes tuyaux et sur des passerelles métalliques qui contrastaient avec les murs intérieurs en brique d'aspect chaleureux. Shelby pénétra dans l'immeuble et descendit les marches conduisant au labo et au bureau de Talia.

Une femme mince et charmante aux cheveux mal coupés était installée devant un ordinateur. Shelby toqua à la porte grande ouverte.

— Oui ? fit la femme en levant les yeux.
— Faith ?
— Oui…, bredouilla celle-ci, surprise.
— Je suis Shelby, la sœur du Dr Winter.
— Oh, bien sûr, dit Faith avec un sourire. Entrez donc.
Elle désigna un fauteuil, où Shelby s'installa.
— Elle est là ?
Son interlocutrice reporta son attention sur son écran.
— Elle devrait arriver d'un instant à l'autre. Ce soir, elle finit tôt.
— Vous paraissez très occupée.
— Je le suis, je dois terminer cette recherche. Mais le temps me manque en permanence. Mon mari et moi, nous restaurons notre logement de nos mains. Du coup, rentrer à la maison est presque pire que travailler.
— Je ne voudrais pas vous déranger. J'attendrai dans le couloir.
— Non, restez donc ici, vous ne m'embêtez pas du tout. Votre sœur passera par là en se rendant au labo.
Shelby opina et observa les étudiants qui allaient et venaient dans le couloir, chacun trimbalant son ordinateur portable. Il lui semblait que, sous l'effet de la migraine, son cerveau palpitait. Elle ne couperait pas à une visite à sa mère, elle le savait. Heureusement, la présence de Glen rendrait la corvée moins pesante. Elle aimait bien son frère, malgré ses défauts. Mais elle redoutait de voir Estelle dans les affres de l'agonie. Quant à la maison, l'atmosphère y était chargée de leur triste histoire familiale. Shelby enviait presque leur mère qui perdait la mémoire.

À cet instant, Talia apparut, en pantalon à taille élastique, cardigan et chaussures à semelle de caoutchouc. Elle avait le front plissé, les sourcils froncés – son expression habituelle. Shelby se redressa.

Talia parut surprise et tendit le bras, comme pour attirer sa sœur à elle. Ou la repousser ? Décontenancée, Shelby regardait cette main tendue que Talia finit par essuyer sur son pantalon.

— J'ai eu ton texto, dit Shelby. À propos de Glen. Qu'est-ce qui se passe ? Maman va plus mal ?

— Son état est stationnaire. Mais quand il a téléphoné l'autre soir, je lui ai conseillé de venir la voir. Avant qu'il soit trop tard. C'est aussi valable pour toi. Je suis fatiguée de te le répéter.

— Tu m'accompagnes ? soupira Shelby.

— Quand j'aurai terminé. Pour le moment, j'ai du travail.

— Glen et toi, vous ne vous êtes pas manifestés... depuis que Chloe...

Shelby n'acheva pas sa phrase. L'agacement se peignit sur le visage de Talia.

— Je ne peux pas tout planter là comme ça. Nous avons des programmes à lancer.

— Et ça ne peut pas attendre ?

— Le monde n'est pas régi par ton emploi du temps.

Shelby frappa à la porte de la maison où elle avait grandi. Leur quartier était une bizarrerie dans cette ville – des rues entières de pavillons. Lorsque leur père était encore en vie et enseignait l'algèbre au lycée, cette enclave constituait un petit paradis pour les jeunes couples possédant les moyens de s'y loger. Depuis le décès de M. Winter, le secteur avait été colonisé par les immigrés russes ; sur les panneaux, on lisait maintenant des inscriptions en anglais et en caractères cyrilliques. Autrefois, les enfants fréquentaient l'école du coin et jouaient dans le jardin municipal. Sans doute cela n'avait-il pas changé, à ceci près que désormais les familles étaient plus pauvres, les odeurs de cuisine plus envahissantes et que, si l'on fermait les yeux et ouvrait ses oreilles, on pouvait se croire à Moscou. Talia faisait le minimum pour entretenir la demeure familiale, et ne se souciait absolument pas d'esthétique, si bien que la maison paraissait beaucoup plus lugubre et délabrée qu'elle ne l'était en réalité.

Ce fut Glen qui l'accueillit. Il n'avait pas encore quarante ans – même si cela ne tarderait plus –, pourtant sa tête hirsute grisonnait. Il portait plusieurs couches de T-shirts sous un gilet, un jean délavé et troué.

— Shelby ! s'exclama-t-il en la serrant dans ses bras. Je suis désolé pour Chloe, lui murmura-t-il à l'oreille. Quand j'ai appris ça, j'ai été épouvanté. Cette môme était un ange.

Elle eut toutes les peines du monde à dissimuler son étonnement. Talia l'aurait donc mis au courant ?

— Merci, Glen. Comment tu as su que... ?

— Je lis les journaux de temps à autre.

Il se recula, la regarda droit dans les yeux.

— Je l'aimais beaucoup, tu le sais bien. Je l'adorais.

Shelby poussa un soupir. Il n'avait jamais souhaité son anniversaire à Chloe, ni assisté à un seul de ses galas de fin d'année, à l'école, mais parfois il débarquait à l'improviste, avec un bouquin chipé dans une librairie, ou un jouet déniché dans une association caritative quelconque. Sans doute était-il sincère en affirmant qu'il aimait Chloe – à sa manière.

— Je sais.

Glen balaya d'un coup d'œil la rue paisible.

— Où est notre Dr No ? plaisanta-t-il.

Shelby ne put s'empêcher de sourire.

— Toujours dans son labo.

— Vite, dépêche-toi d'entrer avant qu'elle déboule à califourchon sur son balai. Je nous ai acheté une bouteille de vin et des trucs à grignoter.

— Toi, tu as acheté de la nourriture ?

— Mais oui.

Glen la précéda à l'intérieur. Les tentures masquaient la large fenêtre du salon. La salle à manger avait été transformée en bureau pour Talia, encombré de matériel informatique, de paperasses et de dossiers.

Ils passèrent dans la cuisine pareille à ce qu'elle était autrefois – les mêmes plans de travail, le même lino éraflé. Sur le comptoir trônait une bouteille débouchée, un morceau de cheddar dans son emballage plastique et des crackers.

Shelby s'assit sur un tabouret, face à son frère cadet. Elle sourit quand il versa le vin dans des verres à orangeade, coupa le fromage.

— Comment va maman ? demanda-t-elle en prenant le cracker surmonté d'une lamelle de fromage que Glen lui offrait – en fait, elle était affamée.

— Elle roupille.

Shelby se représentait sans peine la vieille chambre parentale, plongée dans la pénombre et où flottaient des relents de sueur et d'alcool.

— Elle va très mal, d'après Talia.

Glen haussa les épaules.

— Talia lui a fait prescrire des antalgiques. Elle les avale avec du gin et, après, elle est contente.

C'était cet humour macabre qui leur avait permis de survivre à leur enfance. Pourquoi changer maintenant ?

— Le nirvana. Alors, qu'est-ce qui t'amène ici ?

— Quelle question. Nous sommes en plein drame familial, non ?

— À cause de l'état de maman ?

— Elle est responsable de son état. C'est triste mais... bref. Je parlais de la mort de Chloe, évidemment.

— Merci, grimaça-t-elle. J'ai pensé un instant que, peut-être, Talia t'avait contacté...

— Eh non.

— Elle m'a envoyé une carte de condoléances. J'en ai été sidérée. Une carte de condoléances !

— Elle est dingo.

— Et toi, tout va bien ? interrogea-t-elle, craignant la réponse.

— Comme d'hab. Mais on n'est pas là pour causer de moi. Je veux que tu me racontes pour Chloe.

— Qu'est-ce que tu sais au juste ?

— J'ai lu qu'elle avait bu et que, du coup, elle était tombée à l'eau, rétorqua-t-il avec une brutale franchise.

Shelby tressaillit.

— Glen, bon Dieu...
— Eh ben, c'était dans le journal.
— La version officielle, oui. J'ai chargé le chef de la sécurité des magasins Markson de creuser davantage.

Son frère écarquilla les yeux.
— Ah oui ?

Elle lui relata brièvement la visite de Janice Pryor, le site web « Overboard ».

— Ce serait moche, tout simplement, d'avaler ça comme du pain bénit.

— Je suis d'accord, dit Glen. Mais pourquoi le chef de la sécurité des magasins Markson ?

— Avant, il était inspecteur de la criminelle, ici à Philadelphie.

— Ça ne fait pas de lui un expert, railla Glen.

Il méprisait souverainement la police, ce que Shelby n'ignorait pas. Après des années sur le fil du rasoir, d'innombrables arrestations pour usage de drogue ou conduite en état d'ébriété, qu'il estimait iniques, il avait fini par se considérer comme une victime et à voir la police comme une organisation liguée contre lui, déterminée à le coffrer.

Shelby l'empêcha de se lancer dans son habituelle diatribe.

— Il n'y a aucune garantie, bien entendu. Je serai peut-être contrainte d'accepter la version officielle. Mais j'ai besoin d'une certitude.

Il réfléchissait, le front plissé.
— Tu savais que Chloe picolait ?
— Non, apparemment elle le cachait à tout le monde. Y compris à moi. Rob lui-même n'était pas au

courant, jusqu'à ce qu'elle frôle l'accident. Jeremy était dans la voiture. Elle a quitté la chaussée et roulé sur un trottoir. Heureusement, ils n'ont pas été blessés.

— Les flics étaient sur les lieux ?

Glen but son vin d'un trait et remplit de nouveau son verre.

— Non. Heureusement, Rob est arrivé avant qu'on ait alerté la police. Elle lui avait promis qu'elle arrêterait de boire.

— C'est ce que Rob t'a dit.

— Oui… Pourquoi tu secoues la tête ?

— Pas de flics, donc pas d'éthylomètre, pas de déposition. Quand on se fait choper bourré au volant, je sais ce qui se passe, crois-moi.

Dans ce domaine, effectivement, Glen en connaissait un rayon.

— Tu as sans doute raison.

— Évidemment que j'ai raison ! On lui a pas sucré son permis, à Chloe. Il n'y a aucune preuve que les choses se soient passées comme il le prétend.

— Quoi qu'il en soit, ça a suffi pour qu'elle se mette à fréquenter les AA.

— Qu'il dit, rétorqua Glen, brandissant une tranche de fromage piquée sur la pointe de son couteau.

— Tu penses à quoi, exactement ?

— Comment on sait qu'elle a assisté aux réunions des AA ? C'est anonyme !

— Mais… pourquoi il mentirait ?

— N'empêche qu'il est possible que ce soit un mensonge. Qu'elle n'ait pas bu. Qu'il ait seulement voulu vous persuader, toi et les flics, qu'elle était alcoolique.

— Glen, tu es complètement parano. Rob n'inventerait pas une histoire pareille. D'ailleurs, j'ai visionné un film de vidéosurveillance, on y voit Chloe au bar. Et ensuite à la table de bingo, où elle s'écroule complètement.

— Tu l'as vue commander une boisson au bar – peut-être un soda.

— Non, non ! Le barman a déclaré à la police que c'était de la vodka.

— Peut-être qu'il mentait. Ou peut-être qu'on l'a payé pour corser sa boisson. Pour qu'elle ait l'air soûle.

— Non, répéta Shelby qui essayait de se remémorer précisément la vidéo. Pourquoi est-ce qu'on… Écoute, Glen, c'est déjà suffisamment dur sans que tu en rajoutes avec ta manie du complot, s'énerva-t-elle.

Glen leva les mains.

— Hé, ho ! Tu crois ce que tu veux. Moi, je dis ça comme ça. Son mari a affirmé qu'elle était alcoolo. Mais on n'a aucune preuve. Franchement, je comprends pas que tu avales ça les yeux fermés. N'importe qui aurait pu mettre de la drogue dans son verre, pour que ce soit plus facile de la balancer à la flotte.

Shelby blêmit.

— Mais pourquoi ? s'indigna-t-elle. Tu es vraiment… C'est invraisemblable. Si on l'avait droguée, on s'en serait aperçu à…

— Quoi donc ? À l'autopsie ? l'interrompit-il, triomphant. Réfléchis un peu, Shel. Il n'y a pas eu d'autopsie. On n'a pas retrouvé son corps. Il n'y a aucun moyen d'en avoir le cœur net.

— C'est vrai, balbutia Shelby d'une voix à peine audible.

Elle reposa son verre de vin, de crainte de le laisser tomber : ses mains tremblaient.

14

Shelby s'efforça de ne pas faire de bruit en entrant dans la maison, elle quitta ses chaussures et les laissa dans le vestibule. Mais elle n'avait pas franchi le seuil du salon qu'elle entendit, en haut :

— C'est vous, Shelby ?

— Oui, répondit-elle, essayant d'adopter un ton léger et amical. Désolée de vous avoir dérangé.

Rob descendit quelques marches, se pencha par-dessus la rampe.

— Je n'étais pas couché. Comment s'est passée votre journée ?

— Je suis éreintée, dit-elle sincèrement. Jeremy dort ?

— Oh oui, comme une bûche.

Shelby hocha la tête, se dérobant au regard de son gendre.

— Tant mieux, heureusement qu'il peut dormir.

— Bonne nuit, Shelby.

Sans attendre de réponse, il pivota et remonta l'escalier. Shelby se dirigea vers la cuisine où elle se remplit un verre d'eau. Puis elle s'assit sur une chaise et balaya la pièce des yeux. Si j'étais Chloe, où noterais-je mes rendez-vous ? se demandait-elle. La jeune femme possédait fort peu de gadgets. Contrairement à sa mère, elle n'avait pas de BlackBerry ou d'iPhone. Elle était nostalgique d'un temps révolu, peut-être plus simple, ainsi qu'en témoignait sa passion du patchwork.

Shelby tenta de s'insinuer dans l'esprit de sa fille. D'après Rob, elle avait volontairement choisi d'assister aux réunions des AA loin de leur quartier, dans une église de la vieille ville, où on ne la reconnaîtrait pas. Mais quelle église ? Quels critères avaient influencé son choix ?

Elle n'interrogerait pas son gendre à ce sujet. Elle ne parvenait pas à oublier son haut-le-corps quand Glen avait énoncé l'hypothèse d'une fable destinée à faire passer Chloe pour une alcoolique, alors qu'en réalité on l'avait peut-être droguée. Était-ce plausible ? Les implications, concernant Rob, semblaient inconcevables. Quelle raison aurait-il eu d'élaborer pareille machination ? Cela signifierait qu'il était un monstre. Shelby refusait de l'envisager.

Un calendrier était accroché au mur, on y avait griffonné des annotations. Précautionneusement, Shelby retira les punaises et tourna les pages des derniers mois. Quelques abréviations étaient manifestement de la main de Chloe. P – pour les soirées consacrées au patchwork. J – pas d'école pour Jeremy : ça, c'était simple. En revanche, elle ne voyait les initiales AA nulle part. Elle chercha des heures de rendez-vous régulières et remarqua effectivement que la mention 12 h 30 figurait souvent sur le calendrier, sans autre précision.

Elle observa la cuisine. Chloe était une maniaque de l'ordre...

Soudain, Shelby sursauta, galvanisée. Il n'y avait qu'un endroit où régnait la pagaille… la voiture de Chloe. Et s'il y avait dans ce fourbi un indice quelconque permettant de découvrir où se tenaient ces réunions des AA ? En supposant que Chloe y assistait bien.

Shelby fut tentée d'empoigner une torche électrique pour entreprendre immédiatement la fouille du véhicule, dans la rue. Mais un voisin inquiet risquait d'alerter la police. Il lui faudrait patienter. Elle emmènerait Jeremy à l'école, le lendemain matin, ensuite commencerait sa quête de la vérité. Par la voiture de sa fille.

Jeremy était maussade, une manière éloquente de lui dire qu'il n'avait pas apprécié sa longue absence de la veille. Shelby le câlina, toléra ses caprices et lui octroya double ration de baisers et de cookies. Dès qu'elle l'eut déposé à l'école, elle prit la direction du terrain de jeux près du domicile de Chloe. Elle s'arrêta entre une poubelle à papier et un container de tri sélectif. Même en plein jour, elle ne voulait pas se garer à la vue de tous. Ici, dans ce jardin public, elle pourrait sans attirer l'attention fouiner dans le capharnaüm qu'était la voiture de sa fille.

Un point douloureux lui vrillait déjà le front. Elle devait pourtant s'atteler à cette tâche, aussi peu plaisante fût-elle. Respirant à fond, elle descendit du véhicule et jeta à la poubelle une brassée de bouteilles en plastique vides. Puis elle se glissa à l'arrière, inspecta le plancher jonché de documents distribués par l'école de Jeremy, de sachets où se racornissaient des galettes de riz. Elle s'en débarrassa, empocha des pièces de monnaie qui traînaient, récupéra des chaussettes de Jeremy bonnes pour la machine à laver.

Plus le nettoyage par le vide avançait, plus Shelby désespérait. Jamais elle ne réussirait à se renseigner sur toutes les réunions des AA dans les édifices religieux de la vieille ville – il y en avait quasiment une par heure, ici ou là, elle l'avait vérifié la veille sur Internet.

Peut-être, songea-t-elle en s'attaquant aux sièges avant, qu'elle ne trouvait et ne trouverait rien parce qu'il n'y avait rien à trouver. Peut-être Glen avait-il raison : Chloe n'assistait pas aux réunions des AA. Auquel cas ce serait mission impossible, pensa-t-elle en soulevant le tapis de sol, côté conducteur.

Et là, sous le tapis poussiéreux, elle découvrit un bulletin paroissial, publié non par l'église que fréquentaient Rob et Chloe, mais par une église méthodiste de la vieille ville.

Elle s'appuya contre la portière pour examiner le document – un bulletin dominical ordinaire. Les hymnes qui seraient chantés à l'office, les psaumes, les activités de la paroisse – banque alimentaire, marchés d'occasion, retraites et, en dernière page, la notice qu'elle cherchait. Un discret entrefilet indiquant le numéro de téléphone du groupe des AA qu'hébergeaient les paroissiens. Shelby sentit les battements de son cœur s'accélérer en constatant que le numéro était souligné au stylo. Elle le composa aussitôt sur son mobile. Elle eut en ligne un employé qui lui confirma que les AA se réunissaient effectivement à midi et demi et que tout le monde était bienvenu.

Shelby vérifia l'heure sur l'écran de son téléphone. Elle avait largement le temps.

Dans la vieille ville de Philadelphie, les strates du temps sont visibles à travers de bizarres juxtapositions architecturales, l'ancien bousculant le neuf, et rien n'allant ensemble. De sinistres bâtiments industriels côtoient, dans les mêmes rues, des magasins discount et des résidences historiques en brique. Sur une centaine de mètres, on peut faire l'emplette d'auvents en toile faits sur mesure, d'une version modernisée, orange, du zoot suit[1] avec chaussures assorties, ou encore d'une table basse Noguchi, en bois amoureusement poli, trop belle pour être utilisée.

Shelby avait toujours aimé cette partie de Philly. Quand elle était adolescente, la vieille ville était en quelque sorte la Mecque de la bohème, peuplée d'artistes et semée de dangers. Durant ces dernières années, elle était devenue chic, dans la mesure où les vastes lofts bons pour la rénovation, les bars et restaurants au sol dallé et au plafond en métal repoussé y étaient légion. Shelby se gara devant l'un de ces bars, pas encore ouvert, et marcha jusqu'à l'église méthodiste, bastion de brique rouge du cœur historique. Elle poussa la lourde porte de bois peinte en blanc et entra.

L'intérieur était bleu tendre, les moulures coquille d'œuf. Il n'y avait personne dans la nef. Sur un écri-

---

1. Tenue portée par les jeunes Noirs, Latinos, Philippins et Italiens dans les années 1930-1940 ainsi que par les gangsters et les mafieux.

teau, une flèche désignait un escalier menant au sous-sol où, lisait-on, avait lieu la réunion des AA. Serrant sur sa poitrine une photo de Chloe prise chez sa fille, Shelby descendit d'un pas pressé. Une odeur de café frais embaumait l'atmosphère. En bas des marches, elle déboucha dans une grande salle où étaient disposées des tables ovales et des chaises. À un bout de la pièce, on avait dressé une sorte de scène flanquée de rideaux en velours dépenaillés, à l'autre bout une fenêtre donnait sur une cuisine brillamment éclairée. Une vingtaine de personnes étaient rassemblées là, bavardant par petits groupes. Des adultes d'âges divers. Plusieurs s'affairaient, devant deux pots de café maintenus au chaud, à ajouter sucre et lait dans leur gobelet. Vers le centre de l'espace, une porte ouverte laissait entrer le soleil printanier et les volutes de fumée de ceux qui, dehors, grillaient une cigarette avant le début de la séance.

Shelby, à l'écart, armée de sa photo, se sentait mal à l'aise. Elle décida de se servir un café que son estomac noué ne tolérerait pas, dans le seul but de s'occuper les mains.

Elle s'avança vers la table. Un homme à la mine lasse, en survêtement, coiffé en brosse, discutait avec une grande femme osseuse, à la chevelure ramassée en une squelettique natte grise, et qui avait sur l'œil un pansement chirurgical dissimulé par un bandeau de soie noire. Son visage était sillonné de rides dues à l'abus de soleil, mais sa tenue vestimentaire aurait bien convenu à une jeune fille : jean, T-shirt gris, blouson noir et baskets éclaboussées de peinture. D'énormes créoles pendaient à ses oreilles et une dizaine de bracelets d'argent cliquetaient à ses poignets.

— Qu'est-ce qui t'est arrivé ? lui demandait l'homme.

— Je me suis éraflé la cornée. J'aidais l'association de quartier à nettoyer un terrain vague. Une bonne action n'est jamais impunie, pas vrai ?

Elle pivota et sourit tristement à Shelby.

— Bonjour… Ça va ?

— Oui, répondit Shelby en lui rendant son sourire. Enfin… je suis un peu nerveuse.

— Vous êtes nouvelle par ici.

— Je… oui, dit Shelby en lui tendant une main que l'autre serra. Je m'appelle Shelby.

— Barbara. Et lui, c'est Ted.

Le type en survêtement salua Shelby d'un hochement de tête.

— C'est votre pause-déjeuner ? interrogea la femme.

— Non, aujourd'hui je ne travaille pas.

— Au moins vous bossez, rétorqua Barbara. Ici, beaucoup de gens ont perdu leur job.

— Notamment moi, intervint Ted. J'étais prof de gym dans un lycée.

De fait, Shelby l'imaginait sans peine sifflant le départ d'un 100 mètres.

— Je suis navrée pour vous.

— Bah, je travaille un peu comme coach privé. C'est pas trop mal payé. Si seulement je pouvais avoir droit aux assurances sociales.

— De nos jours, c'est dur de s'en sortir sans assurance maladie.

— Moi, je n'en ai jamais eu de toute ma vie. Je suis artiste, dit Barbara.

— Dans quel domaine ? questionna Shelby.
— Je peins.
— Alors il a fallu que tu paies ça de ta poche ? interrogea Ted, pointant l'index vers l'œil blessé de Barbara.

Elle haussa les épaules.

— Je suis allée aux urgences, ça ne s'est pas trop mal passé. Et vous, où est-ce que vous travaillez ? demanda-t-elle à Shelby.

— Je suis responsable des achats pour… un grand magasin. Depuis très longtemps.

— Je ne vous avais encore jamais vue ici.

Shelby se sentit brusquement gênée, consciente d'assister à cette réunion en intruse. Mais elle ne voulait pas parler tout de suite de Chloe. Désireuse que tout le groupe lui prête attention, elle devinait chez Barbara une qualité d'écoute qui lui donnait envie de se confier à elle. Elle résista à la tentation.

— C'est mon jour de congé. J'étais dans le quartier.

Barbara se contenta de cette explication.

— Il fait beau, aujourd'hui. Le temps idéal pour se balader, commenta-t-elle. Au fait, vous désirez un petit café ?

— Non, merci. C'est vrai qu'il fait beau, je crois que le printemps est enfin de retour.

— L'hiver a été rude ? lui demanda Ted.

Shelby ne put que sourire. Elle trouvait à cet homme l'air fatigué, épuisé. Apparemment, elle n'avait pas meilleure mine que lui.

— Oui.

— Dites, on aurait intérêt à s'asseoir, dit Barbara. Notre intrépide chef s'apprête à battre le rappel.

Shelby avisa un homme d'âge mûr, en blazer bleu impeccable, à la figure rubiconde auréolée de cheveux blancs, debout du côté de l'estrade.

— Vous prenez vos places, s'il vous plaît ? On va commencer.

Barbara se dirigea vers une chaise dans le fond de la salle. Shelby remarqua que son blouson soyeux était une création de Christian Audigier, orné des imprimés Ed Hardy caractéristiques, façon tatouage et ado goth – cœurs et têtes de mort. Ruineux et convenant mal à celle qui le portait, pensa-t-elle, réagissant comme l'acheteuse de mode qu'elle était.

Shelby balaya la salle des yeux. Elle voulait que tout le monde, toutes les personnes susceptibles de se remémorer Chloe puissent bien voir la photo quand elle la montrerait.

— Je vais m'asseoir là-bas, décréta-t-elle, désignant un siège sur le côté, au milieu de la salle.

Sans attendre la réponse de Barbara, elle gagna la place qu'elle avait choisie et adressa un sourire anxieux à son voisin. Il la salua d'un bref hochement de tête, concentrant son attention sur le leader du groupe.

— Bon ! dit celui-ci, après avoir précisé qu'il se nommait Harry. Quelqu'un souhaite prendre la parole ?

Le silence se fit, à peine troublé par des toussotements. Puis un homme se leva et déclara :

— Je m'appelle Gene et je... euh... je suis alcoolique.

— Bonjour, Gene ! répondit l'assemblée d'une seule voix.

Le jeune type obèse qui transpirait abondamment

leur dit en préambule depuis combien de jours il était sobre et assistait aux réunions. Il leur relata les difficultés qu'il avait rencontrées durant la semaine précédente, dans sa recherche d'emploi. Il avoua qu'il avait bien failli rechuter, mais que son parrain l'avait aidé à tenir le coup. Les membres du groupe l'écoutaient avec intérêt et sollicitude. Shelby, distraite, l'entendait à peine. Elle songeait qu'elle allait devoir se lever et parler. En principe, elle n'avait aucun mal à s'exprimer en public, mais là, elle se sentait coupable, comme si elle s'était introduite frauduleusement dans quelque société secrète. Les gens qui l'entouraient semblaient désireux de se soutenir mutuellement, et elle espérait qu'ils l'accueilleraient dans cet esprit, mais elle n'en était pas convaincue.

Harry remercia Gene qui se rassit avec un soulagement palpable.

Le cœur battant, Shelby respira à fond et se redressa. Tous pivotèrent sur leur siège pour la regarder.

— Je m'appelle Shelby.

— Bonjour, Shelby ! répondit le chœur.

Elle leva la photo à bout de bras et lui fit décrire un arc de cercle afin de la montrer à tous.

— Voici ma fille, Chloe Kendrick. Elle était une épouse, une maman et la meilleure fille qu'on puisse...

Elle s'interrompit un instant, bouleversée. Un silence absolu régnait dans la salle.

— Il y a un peu plus d'une semaine, alors qu'elle était en vacances, elle a... disparu. Elle était en croisière et il semble qu'elle soit tombée à la mer.

Un murmure choqué et compatissant courut dans l'assistance.

— Depuis, on m'a dit que Chloe était alcoolique. J'ai des raisons de penser qu'elle assistait peut-être aux réunions de votre groupe. J'aimerais simplement savoir si l'un d'entre vous reconnaît ma fille et peut me confirmer que c'est vrai. Qu'elle venait ici. Qu'elle était membre des AA.

Un nouveau murmure, cette fois réprobateur, vibra autour d'elle. Harry n'hésita pas.

— Je suis désolé, Shelby, mais la réponse est non.

— Vous ne connaissez pas ma fille ?

Il secoua la tête avec impatience.

— Je vous le répète : la réponse est non, car ce que vous demandez est impossible. On ne peut pas déroger à la règle de l'anonymat. Même si nous connaissions votre fille, nous n'aurions pas le droit de le dire.

— Je vous en supplie. Je n'ai besoin que d'un oui ou d'un non. Je ne veux pas savoir ce qu'elle a raconté pendant les réunions ou...

La figure déjà rougeaude de Harry devint écarlate.

— Vous semblez ne pas comprendre. Nous sommes dans l'impossibilité de vous fournir la moindre information. La loi de l'anonymat est souveraine.

— Mais ma fille est morte. Vous ne la trahiriez pas, argumenta Shelby. Et cela a peut-être un rapport avec le pourquoi et le comment de sa mort.

— Shelby, rétorqua Harry d'un ton catégorique. Je vous prie de quitter cette salle. Je suis sincèrement désolé pour votre fille, mais la règle de l'anonymat est la base de cette organisation. Elle s'applique même après la mort. Il n'y a aucune exception. Maintenant, s'il vous plaît...

Il désigna la sortie. Shelby examina tour à tour les

membres du groupe, traquant sur leur visage un indice, un signe quelconque. Mais les réactions, les expressions étaient si diverses qu'il n'y avait pas moyen d'y lire une signification. Certains paraissaient choqués, d'autres furieux. D'autres encore écarquillaient des yeux stupéfaits. Shelby lança un coup d'œil à Barbara qui se déroba et baissa la tête. Était-ce un oui ? pensa Shelby. Elle n'avait plus le temps d'y réfléchir. Harry marchait droit sur elle, en lui répétant qu'elle devait partir.

Comptait-il la jeter dehors ? Il n'alla pas jusque-là, néanmoins son regard sévère ne laissait aucun doute sur sa détermination.

Serrant les dents, la photo pressée sur son cœur, Shelby se rua vers l'escalier. L'un des hommes installés au fond de la salle la suivit et, dès qu'elle eut franchi le seuil et commencé à gravir les marches, referma bruyamment la porte.

15

— Shep ?

Shelby, qui préparait le dîner en se repassant le mauvais film de sa visite aux AA, tourna la tête vers son petit-fils.

— Oui, mon ange ?

Jeremy, assis à la table de la cuisine, s'employait à dessiner sa passion : un bateau pirate. Il ne releva pas le nez.

— T'habites ici maintenant, hein ?

La question fit grimacer Shelby.

— Pour l'instant, oui. Mais un de ces jours, il faudra que je retourne dans ma maison.

— Pourquoi ?

— Eh bien, parce que… j'ai toutes mes affaires là-bas. Tu la connais, ma maison. Maman t'y a souvent amené. Tu sais, avec les grandes fenêtres d'où on voit le fleuve. Et puis, tu viendras me voir. Tu dormiras chez moi, quelquefois.

— Non, Shep. T'as qu'à les mettre ici, tes affaires. Tu pars pas.

— Je ne pars pas pour l'instant. Je suis encore là, mon chéri.

Jeremy lui décocha un regard torve.

— Je veux pas que tu partes.

— Ne nous occupons pas de ça pour le moment. Nous avons tout le temps.

Mais le mal était fait. Jeremy balança ses feutres qui s'éparpillèrent bruyamment sur le sol.

— Non, cria-t-il. Non et non !

— Je ne peux pas rester ici éternellement, mon ange, murmura Shelby en essayant de le calmer.

— Pourquoi ?

— Eh bien… d'abord, Molly a besoin de sa chambre.

Jeremy descendit de sa chaise, tapa du pied.

— Je veux pas Molly ! Je te veux toi !

Rob, qui avait entendu le raffut, les rejoignit dans la cuisine. Il fusilla Shelby des yeux, tandis que le garçonnet fondait en larmes.

— Pourquoi lui avoir dit ça ? Molly n'y est pour rien, ajouta-t-il en tentant à son tour de calmer son fils. Shep a une maison à elle, champion. Et puis, elle doit reprendre son travail. Mais elle viendra te voir.

Shelby se rendit compte, hélas trop tard, que Rob avait raison : elle n'aurait pas dû mentionner Molly, et elle avait été maladroite avec Jeremy qui, ces temps-ci, explosait pour des vétilles.

— Oui, comme dit ton papa, il faut que je retourne chez moi. Mais je ne m'en vais pas tout de suite.

Rob secoua la tête – il estimait à l'évidence que cette deuxième tentative ne valait pas mieux que la première.

— Je serai toujours là pour toi, Jeremy, enchaîna Shelby. Chaque fois que tu auras besoin de moi.

Peine perdue. À présent, le garçonnet sanglotait et n'entendait plus rien.

Rob s'assit par terre, attira son fils contre lui, de force, et le berça malgré ses protestations furieuses.

— Tout va bien, champion. Maman te manque, voilà tout. Je comprends ça. Elle nous manque à tous.

Shelby observait son gendre occupé à consoler son fils. C'est vrai ? songeait-elle. Elle te manque ? Ou as-tu réussi ton coup ? Elle avait toujours eu l'impression que Rob et Chloe se construisaient la vie qu'ils souhaitaient. Mais n'était-ce pas une illusion supplémentaire ? Et si Rob avait eu d'autres projets, dont elle ignorait tout ? As-tu déclaré que Chloe était alcoolique afin de persuader la police qu'il s'agissait d'un accident ? Pour ne pas être soupçonné de meurtre ?

Non, non, ce n'était pas possible.

Une fraction de seconde, Shelby se détesta d'imaginer des horreurs pareilles. Elle faillit presque avouer à Rob qu'elle avait engagé Perry pour enquêter sur la mort de Chloe.

Mais le doute qui la tenaillait lui lia la langue.

Deux jours après, elle rentrait après avoir déposé Jeremy à l'école, quand son mobile sonna.

— Allô ?

— Shelby, c'est moi, Perry. J'ai des informations pour vous.

Elle se laissa tomber sur une chaise de la cuisine.

— Oui… De quoi s'agit-il, Perry ?

— Comme prévu, la compagnie Sunset Cruise refuse de nous fournir le manifeste du navire.

— Décidément, je ne comprends pas cette réaction, rétorqua-t-elle avec colère. Jusqu'à quel point c'est légal ?

Il éluda la question.

— Ils ne se sont pas complètement braqués. Ils m'ont envoyé le relevé de la carte que Rob et Chloe utilisaient à bord. Elle a effectivement consommé des boissons alcoolisées, c'est indiscutable. Elle a signé les factures.

— Je vois, marmonna Shelby, découragée, qui pensait à la théorie de Glen.

— Et la carte de Rob, qui lui servait aussi de clé électronique, prouve qu'il n'a pas pénétré dans leur cabine avant l'heure qu'il a indiquée. Les films de vidéosurveillance le confirment. On me les a transmis immédiatement. J'ai visionné ceux de la nuit en question. On y voit Rob quitter le salon où se déroulait le tournoi de Trivial. À peine dix minutes plus tard, il alertait un steward.

Shelby se tut, remâchant ces informations, songeant que dix minutes suffisent pour commettre un crime.

— J'ai discuté avec Giroux, à Saint-Thomas. Ils l'ont bien soumis au détecteur de mensonge. À sa demande.

— Je croyais que ces tests n'étaient pas fiables, rétorqua-t-elle d'un ton buté.

— Cela dépend de nombreux facteurs. Disons simplement que, s'il avait raté le test, on aurait certainement pris ça au sérieux.

— Mais il ne l'a pas raté.

— Non, il a réussi haut la main.

Shelby se mordillait l'intérieur de la joue.

— Quoi d'autre ?

— Apparemment, à bord du paquebot, des photographes circulent parmi les passagers, leur tirent le portrait et le leur vendent comme souvenir. On a donc un dossier photographique pour quasiment tous les passagers. On m'a également transmis ces clichés par courriel, je viens de vous les réexpédier. Vous devrez examiner chaque photo, au cas où vous reconnaîtriez une figure familière. Il n'y a pas moyen de procéder autrement.

— Je le ferai.

— La promesse de récompense a été publiée. Sans résultat jusqu'ici.

— Je me demandais…

— Oui ?

— À votre avis, est-il possible qu'elle ait survécu ? Il y a des gens qui ont sauté du Golden Gate et qui ont survécu. Je me suis renseignée. Alors pourquoi pas d'un paquebot ? Ce n'est quand même pas un gratte-ciel.

Perry demeura un instant silencieux.

— Les recherches continuent ?

— Non, j'ai accepté d'y mettre un terme. Tout espoir est perdu, m'a-t-on dit.

— Cette conclusion me semble s'imposer. Si quelqu'un l'avait vue tomber, si les opérations de sauvetage avaient commencé immédiatement…

Inutile de rappeler à Shelby que personne n'avait été témoin de la chute de sa fille.

— Pour vous, il n'existe donc pas la moindre chance.

— Je ne peux pas l'affirmer, je ne suis pas Dieu tout-puissant. Je me borne à dire que, selon moi, son mari ne ment pas en ce qui concerne le déroulement des événements. Et elle buvait, là non plus il n'a pas menti. D'où je conclus qu'il a été sincère et n'a caché aucun élément capital.

Les yeux de Shelby s'emplirent de larmes de frustration.

— Je devrais m'en réjouir, je suppose. Il est le père de mon petit-fils. Je n'aimerais pas l'imaginer capable de…

— Examinez les photos prises à bord et voyez si vous reconnaissez quelqu'un. En outre, quand les gens sauront que vous offrez une récompense, nous obtiendrons peut-être d'autres informations.

— D'accord.

Mais le désespoir, telle une lame de fond, engloutissait Shelby. Elle n'était debout que depuis quelques heures et se sentait déjà incroyablement lasse. Elle remercia Perry et raccrocha. Puis, d'un pas lourd, elle monta dans la chambre de Molly, s'effondra sur le lit et s'enroula dans la ravissante courtepointe en patchwork confectionnée par Chloe. Recroquevillée en position fœtale, baignée de soleil, elle s'endormit aussitôt.

Le bruit de la porte qui s'ouvrait, au rez-de-chaussée, la réveilla.

Elle se redressa sur son séant, le cœur battant, complètement désorientée. Un coup d'œil au réveil. Non, on ne ramenait pas Jeremy de l'école, ce n'était pas l'heure. Rassemblant ses esprits, elle se leva et se précipita sur le palier. Une fraction de seconde, elle se remémora la nuit de leur retour, les policiers qui traquaient un voyou en cavale. Peut-être ce type s'était-il introduit dans la maison. Stop, se tança-t-elle. Arrête de délirer, ressaisis-toi.

— Qui est là ? demanda-t-elle d'une voix qu'elle voulait autoritaire mais qui chevrotait.

— Moi, répondit Rob.

— Oh, mon Dieu, vous m'avez fait une de ces peurs, accusa-t-elle.

Elle descendit les marches, se recoiffant avec les doigts. Rob était dans le salon, les bras croisés.

— Vous n'êtes pas au travail ? interrogea-t-elle.

— Le moment est venu pour vous de quitter cette maison.

Elle en fut stupéfaite et, d'une certaine manière, offensée.

— Pourquoi ? Quel est le problème ?

— Je sais ce que vous manigancez.

— Quoi donc ? répliqua-t-elle, perplexe.

— Ne faites pas l'idiote. Je parle de votre détective privé.

Shelby rougit et ne répondit pas.

— Ah, vous ne niez pas ? railla-t-il.

— Non, articula-t-elle avec une brusque colère. Pourquoi nierais-je ?

Rob, à son tour, garda le silence.

— J'ai demandé à un ami de se renseigner, d'essayer d'en apprendre davantage sur ce qui est arrivé à Chloe.

— En d'autres termes, vous lui avez demandé de déterminer si je l'avais ou non poussée par-dessus bord, dit Rob d'un ton accusateur.

— Non. J'ai pris votre défense, se justifia-t-elle.

Rob émit un rire cynique, dégoûté.

— Ma défense…

Elle voulut lui relater la visite de Janice Pryor, mais lut dans ses yeux qu'il ne l'écoutait pas.

— Comment avez-vous su, à propos ?

— Aujourd'hui, au bureau, quelqu'un du service Communication de la compagnie Sunset Cruise m'a téléphoné. Votre détective privé leur avait réclamé certains renseignements, et ils m'appelaient pour, en gros, me sommer de cesser de les embêter. Naturellement, je n'étais au courant de rien.

— J'ai prié le chef de la sécurité des magasins Markson de se pencher sur les antécédents des membres de l'équipage, expliqua-t-elle, s'efforçant de contrôler le tremblement de sa voix. Et de visionner les films de vidéosurveillance. Il a aussi publié pour moi une annonce promettant une récompense en échange d'informations.

Rob leva une main, comme pour lui intimer le silence.

— Je ne veux pas savoir. Vous me pensez responsable. Je l'ai compris tout de suite, figurez-vous. Mais, là, vous êtes allée trop loin.

Shelby le dévisagea, les yeux étrécis.

— Vous parlez de la mort de ma fille. Jusqu'où dois-je ou non aller ? Excusez-moi de ne pas gober la version officielle sans broncher. D'ailleurs, comment se fait-il que vous, vous l'acceptiez si facilement ?

— J'exige que vous quittiez ma maison. Partez immédiatement.

Shelby prit soudain conscience qu'elle risquait de devoir s'en aller sans embrasser son petit-fils.

— Et Jeremy ? Il sera bouleversé.

— Je lui expliquerai. Allez-vous-en.

Obéir, ruer dans les brancards ? Bien sûr, Rob était chez lui. Il pouvait lui interdire de voir Jeremy. La priver, s'il le décidait, de son droit de visite, de son dernier lien avec Chloe.

— Et si nous discutions vraiment ?

Dans les yeux de Rob brûlait une lueur mauvaise.

— Shelby, je n'ai jamais voulu de vous ici. Par respect envers Chloe – qui l'aurait souhaité, je ne l'ignore pas – je vous ai laissée rester. Mais ça, c'était avant que vous engagiez un détective pour fureter dans ma vie et me trouver un bon motif d'assassiner ma femme.

— J'aurais dû vous prévenir, admit-elle. Je pensais que ça vous... agacerait. Je me suis dit que s'il trouvait un élément important, il serait toujours temps de vous en parler.

— Soyez au moins honnête avec vous-même, cracha-t-il, écœuré. Avouez qu'à vos yeux je suis coupable de la mort de Chloe.

— Non, s'obstina-t-elle. Je cherche seulement la vérité.

— Je vous ai dit la vérité, mais vous refusez de l'entendre. Chloe était alcoolique. Exactement comme votre mère. Elle faisait de son mieux pour ne pas déraper, mais quand elle est montée à bord de ce paquebot, avec un bar tous les cinq mètres, et tous les passagers qui buvaient nuit et jour, elle a perdu les pédales.

— Autrement dit, si vous n'aviez pas fait cette croisière... ! s'exclama Shelby.

— On allait bien, on se débrouillait. Mais vous regrettiez qu'elle n'ait pas épousé un richard capable de l'emmener en voyage. Comme je ne pouvais pas nous payer cette folie, vous lui avez offert la croisière, juste pour me river mon clou.

— C'est complètement faux, Rob ! Je vous ai offert ces vacances, à tous les deux, parce que je me rappelais ce que c'est d'avoir un enfant et pas un sou de côté. Je désirais que vous passiez de bons moments.

Rob secoua la tête.

— Montez faire vos bagages.

Shelby se sentit physiquement agressée, quasiment, mais préféra ne pas protester davantage. Elle ne lui donnerait pas ce plaisir. Se détournant, elle se dirigea vers l'escalier.

La voix de Rob l'escorta :

— Si vous cherchez absolument un coupable, commencez par vous regarder dans le miroir.

16

Dans la voiture, Shelby avait essayé de joindre Glen chez Talia, laquelle lui avait annoncé que leur frère était reparti. Shelby savait par expérience que, du coup, contacter Glen était impossible. De temps à autre, il achetait des téléphones à carte prépayée mais ne lui en communiquait pas le numéro. Talia ne lui demanda pas ce qu'elle voulait à Glen, et ne proposa pas son aide. D'ailleurs, jamais Shelby n'aurait cherché du réconfort auprès de sa sœur. Il lui semblait n'avoir personne au monde à qui parler. Personne capable de la comprendre.

Elle regagna son appartement. Sa main tremblait tellement, quand elle tenta de déverrouiller la porte, que les clés cliquetèrent. Aussitôt, une autre porte s'ouvrit dans le couloir. Une femme passa la tête dans l'entrebâillement.

— Shelby…

— Salut, Jen.

— Tu as une mine de papier mâché. Qu'est-ce qui se passe ?

— C'est une longue histoire, soupira Shelby.

— Et si tu venais dîner ce soir ? Je compte essayer une nouvelle recette, il y en aura assez pour six.

Shelby faillit refuser, se ravisa.

— Merci, dit-elle humblement. Ça me fera du bien.

Elle pénétra dans son appartement silencieux, rangea ses affaires et prit un long bain. Après quoi elle s'habilla et s'assit à son bureau. Perry lui avait transmis les photos par courriel. Elle commença à les examiner, en quête d'un visage connu. Elle étudia ces clichés jusqu'à en avoir les cervicales et les lombaires en compote, sans résultat. Il était l'heure de dîner.

Elle fut heureuse de se rendre chez Jennifer. Elle but un verre de vin, dégusta une recette de veau compliquée, et se força, malgré Jen qui lui demandait des explications, à ne pas mentionner Chloe, Jeremy ou son gendre. Son amie s'inclina courtoisement, et se mit à raconter ses propres problèmes avec un propriétaire de Main Line – il voulait ce qui se faisait de mieux, dans tous les domaines, sans débourser un sou. Shelby, oubliant un moment ce qui la rongeait, se détendit.

Elle regagnait son appartement quand le téléphone sonna. Le répondeur se déclencha, elle entendit une voix essoufflée, apeurée.

— Shelby ? C'est moi, Darcie.

L'institutrice de Jeremy ?

— Je suis désolée de vous ennuyer, mais la police vient de...

Shelby se rua sur le téléphone.

— Darcie, je suis là. Que s'est-il passé ? Qu'y a-t-il ?

— Je suis chez Rob, balbutia la jeune femme. Il m'a demandé de garder Jeremy, ce soir. Il avait un rendez-vous. Alors j'ai accepté. Quand je suis arrivée, Jeremy était déjà couché, il dormait...

— Darcie, c'est Jeremy ? coupa Shelby, exaspérée. Il est arrivé quelque chose à mon petit-fils ?

— Non, Jeremy n'a rien, sanglota Darcie. C'est Rob. La police vient de téléphoner. Il a eu un terrible accident. Il est au Dillworth Memorial.

— Il va s'en sortir, n'est-ce pas ?

— Je ne sais pas. Ils ne m'ont pas dit grand-chose parce que je ne suis pas de la famille. Mais, apparemment, il est dans un état grave.

— Oh, mon Dieu… Bon, j'y vais. Pouvez-vous rester encore un moment avec Jeremy ?

— Bien sûr, le temps qu'il faudra.

— Surtout, ne le réveillez pas. Laissez-le dormir, il est déjà suffisamment traumatisé. Je viendrai vous libérer dès que j'aurai vu les médecins, et je m'occuperai de Jeremy. Mais ne lui dites rien avant que je sois là.

— Compris. Tenez-moi au courant, d'accord ?

— Je le ferai, dès que j'en saurai davantage.

La circulation nocturne étant fluide, Shelby atteignit le Dillworth Memorial en un temps record. Elle se gara n'importe comment, s'élança vers les portes coulissantes des urgences. Et soudain, elle se rendit compte que, dans sa hâte, elle avait commis un impardonnable oubli. Rob n'avait pas qu'un fils. Molly devait être prévenue. Shelby prit son mobile, puis décida d'attendre d'avoir des informations plus précises. Elle demanda à la réceptionniste où se trouvait son gendre, courut, dans le couloir, vers la chambre qu'on lui avait indiquée.

Trois policiers en uniforme discutaient, devant la

porte, avec un homme plus âgé, en veston et cravate. Tous la regardèrent d'un air suspicieux.

— Je cherche Rob Kendrick, dit-elle.

— Il est au bloc, répondit l'un des policiers. Qui êtes-vous ?

— Sa belle-mère, Shelby Sloan. Que s'est-il passé ?

— Sa belle-mère ? répéta le policier, sceptique.

— Je... je suis sa plus proche parente, me semble-t-il. Ses parents sont missionnaires en Asie du Sud-Est. Sa femme, ma fille... elle est morte récemment. L'un de vous peut-il, s'il vous plaît, m'expliquer ce qui s'est produit ?

L'homme en veston et cravate scrutait le visage de Shelby.

— Je suis l'inspecteur Camillo. Comment avez-vous appris où il était ?

— La baby-sitter de mon petit-fils m'a téléphoné après que vous l'avez prévenue. J'ai failli louper son coup de fil. Je dînais chez quelqu'un.

— Ce quelqu'un le confirmera ? questionna l'inspecteur Camillo.

Shelby eut l'impression qu'un étau lui comprimait la poitrine.

— Oui, évidemment.

— Quel est son nom ?

— Qui ? Mon amie ?

L'inspecteur opina.

— Jennifer Brandon. Pourquoi ? Qu'y a-t-il ?

Il échangea un coup d'œil avec l'un des policiers en tenue qui, aussitôt, pivota et parla dans son talkie-walkie. L'inspecteur, qui avait le teint blafard et les yeux cernés, reporta son attention sur Shelby.

— Votre gendre roulait sur la Schuylkill Expressway. Son pick-up a quitté la route à cause d'un autre véhicule, il s'est renversé.

— Oh, mon Dieu.

— Votre gendre a été éjecté, il n'avait pas bouclé sa ceinture de sécurité.

— Quelle horreur. Je déteste cette autoroute, elle est truffée d'ornières. Et tout le monde roule là-dessus à fond de train. Avec ces gigantesques camions, on risque chaque fois sa vie...

— Non, ce n'était pas un poids lourd. Jusqu'ici, nous ignorons de quel véhicule il s'agissait. Il faisait nuit, les témoins n'ont pas bien vu. Mais nous savons que ce n'était pas un camion. Et que ce n'était pas un accident.

Shelby le dévisagea fixement.

— Mais... que voulez-vous dire ?

— Je veux dire que c'était un acte délibéré. On a forcé votre gendre à quitter la route.

Elle secoua la tête, stupéfaite.

— Peut-être un conducteur qui a pété les plombs. Ou bien votre gendre avait sur sa vitre un autocollant qui n'a pas plu à un abruti. De nos jours, on peut tout imaginer. Les gens se font un doigt d'honneur pour un oui ou pour un non. Personnellement, plus rien ne me surprend. Il n'y a plus d'esprit civique. Plus du tout.

— Un acte délibéré, répéta Shelby à mi-voix.

Camillo haussa les épaules.

— Pour l'instant, ce n'est qu'une hypothèse. Nous avons besoin de savoir où il se trouvait juste avant. Il s'est peut-être querellé avec quelqu'un. À une station-service, par exemple. Savez-vous où il était ce soir ?

Elle fit non de la tête.

— Vous êtes toute pâle, madame.

— Il faut que je m'assoie.

L'un des policiers s'écarta pour l'inviter à s'installer sur la chaise, derrière lui. Shelby s'y écroula, tremblante.

Un homme surgit d'une pièce voisine, ôtant son bonnet chirurgical. Il s'adressa aux policiers puis, quand ceux-ci lui eurent désigné Shelby, s'avança vers elle.

— Comment va-t-il ? lui demanda-t-elle.

— Il souffre de nombreuses lésions internes.

— Mais… il va s'en sortir ?

— Je l'espère. Cependant, s'il a d'autres proches parents, vous devriez les prévenir.

— Est-ce que…, bredouilla Shelby qui s'humecta les lèvres. Il va… ?

— Je vous suggère ça par précaution.

Shelby prit son mobile, le contempla. Elle revoyait le regard furibond de Rob, quand il l'avait mise à la porte, furieux qu'elle ait engagé un détective pour enquêter sur la mort de Chloe. Et maintenant, on avait tenté de le tuer. Banale violence routière ? Accident ?

Une coïncidence était-elle vraisemblable ? D'abord la femme de Rob. Puis ce soir, Rob. Deux victimes en si peu de temps. Elle voulait alerter Perry, lui demander ce qu'il en pensait. Mais d'abord, Molly. Et les parents de Rob. Les membres de la paroisse sauraient comment les joindre. Elle téléphonerait donc à l'église.

D'abord, Molly. Elle songea à la contacter sur

son mobile, mais décida, en consultant son répertoire, d'appeler plutôt Lianna. Mieux valait que Molly apprenne la nouvelle par sa mère.

17

Vingt minutes après, Molly arrivait, en chaussons, une veste par-dessus son pyjama, guidée par Lianna. Elle avait le regard trouble, la figure bouffie par les pleurs. Sa mère était superbe, même démaquillée et mal coiffée, affublée d'un survêtement et d'un trench-coat.

— Où il est ? demanda Molly d'une voix éraillée. Je veux le voir.

Shelby poussa doucement l'adolescente désespérée vers une infirmière qui passait.

— Voici la fille du blessé.

La femme hocha la tête.

— Entrez, mademoiselle, mais juste quelques minutes. Même s'il n'est pas réveillé, il entendra votre voix. Il saura que vous êtes là.

— Tu veux que je vienne avec toi, ma chérie ? suggéra Lianna, posant la main sur le bras de Molly.

Celle-ci se dégagea brutalement et décocha à sa mère un regard chargé de rancune.

— Non, surtout pas.

— Une seule personne à la fois, renchérit l'infirmière.

— Je t'attends ici, je ne bouge pas, dit Lianna d'un ton piteux.

Molly ne lui dit plus un mot. Shelby dévisagea Lianna d'un air interrogateur.

— Ils ne vous pardonnent jamais d'avoir divorcé, marmonna Lianna. Et, dans des moments pareils, je suis l'unique coupable.

Shelby poussa un soupir compréhensif.

— J'imagine…

Lianna s'assit lourdement auprès d'elle, resserra les pans de son trench-coat.

— Mais qu'est-ce qui s'est passé ? interrogea-t-elle d'un ton incrédule.

— La police ne le sait pas encore. On a forcé son véhicule à quitter la route. Un cinglé, peut-être.

— Vous semblez sceptique, fit remarquer Lianna.

Shelby pivota, la regarda droit dans les yeux.

— D'abord ma fille. Maintenant Rob.

Les sourcils froncés, Lianna caressa du bout de l'index sa lèvre inférieure pulpeuse.

— Oui, c'est bizarre.

— Ça l'est pour moi, en tout cas.

— Vous devez être anéantie.

— Je le suis. La perspective d'expliquer tout ça à Jeremy me terrifie.

— Je m'en doute. Ça semble complètement irréel. Molly est dans tous ses états. Elle adore Rob, plus que tout au monde…

— C'est un bon père.

— Oui, en effet, soupira Lianna. Je suppose que nous sommes là pour un moment.

— Probablement, et puisque vous restez, je crois

que je vais filer. Rob avait demandé à l'institutrice de Jeremy de veiller sur mon petit-fils, il y a plusieurs heures de ça. Il faudrait que je la libère. D'ailleurs, même si je redoute de le lui annoncer, je ne veux pas que Jeremy apprenne la nouvelle de quelqu'un d'autre que moi.

— Je vous comprends.

À cet instant, l'inspecteur Camillo sortit d'une pièce au bout du couloir et se dirigea vers elles.

— Voici l'inspecteur Camillo, dit Shelby. Il enquête sur… les événements.

— Vous êtes… ? demanda-t-il à Lianna.

— L'ex-femme de Rob. Notre fille, Molly, est auprès de lui. Mon mari gare la voiture.

— Où étiez-vous ce soir, madame Kendrick ?

— Mme Janssen, rectifia Lianna. Eh bien, mais… j'étais à la maison. En famille. Mon mari est médecin. Neurologue, plus précisément. Il opère souvent dans cet hôpital. Vous le connaissez peut-être. Harris Janssen ? Ah, le voilà.

Lianna fit signe à Harris, qui s'avançait vers eux à grands pas, faisant sauter ses clés dans sa main. Shelby nota que le visage de Lianna, à la vue de son époux, s'illuminait.

Camillo, lui, ne parut pas impressionné.

— Vous vous entendiez bien, votre ex-mari et vous ?

Les sourcils parfaitement épilés de Lianna dessinèrent deux accents circonflexes.

— Aussi bien que possible pour des ex.

— Pas si bien que ça, donc.

— Chacun avait refait sa vie. Et nous avons notre fille.

Lianna s'interrompit, cherchant ses mots.
— Elle sera toujours un lien entre nous.
L'inspecteur Camillo opina, sans sourire.
— Je l'espère, madame.

Shelby regagna Manayunk et, par chance, trouva une place de stationnement non loin de la maison. Lorsqu'elle gravit les marches du perron, elle vit Darcie écarter le rideau pour scruter anxieusement la rue. Elle agita la main. Les épaules de la jeune femme s'affaissèrent, tant elle était soulagée.
— Je suis là, dit Shelby en entrant.
Darcie se précipita.
— Comment va-t-il ? Comment va Rob ?
— Son état est stationnaire. Disons qu'il s'accroche.
Darcie éclata en sanglots, ce qui stupéfia Shelby.
— C'est un merveilleux papa, hoqueta-t-elle en s'essuyant les yeux d'un revers de manche. L'idée qu'il puisse lui arriver malheur m'est insupportable. Et ce pauvre Jeremy, perdre ses deux parents...
Shelby observa avec sympathie la jeune enseignante au visage large et empreint de douceur. Darcie allait sur la trentaine, même si elle s'habillait toujours comme une adolescente. Cependant, malgré sa garde-robe et sa figure de gamine, elle possédait une certaine assurance que Shelby appréciait. Les enfants, dans sa classe, paraissaient toujours calmes et contents à la fin de la journée.
— Vous êtes une aide si précieuse pour cette famille. Je vous en remercie de tout cœur, Darcie. Et je sais que Rob vous en est reconnaissant.

— Me rendre utile me fait plaisir, renifla Darcie.

— À présent, vous devez rentrer et vous reposer, sinon vous allez vous épuiser. Je présume que, demain, vous travaillez.

— Oui.

— Je ne sais pas combien Rob vous paie, marmonna Shelby, prenant son portefeuille.

— Non, protesta Darcie qui recula. Je vous en prie, je ne peux pas accepter. Ce n'était pas une soirée ordinaire.

Shelby hésita, puis comprit qu'elle devait accepter la générosité de la jeune femme.

— Merci… Il se peut que je refasse appel à vous demain.

— Volontiers, quelle que soit l'heure, rétorqua Darcie qui avait retrouvé son aplomb. Du moment que je peux vous aider…

Shelby la raccompagna jusqu'au perron et la regarda s'éloigner. Elle habitait le quartier. Avant de tourner au coin de la rue, elle salua de la main Shelby qui lui rendit son salut, referma la porte et la verrouilla.

Un silence absolu régnait dans la maison. Shelby décida de vérifier, avant tout, si Jeremy dormait. Elle monta l'escalier sur la pointe des pieds, pénétra dans la chambre de son petit-fils. La lumière du couloir effleurait la tête bouclée du garçonnet, la couette en boule et les peluches éparpillées autour de lui. Shelby ne put réprimer un soupir.

Soudain, il y eut un froissement d'étoffe et, avant qu'elle ait pu battre en retraite, Jeremy se redressa, clignant les paupières.

— Maman…, bredouilla-t-il.

Ce fut un crève-cœur pour Shelby. Elle alla s'asseoir

au bord du lit, lui caressa les épaules, murmurant d'un ton apaisant :

— C'est moi, Shep. Rendors-toi, mon ange.
— Shep ?

Il rampa sous la couette et enfouit sa frimousse contre la taille de sa grand-mère.

— Coucou, mon grand. Je suis là, rendors-toi.
— Où il est, papa ?
— Il... dort, répondit-elle, essayant de rester au plus près de la vérité. D'ailleurs, pour tout le monde, il est l'heure de dormir.
— Le pirate est toujours là ? marmotta-t-il.
— Il n'y a pas de pirate, dit affectueusement Shelby. Il n'y a que le marchand de sable.

Jeremy s'écarta, la considérant de ses yeux ensommeillés.

— Non, Shep, y avait un pirate ici. Tout à l'heure. Une dame pirate.
— Une dame pirate, répéta-t-elle en souriant.
— Oui, je l'ai vue. Elle parlait avec papa. En bas.
— Mais bien sûr.
— Je te dis que si. Elle avait une veste avec un squelette. Et des grandes boucles d'oreilles. Et un machin sur l'œil. Noir. Tu sais ?
— Des lunettes ?
— Non, pas des lunettes, rétorqua le bambin d'un ton las, comme si l'ignorance de sa grand-mère était franchement pénible. Tu sais, ça couvre l'œil quand un autre pirate te l'a crevé avec son crochet ! s'écria-t-il, battant l'air de son bras replié.

Shelby sentit soudain un frisson glacé courir dans tout son corps.

— Un bandeau.
— Ouais !

Shelby revoyait parfaitement la panoplie. Le blouson Ed Hardy, la tête de mort dans le dos. Les créoles. Le bandeau.

— La piratesse était là ce soir ? murmura-t-elle.
— Ouais. Je me suis levé, mais le dis pas à papa. Je les ai entendus en bas. Papa, il criait.
— Et la piratesse aussi, elle criait ?
— Pas la piratesse. La dame pirate.
— Excuse-moi. La dame pirate. Est-ce qu'elle criait ?
— Non. Enfin, un peu. Mais c'était surtout papa.
— Pourquoi ils se disputaient ?

Jeremy bâilla, s'appuya lourdement contre elle.

— Sais pas. Peut-être la carte au trésor.
— Probablement.
— Peut-être que papa sait où il est caché, le trésor, souffla Jeremy, les paupières lourdes.
— C'est possible.
— On lui demandera. Demain.

Shelby lui caressa tendrement les cheveux. Mais son cerveau fonctionnait à toute allure.

— Oui, souffla-t-elle tandis qu'il sombrait dans le sommeil. Il faut élucider ce mystère.

18

Le matin, elle contourna habilement la vérité. Elle expliqua à Jeremy que son papa était aux urgences, parce qu'il s'était fait mal en voiture. Le bambin, qui avait déjà vécu des mésaventures en cour de récréation et atterri aux urgences, ne s'étonna pas. Quand il demanda : « Il y est toujours ? », Shelby répondit que les docteurs l'obligeaient à rester là-bas jusqu'à ce qu'il aille mieux.

Lorsqu'elle le déposa à la maternelle, Darcie lui posa naturellement la question :

— Il est au courant de l'accident ?

— Il en sait le minimum. Pour l'instant, c'est préférable.

Darcie acquiesça. Dès que Shelby eut regagné sa voiture, elle téléphona à Perry aux magasins Markson. Elle dut patienter un instant avant de l'avoir en ligne.

— Perry, bafouilla-t-elle, les mots se bousculant dans sa bouche. Il s'est passé certaines choses dont je dois vous parler. Il n'y a peut-être pas de lien mais...

Perry l'interrompit, toussotant.

— Écoutez, Shelby...

Elle se tut, percevant son embarras.

— Je suis vraiment, sincèrement, désolé, mais je ne peux pas continuer.

— Comment ça ? Pourquoi ?

— Apparemment, la compagnie Sunset Cruise a contacté Elliott Markson. On l'a informé que son chef de la sécurité posait des questions ici et là concernant votre fille.

— Oh non…

— Il s'est mis en colère.

— Voilà ce que je craignais quand vous m'avez dit que vous mèneriez cette enquête pendant vos heures de travail.

— M. Markson aurait voulu que j'essaie de vous aider.

— Nous sommes dans une nouvelle ère, soupira Shelby. Nous avons un nouveau Markson. Vous savez, Perry, je peux vous rétribuer de la main à la main. Accepteriez-vous de continuer pendant vos moments de liberté ?

Il y eut un silence à l'autre bout du fil. Puis, de nouveau, Perry s'éclaircit la gorge.

— En gros, il m'a dit qu'il ne voulait pas le moindre problème avec la compagnie de croisière. Il voit peut-être là un conflit d'intérêts.

Cette fois, ce fut Shelby qui garda le silence.

— Je suis vraiment navré. Mais je ne peux pas me permettre de perdre mon poste. Vu la santé de ma fille, les assurances sociales me sont indispensables. Et j'ai choisi des horaires flexibles pour pouvoir aider ma femme. Elliott Markson m'a donné l'ordre exprès de laisser tomber cette affaire. J'ai peur, si je passe outre…

— Je comprends, Perry.

— J'ai certaines personnes à vous recommander, si vous le souhaitez.

Shelby était furieuse contre la nouvelle direction qui remplaçait l'élégance et la sollicitude d'Albert Markson par la dureté, la méfiance et l'agressivité. On pouvait diriger une entreprise et se montrer correct envers ses employés !

Elle s'obligea à lâcher prise. S'abandonner à la colère, au sentiment d'être trahie, lui ferait perdre du temps.

— Vous seriez très gentil de m'envoyer leurs coordonnées par courriel, dit-elle.

Cependant la perspective d'engager un autre détective ne l'emballait pas. Elle semblait être la seule intéressée par ce qui était réellement arrivé à Chloe. D'ailleurs, dans l'immédiat, elle ne pouvait se permettre de réfléchir à tout ça. Il lui fallait d'abord retrouver une dame pirate.

Shelby s'assit à l'ombre d'un arbre, sur un banc, en face de l'église, et ouvrit le journal. Elle ne tenait pas à ce qu'on la reconnaisse, or, vu la façon dont on l'avait jetée dehors, elle ne doutait pas que son visage fût resté gravé dans certaines mémoires. Elle fit donc semblant de lire, en attendant que les membres des AA sortent.

Elle commençait à se demander si la réunion du jour n'avait pas été annulée, lorsque quelques personnes apparurent et se dispersèrent. Rien ne garantissait, évidemment, que les gens présents la dernière fois le soient aussi aujourd'hui.

Retenant son souffle, tenant le journal déplié devant sa figure, assez bas néanmoins pour voir les portes de l'église, elle patienta.

Elle avisa Ted, l'ancien prof de gym, qui descendait les marches. Il avait troqué son survêtement contre un pantalon en twill et un coupe-vent. Il traversa la rue, marcha tout droit sur Shelby qui se cacha derrière son journal. Mais, sans l'ombre d'une hésitation, il pénétra dans le jardin public, derrière Shelby, et s'éloigna dans une allée.

Elle jeta un coup d'œil au trottoir d'en face, juste à temps pour apercevoir une natte grise balayant les têtes de mort et les cœurs Ed Hardy, une silhouette qui tournait le coin de la rue. Shelby bondit sur ses pieds et rattrapa Barbara alors que celle-ci déverrouillait la porte d'un bâtiment industriel, dans une ruelle.

— Barbara !

La grande maigre pivota. Ses lunettes de soleil dissimulaient son bandeau.

— Je suis la mère de Chloe.

Barbara grimaça et regarda autour d'elle, comme pour s'assurer que nul ne les écoutait.

— Quoi ? Qu'est-ce que vous voulez ? grommela-t-elle.

— Vous parler.

— Mais je ne peux pas vous aider. Je ne…

— Je sais que vous avez rendu visite à mon gendre, coupa Shelby posément, même si elle frappait au hasard.

Barbara soupira, consulta sa montre.

— J'ai du boulot, moi.

— Ce ne sera pas long. S'il vous plaît.

— Je ne peux pas y couper, n'est-ce pas ? murmura Barbara dont les épaules se voûtèrent.

Shelby secoua la tête. Son interlocutrice ouvrit la porte. Le hall était sombre, l'ascenseur paraissait ne pas avoir été utilisé depuis des siècles. Shelby y suivit pourtant Barbara, et la cabine les emporta au troisième étage.

Barbara ouvrit une grande porte donnant sur un loft dont tout un mur était vitré. Il y avait des tableaux partout, sur des chevalets, appuyés contre les meubles. Shelby embrassa l'espace d'un regard de connaisseuse. Le loft était immense et, à l'évidence, il avait de la valeur. Les peintures, quant à elles, étaient banales, sans intérêt. Barbara ne payait pas ce lieu grâce à ses œuvres.

— Voilà mon studio, qui est aussi mon appartement, dit-elle fièrement.

— Quel endroit fantastique !

— Oui... Mon père est propriétaire de l'immeuble.

Cela confirmait l'hypothèse de Shelby. Pourtant cette femme avait au moins quarante-cinq ans. Dépendre encore de son père à cet âge devait être déprimant.

— Asseyez-vous, dit Barbara qui se percha sur un haut tabouret près d'un îlot de cuisine en acier immaculé.

Shelby prit place dans un fauteuil cramoisi de style Art déco.

— Alors il vous a raconté, grogna Barbara.

— Pardon ?

— Votre gendre. Il vous a parlé de moi ? Je lui avais pourtant demandé de la boucler.

— Non, c'est mon petit-fils qui vous a vue. Il vous a décrite. Vous avez un look très particulier.

Barbara ôta ses lunettes et les posa devant elle. Elle agita ses longs doigts tachés de peinture.

— Je ne comprends pas pourquoi vous m'embêtez comme ça. Si vous voulez savoir de quoi nous avons discuté, interrogez votre gendre.

— Impossible. On a forcé son véhicule à quitter la route cette nuit. Il est à l'hôpital, inconscient.

— Oh, mon Dieu… Je suis désolée.

— C'est donc à vous que je dois poser la question. Que lui avez-vous dit ? Et pour quelle raison ?

— Je n'aurais jamais dû aller là-bas. Je le savais, n'empêche que j'y suis allée quand même. J'ai violé toutes les règles des AA. Ce qu'on entend pendant les réunions n'est pas censé sortir de la salle.

Shelby l'observait, comme on observerait quelque oiseau exotique posé sur une mangeoire – en craignant de l'effrayer par un mouvement trop brusque.

— Je me suis dit que c'était pas bien, que je devais pas y aller, mais je l'ai fait quand même.

— Pourquoi lui avez-vous rendu visite, à lui ? Comment avez-vous trouvé son adresse ?

Barbara haussa les épaules.

— Ça, c'était pas difficile. Quand vous avez débarqué à la réunion avec cette photo de Chloe, vous avez dit qu'elle s'appelait Kendrick. Je n'ai eu qu'à chercher sur le Net, et j'ai eu toute l'histoire. La croisière, et cætera. Ensuite j'ai trouvé leur adresse et leur numéro de téléphone dans l'annuaire.

— Alors qu'avez-vous raconté à Rob pour le mettre en colère ? D'après mon petit-fils, vous vous êtes disputés.

— On ne s'est pas disputés, protesta Barbara.

Elle poussa un nouveau soupir.

— Je me débarrasserai pas de vous, hein ?

Shelby fit non de la tête.

— Chloe assistait à nos réunions. Je vous dis ça, c'est dingue... si jamais vous le répétez à quelqu'un, menaça Barbara, pointant l'index.

Shelby ferma les yeux, secoua encore la tête pour signifier qu'elle garderait le silence.

— Elle et moi... ça collait. Elle avait une âme d'artiste. Elle me manque. On se connaissait depuis au moins... un an.

Voilà, c'était désormais un fait. Chloe, sa fille chérie, était alcoolique. Rob n'avait pas menti. Shelby n'avait pas le loisir de s'appesantir là-dessus, sinon pour admettre que, maintenant, elle avait une réponse. À présent elle devait encourager son témoin à s'épancher, ne pas l'effaroucher.

— Oui, c'est ce que j'avais cru comprendre, dit-elle prudemment.

— Je savais qu'ils partaient en croisière. Je l'ai mise en garde. Il y a trop d'alcool à bord de ces paquebots, des bars partout. Mes parents m'ont emmenée avec eux, une fois, quand j'étais ado...

Sheby éprouva une bouffée de remords. Elle n'avait absolument pas songé à cela lorsqu'elle leur avait offert ce cadeau. Mais elle n'avait pas imaginé une seconde que ce serait un problème pour sa fille. Chloe le lui avait caché.

— Elle se savait un peu vacillante, mais elle avait vraiment envie de cette croisière. Elle pensait que ce serait bon pour son couple. Je crois que c'était... enfin, leur vie n'était pas un tapis de roses.

Shelby, muette, la dévisageait.

— Enfin bref, une semaine environ avant le départ, elle est arrivée dans tous ses états. Elle avait un problème, elle ne savait pas quoi faire. Et elle voulait m'en parler. À moi seule. Pas devant le groupe. En principe, on bavardait avant les réunions. C'est ça, la beauté du truc. Quelquefois, on peut confier des choses à un étranger bien mieux qu'aux gens de son entourage.

— En effet, murmura Shelby pour l'inciter à poursuivre.

Barbara darda sur elle un regard réprobateur, comme si son interlocutrice était responsable de son épouvantable transgression des règles.

— Quel était ce problème ? questionna Shelby.

— Elle m'a dit que… elle avait découvert que l'ex-femme de son mari l'avait trompé. Sa fille, en réalité, n'était pas de lui. C'était l'enfant d'un autre.

Shelby en fut bouche bée.

— Molly ?

— Je ne me souviens plus du nom de la gamine.

— Molly, répéta Shelby. Je n'en reviens pas. Qui est cet autre homme ? Comment Chloe a-t-elle appris ça ?

Elle n'avait pas plus tôt prononcé ces mots qu'une idée lui traversa l'esprit : le Dr Cliburn était le gynécologue de Lianna. Cela devait figurer dans le dossier. Le dossier médical confidentiel de Lianna.

— J'en sais rien, et je ne lui ai pas demandé. Aucune importance. Il fallait qu'elle en parle à Rob, elle le savait, mais c'était juste avant la croisière. Elle m'a dit que, si elle lui crachait le morceau, ils seraient forcés d'annuler le voyage. Il serait complètement chamboulé et refuserait de partir. Alors elle préférait attendre leur retour pour le mettre au courant. Seulement, elle ne voulait pas lui mentir.

— Que lui avez-vous conseillé ?

— Ben, je lui ai dit que, puisqu'elle comptait lui expliquer la situation, de toute façon, il n'y avait pas mensonge. Et donc il n'y avait pas de mal à profiter des vacances. C'est ce qu'elle désirait entendre, je pense, car elle a été d'accord avec moi. Ensuite, ça m'est sorti de la tête, jusqu'à ce que vous vous pointiez à la réunion avec la photo de Chloe. Jusqu'à ce que vous expliquiez qu'elle était morte pendant la croisière. Je me suis dit : mais qu'est-ce qui s'est passé, bordel ? Alors j'ai décidé d'avertir votre gendre. Il me semblait qu'il avait le droit de savoir. Chloe ne pouvait plus le lui dire, par conséquent je m'en suis chargée.

Barbara crispa le poing et en frappa sèchement la planche à découper ménagée sur le dessus de l'îlot.

— J'étais à mille lieues de..., bredouilla Shelby.

— C'est justement pour ça qu'on doit garder secret ce qui se raconte pendant les réunions : pour éviter ce genre de micmac.

Shelby se secoua mentalement et regarda Barbara droit dans les yeux.

— Vous vous sentez coupable d'avoir enfreint les règles, je comprends. Mais je tiens vraiment à vous remercier de prendre ce risque. Et de vous soucier autant de Chloe.

Barbara contempla le sol maculé de peinture, serrant les dents comme pour ravaler ses larmes.

— Peut-être que si elle avait tout raconté à son mari avant, il ne lui serait rien arrivé.

— Ou peut-être cela n'aurait-il rien changé.

— Je me demande bien pourquoi j'ai le toupet de donner des conseils. J'ai foiré toutes mes relations amoureuses. Ma vie est complètement merdique. Comment je peux dire à quelqu'un ce qu'il doit faire ?

Shelby flaira que Barbara allait attaquer le chapitre de ses propres difficultés. Or elle était contrainte de lui prêter une oreille attentive, elle lui devait bien ça. Cette femme avait fait beaucoup pour Chloe, maintenant elle souhaitait qu'on lui offre un peu de temps, de sympathie. Shelby se promit de s'acquitter de sa dette. Un jour, mais pas aujourd'hui.

— Vous avez eu raison de lui donner ce conseil, déclara-t-elle en se levant de son siège. Ce que vous avez dit à Chloe était parfaitement sensé.

— Ah bon ? marmonna tristement Barbara.

— Je ne vous remercierai jamais assez.

— J'aurais dû la boucler. Je serai toujours aussi bête.

19

Une journée printanière à Gladwyne – quelle meilleure illustration de la beauté ? Les cerisiers pareils à des nuages, les jardins resplendissant de fleurs roses, jaunes ou violettes. Si Shelby n'avait pas été aussi préoccupée, elle aurait pu s'arrêter pour savourer simplement ce régal des yeux. Mais les fleurs étaient le cadet de ses soucis. Elle n'était allée qu'une fois chez Lianna et Harris, elle devait donc se concentrer pour ne pas se tromper d'itinéraire.

Elle s'engagea dans l'allée des Janssen où étaient déjà garées plusieurs voitures, flambant neuves et hors de prix, et prit alors conscience de son erreur. Elle n'avait pas annoncé sa visite par téléphone – elle voulait surprendre Lianna, lui jeter la vérité à la figure. Elle n'avait même pas envisagé que l'ex-femme de Rob pût être occupée. Tant pis, décréta-t-elle.

Elle monta les marches du perron, frappa à la porte. Pas de réponse, comme elle le prévoyait. Elle contourna la maison et se dirigea vers la dépendance où Lianna avait aménagé une salle de yoga. Jetant un coup d'œil par la fenêtre, elle vit effectivement plusieurs femmes sur des nattes, Lianna au fond de la pièce, mince malgré son ventre rond, montrant à ses élèves la posture du chat. Shelby ouvrit la porte et se campa sur le seuil.

Lianna releva la tête, fronça les sourcils.

— Il faut que je vous parle, déclara Shelby, sa voix brisant la sérénité du lieu.

— Cinq minutes, d'accord ? Cinq petites minutes. On termine la séance.

La mine sévère, Shelby regagna sa voiture et s'assit au volant. Pour meubler son attente, elle observa le jardin de Lianna, éclatante preuve que la jeune femme avait effectivement la main verte. Elle possédait une petite affaire de jardinage, à l'époque de son mariage avec Harris, qu'elle avait abandonnée pour donner des cours de yoga. Mais elle entretenait toujours son jardin, manifestement. « Elle est douée pour tout », avait dit Chloe un jour avec accablement. Lianna avait-elle de trop nombreux talents ou était-elle fondamentalement instable ? En tout cas, elle avait exercé une bonne dizaine de métiers. Shelby soupira – elle n'était décidément pas encline à l'indulgence envers Lianna.

Les élèves, toutes trentenaires, très chic et coiffées à grands frais, s'engouffrèrent dans leurs luxueuses voitures. L'allée de la résidence étant assez large, Shelby ne déplaça pas son véhicule. En temps normal, elle aurait reculé pour faciliter le passage. Mais aujourd'hui, elle n'était pas non plus d'humeur sociable.

Elle regagna la salle de yoga, ouvrit la porte-moustiquaire. Lianna s'essuyait le front et les bras avec une serviette. Contrairement à ses élèves, elle portait un justaucorps fané et quelque peu avachi, ses cheveux en désordre étaient retenus par une pince. Pas la moindre trace de fard sur ses traits admirablement ciselés.

— Shelby... Il y a un problème avec Rob ?
— On peut dire ça, oui.
— J'ai téléphoné à l'hôpital ce matin, on m'a dit qu'il tenait le coup.
— Son état n'a pas évolué. À ma connaissance.
— Je lui amènerai Molly quand elle sortira de l'école. Elle veut être près de lui au maximum. Ouh ! J'ai une de ces soifs. Venez donc à la maison, dit Lianna, chaleureuse comme à l'accoutumée.

Shelby la suivit dans le jardin. Elle plaignait Chloe que cette femme avait tant intimidée. De fait, elle possédait une grâce surnaturelle, comme si elle n'avait commis, de toute sa vie, aucune maladresse, aucun faux pas. Ce qui, évidemment, n'était pas vrai.

Lianna sortit du réfrigérateur de l'eau fraîche et en remplit deux verres qu'elle emporta dans le solarium attenant à la cuisine. Elle s'installa dans un fauteuil en rotin, désigna un autre siège à Shelby.

Celle-ci refusa de s'asseoir. Durant le trajet jusqu'ici, elle avait réfléchi à la façon de formuler son accusation. Mais amorcer la discussion n'était pas si simple.

— Quel est le problème, alors ? demanda Lianna.
— Rob était-il ici cette nuit ?

La curiosité, dans les yeux de Lianna, céda la place à une vague culpabilité.

— Pourquoi cette question ? rétorqua-t-elle plus sèchement.
— Parce que je veux savoir. Il était ici ?

Lianna pinça les lèvres, fit tinter le glaçon dans son verre.

— Il est effectivement passé. Qui vous l'a dit ?

— Pourquoi ne pas l'avoir signalé à la police ?

— On ne me l'a pas demandé. Et, d'ailleurs, cela ne vous regarde pas.

— Il est venu vous parler de la naissance de Molly, n'est-ce pas ?

Lianna rougit de colère. Shelby n'en avait cure.

— Je sais que Molly n'est pas la fille de Rob. Et je sais qu'il l'a appris hier soir.

— Parfait, articula Lianna en la dévisageant avec froideur. Je suppose que la notion de vie privée vous est étrangère.

— Chloe était au courant. Avant qu'on la tue.

— Oh oui, je ne doute pas qu'elle était au courant. Et qu'elle l'a raconté à ses copines. Tout le monde a dû se régaler ! Elle a eu le culot de fourrer son nez dans mon dossier médical, qui est confidentiel, s'indigna Lianna.

Shelby balaya l'accusation d'un geste. L'indiscrétion de Chloe était condamnable, une faute professionnelle, mais infiniment moins répréhensible que l'attitude de Lianna.

— Vous aviez un secret, et vous ne vouliez pas qu'il s'ébruite.

— Oui, c'était mon secret, qu'à présent le monde entier connaît.

— Il ne fallait pas que Rob l'apprenne, n'est-ce pas ? Vous teniez coûte que coûte à ce qu'il ne s'en doute pas, à ce que Chloe ne lui dise rien.

Lianna se recula dans son fauteuil, stupéfaite.

— Mais qu'est-ce que vous racontez ? Rob et moi sommes séparés. Allons, contrôlez-vous.

— Vous le lui avez caché ! accusa Shelby.
— Je désirais leur épargner ce... ce chagrin, à lui et Molly. Je souhaitais les protéger l'un et l'autre.
— Jusqu'où seriez-vous allée pour réduire ma fille au silence ?
— Mais vous déraillez ? répliqua Lianna, médusée. Elle inspira à fond, souffla.
— Vous insinuez que j'ai quelque chose à voir dans la mort de Chloe ? À cause de cette histoire ?

Shelby, muette, la regardait fixement.

— Écoutez, je sais que vous êtes anéantie, mais ressaisissez-vous. D'une part, je n'étais pas à bord de ce paquebot. J'étais ici, vous le savez pertinemment. Je me suis occupée de Jeremy pour vous, l'auriez-vous oublié ?
— Il est toujours possible de... d'engager quelqu'un.
— Engager quelqu'un ? Vous voulez dire... un tueur ? Mais bien sûr, je dois en avoir un ou deux dans mon carnet d'adresses, ironisa Lianna.
— Je ne plaisante pas !
— Moi non plus. C'est la pire insulte que j'aie jamais entendue. D'autant que c'est votre fille qui était en tort envers moi, elle a allègrement piétiné le principe de la confidentialité du dossier médical.
— Et Harris ? enchaîna Shelby – elle se fichait totalement que Lianna se sente insultée. Il est au courant pour Molly ? Et Rob ?
— Harris le sait depuis longtemps. Il m'a toujours poussée à l'avouer à Rob. J'attendais le bon moment. Mais Chloe s'en est mêlée. Apparemment, elle a discuté de mon secret le plus intime avec une copine, qui a décidé de tout raconter à Rob hier soir. Il est arrivé

ici dans une rage terrible. J'ai été complètement prise de court.

Une copine. Shelby pensa à Barbara et, aussitôt, comprit que Rob était délibérément resté dans le vague face à Lianna. Il taisait le fait que Chloe fréquentait les AA.

À cet instant, la porte d'entrée s'ouvrit, une voix retentit :

— C'est moi !

— Nous sommes dans le solarium ! répondit Lianna.

Harris apparut, sa mallette à la main. Il dénoua sa cravate.

— On m'attend à l'hôpital, tout à l'heure. Je m'accorde une petite pause. Oh, bonjour, Shelby.

Il entoura de son bras les épaules de Lianna, l'embrassa sur le front et lui tapota le ventre.

— Comment va Junior ?

Lianna darda sur Shelby un regard noir.

— Un peu agité, à vrai dire. Shelby a déboulé ici pour me jeter un tas d'accusations à la figure. Elle sait que Rob est venu hier soir. Et qu'il n'est pas le père génétique de Molly.

Harris considéra Shelby d'un air penaud.

— Nous aurions probablement dû vous le dire hier. Mais c'était gênant. Nous ne souhaitions pas aggraver encore la situation avec Rob.

— Ce n'est pas tout, enchaîna Lianna, elle pense que j'ai peut-être engagé quelqu'un pour tuer Chloe. Pour préserver mon secret.

Harris éclata de rire.

— Allons, chérie, tu es trop susceptible, tu as mal interprété ses paroles.

— C'est ce qu'elle a dit ! s'écria Lianna.

— D'accord, d'accord. Ne montons pas sur nos grands chevaux, mesdames. Ces derniers temps, nous sommes tous stressés.

Harris se tourna vers Shelby.

— Dites-moi, comment va Rob ? Il est réveillé ?

— Pas encore, répondit-elle, interloquée par le prosaïsme dont il faisait montre.

— J'ai vraiment eu de la peine pour lui, cette nuit, soupira Harris. Je crois qu'en venant ici, il espérait vraiment entendre que tout cela n'était qu'une fable.

— Je n'en doute pas, rétorqua Shelby d'un ton sec. Il aime Molly.

— Et il a été pour elle un merveilleux père. Je suis d'ailleurs certain que, même s'il avait su la vérité, il aurait été un père tout aussi affectueux, déclara Harris en baissant les yeux sur Lianna. Tu aurais dû avoir confiance en lui.

— OK, je sais, s'énerva-t-elle, levant les mains comme si elle capitulait. J'aurais dû tout lui avouer. J'avais une liaison avec un homme marié avant de rencontrer Rob. Un type incapable d'être père. Tandis que Rob... il était si fier d'elle. Je lui ai laissé croire que Molly était de lui. Je ne suis pas une sainte, je l'admets. Je vous assure que, quand Molly a découvert le pot aux roses, j'ai trinqué. Elle était furieuse contre moi.

— Chérie, sans vouloir t'offenser, tu l'as un peu mérité.

Lianna pointa le menton d'un air de défi.

— Je ne méritais pas d'être dénoncée par Chloe. Ce qu'elle a fait est indéfendable. Mais c'est ma faute. À la seconde où j'ai vu qu'elle travaillait là, il aurait fallu que je change de médecin, que je quitte le Dr Cliburn.

— Je suppose que, vu les circonstances, sa curiosité était naturelle, répliqua Harris.

— Si une secrétaire se comportait de cette manière avec une de tes patientes, tu ne la flanquerais pas à la porte ? riposta Lianna. Non, j'aurais dû consulter un autre médecin. Je savais que je commettais une erreur.

— Cliburn est le meilleur, décréta gravement Harris. Tu voulais le meilleur.

— N'empêche, j'ai été imprudente.

Harris lui étreignit l'épaule.

— Par chance, Molly est raisonnable et très mature pour son âge. Elle a d'abord pensé à Rob, ajouta-t-il, s'adressant de nouveau à Shelby. Elle lui a immédiatement dit : « Je me fiche de ce type. Tu es mon papa, point à la ligne. » C'était touchant.

Shelby comprenait maintenant pourquoi Chloe avait toujours admiré Harris Janssen lorsqu'elle travaillait pour lui. Il était l'incarnation du calme et de l'empathie.

— Et voilà, murmura Lianna. Rob était ici, fou de rage, et, quoi qu'ait fait Chloe, je suis sans doute fautive. Ma fille me considère comme une horrible bonne femme, ce que probablement je n'ai pas volé. Dieu merci, mon mari est un peu plus clément.

Elle regarda tristement Harris qui lui sourit.

— Je ne vois pas ce que je peux vous dire de plus, Shelby. En réalité, je préfère que cet abcès soit crevé. Je souhaite simplement que Rob se remette et que nous puissions tous tenter de panser nos blessures.

Soudain, Shelby eut honte de tout ce remue-ménage.

À partir d'un fragment d'information, elle avait tiré des conclusions outrancières. Lianna n'aurait certes pas crié la vérité sur les toits, néanmoins, à l'évidence, elle assumait son passé. Shelby ne savait plus si elle en était dépitée ou soulagée.

Elle se leva.

— Je regrette mes paroles.

— Il y a de quoi, répliqua Lianna.

— La mort de ma fille... me torture.

Lianna soupira, demeura un instant silencieuse.

— Oui, j'imagine. N'en parlons plus.

— Je suis vraiment navrée. J'ai passé les bornes.

Lianna leva vers elle un regard peiné, posa une main protectrice sur son ventre.

— N'en parlons plus, répéta-t-elle.

— Si vous n'y voyez pas d'inconvénient, tous les deux, je compte informer la police que Rob était ici hier soir. Avant son accident. L'inspecteur souhaitait savoir où il se trouvait, cela pourrait s'avérer utile.

Lianna haussa les épaules.

— Naturellement, dit Harris.

— Bon, il vaut mieux que j'aille récupérer Jeremy.

— Je présume que nous vous verrons à l'hôpital ? dit Lianna.

— Comment ça ?

— Au chevet de Rob.

— Ah oui, bredouilla Shelby, honteuse d'oublier son gendre. Bien sûr.

20

Darcie surveillait ses jeunes élèves qui escaladaient la cage à poules ou, sur les balançoires, s'élançaient vers le ciel. Jeremy, en pleine action, braillait qu'il avait une épée, gare !

— Il semble aller bien, dit Shelby.

Darcie opina sans la regarder.

— Vu la situation, oui. Et Rob, comment va-t-il ?

— J'ai téléphoné tout à l'heure. Son état est stationnaire.

— L'église a réussi à joindre ses parents cette nuit. Ils sont dans un petit village d'Indonésie. Il leur faudra un certain temps pour atteindre un aéroport. Ils devraient arriver dans deux ou trois jours.

— Je suis contente qu'on ait pu les prévenir. Rob a besoin d'eux en ce moment.

— Je suis d'accord.

— Je ne les ai jamais rencontrés. Ils n'ont pas pu assister au mariage et, quand ils sont venus voir Jeremy, j'étais à Paris.

— Ce sont des gens très gentils. Toujours joyeux, solides. Ils ont vécu à la dure.

— Vous connaissez la famille de Rob depuis longtemps ?

— Depuis toujours.
— Rob doit être pour vous une sorte de grand frère.
Darcie contemplait Jeremy qui jouait.
— Jeremy veut rendre visite à son papa.
— Pas encore. En tout cas, pas tant que Rob est inconscient. Cela ne servirait qu'à effrayer Jeremy. Il vient de perdre sa mère, s'il voit son père dans cet état, il en aura des cauchemars.
Darcie pivota et braqua sur Shelby ses grands yeux bleus.
— Donc, vous n'allez pas à l'hôpital ce soir ?
— J'y ferai un saut demain matin.
Darcie se retourna, le regard de nouveau fixé sur les enfants.
— Moi, j'irai ce soir.
Shelby perçut dans la voix de la jeune femme une note qui la surprit, cependant elle ne fit pas de commentaire.
— Il est temps de rentrer à la maison, se borna-t-elle à dire.

Le téléphone de Shelby sonna alors qu'elle persuadait Jeremy de s'extraire de la baignoire. La secrétaire d'Elliott Markson lui déclara que le patron souhaitait la voir le lendemain à dix heures, dans son bureau. « J'y serai », répondit Shelby. Elle avait une petite idée des raisons de cette convocation. Au mieux, Elliott Markson lui parlerait du retard qu'elle prenait dans son travail et lui taperait sur les doigts pour avoir demandé l'aide de Perry Wilcox. Au pire...
Puisque les parents de Rob arriveraient bientôt et

s'installeraient certainement dans la maison avec Jeremy durant leur séjour, Shelby serait libre de reprendre son poste si elle en avait toujours un. Oui, peut-être était-il temps de songer à s'y remettre. Ses recherches concernant l'accident de Chloe n'aboutissaient qu'à des impasses.

Coucher Jeremy ne fut pas facile. Shelby dut déployer tout son charme et son habileté pour convaincre le bambin que son papa dormait, qu'il ne pouvait pas recevoir de visites, mais qu'il allait guérir très vite. Il fallut lire trois histoires au lieu d'une ; chaque fois qu'elle laissait son petit-fils seul dans sa chambre, il fondait en larmes. Quand elle eut enfin réussi à le border dans son lit, elle était éreintée.

Il était vingt heures trente lorsque la sonnette retentit. Elle courut ouvrir, craignant que le bruit ne réveille Jeremy. L'inspecteur Camillo se tenait sur le seuil, flanqué d'un policier en uniforme.

— Inspecteur ?
— Pouvons-nous entrer ?
— Oui, je vous en prie.

Elle s'effaça devant les deux hommes qui se dirigèrent vers le salon. Shelby les invita à s'asseoir, proposa de leur servir quelque chose. Tous deux refusèrent, mais se posèrent au bord d'un fauteuil. L'inspecteur Camillo se pencha en avant, les coudes sur les genoux.

— Merci pour votre coup de fil, madame Sloan. Quand nous avons su où se trouvait votre gendre la nuit dernière, cela nous a grandement facilité la tâche.
— Si j'ai pu vous aider, tant mieux.
— Il y a du nouveau dans cette affaire, alors je me suis dit que vous souhaiteriez en être informée.

Shelby hocha la tête d'un air interrogateur.

— J'ai préféré vous en parler avant que vous l'appreniez par le journal télévisé de vingt-trois heures.

Shelby fronça les sourcils, inquiète.

— Apprendre quoi ? Est-ce que Rob va bien ? J'ai contacté l'hôpital avant le dîner. On m'a dit que son état était stable.

— En effet, j'ai eu le toubib il y a environ une heure. Apparemment, il s'en sortira. Mais nous voulons mettre ces types en examen pour tentative de meurtre.

— Quels types ? Vous avez découvert qui a fait ça ?

Une lueur de satisfaction s'alluma dans le regard de l'inspecteur.

— On dirait bien, oui. Sans minimiser l'excellent boulot de mon équipe, je reconnais que, sur ce coup-là, on a eu du bol.

— Que s'est-il passé ?

— Oh, ça correspond à ce que je soupçonnais. Comme le réservoir d'essence de M. Kendrick était plein, on est parti du principe qu'il s'était arrêté à une station-service en rentrant à la maison. Quand vous nous avez informés qu'il était allé à Gladwyne, on a réussi à retracer son itinéraire. Ensuite, on a éliminé certaines pistes. Et on a visionné les films de vidéosurveillance de tous les endroits où il pouvait acheter de l'essence sur son trajet. Au troisième film, on l'avait. Votre gendre s'est bien arrêté pour faire le plein et il a eu une prise de bec avec des jeunes qui traînaient par là, qui cherchaient la bagarre.

— Une prise de bec ? À quel sujet ?

— On sait pas. On n'a que les images, pas le son.

Mais bref, quand il est reparti, ils l'ont suivi. Ils lui ont filé le train sur la Schuylkill Expressway et ils ont percuté sa voiture pour l'envoyer dans le décor. Ils avaient une arme. Ils ne l'ont pas trucidé, il a eu de la veine.

— Oh, mon Dieu, murmura Shelby. C'est hallucinant.

Camillo secoua la tête avec accablement.

— De nos jours, même les chamailleries les plus insignifiantes virent au bain de sang. Les insultes, ça ne leur suffit plus. Maintenant, ils vous butent.

— Mais ils ne pensent pas aux conséquences… ?

— Ils ne pensent pas du tout, croyez-moi.

— Je suis stupéfaite que vous leur ayez mis la main dessus aussi vite.

— Eh bien, comme je vous l'ai dit, on a eu du bol. La caméra de surveillance, au-dessus des pompes à essence, a filmé leur plaque d'immatriculation. Après, ce n'était pas compliqué de les retrouver.

— Je vois…

— Ce qui n'empêche pas que cette histoire soit consternante, grommela Camillo comme pour s'excuser.

— Je comprends.

— Encore un détail. D'après ce que montre la vidéo, votre gendre leur a vraiment sauté à la gorge, à ces types. Il a le sang chaud, en principe ?

— Non, répondit Shelby avec tristesse. Généralement, c'est un garçon très doux.

— Il avait un motif particulier d'être nerveux, hier soir ?

Shelby se tut. Elle était extrêmement reconnaissante

aux policiers d'avoir retrouvé les agresseurs de Rob, cependant elle ne tenait pas à leur révéler pourquoi son gendre était d'humeur belliqueuse. Et si jamais les médias s'en emparaient ? On se moquerait de Molly, à l'école, dans la rue. C'était une adolescente gauche et mal dans sa peau, comme la plupart des gamines de son âge. Elle ne méritait pas pareil traitement. Dans cette histoire elle n'était qu'une malheureuse victime. Et soudain, Shelby comprit pourquoi Lianna n'avait pas informé les policiers.

— Se serait-il passé quelque chose, hier ? interrogea l'inspecteur Camillo.

— Non... non, pas vraiment. Il y a eu... une dispute familiale. Entre des ex, cela arrive parfois, c'est normal.

— Je ne vous demande pas d'être indiscrète, madame. Mais si cette affaire passe en justice, l'état d'esprit de votre gendre constituera un élément non négligeable.

— Pourquoi ?

— Eh bien, l'avocat de la défense pourrait arguer que M. Kendrick a provoqué ces individus. Voire pire.

— Vous ne croyez pas à ça, j'espère ?

— Mon opinion n'a aucun intérêt. Par contre, celle des jurés...

— Mais c'est abominable ! Un homme qui n'embêtait personne est pourchassé et agressé par des délinquants. Et maintenant vous me dites qu'on risque de rejeter la faute sur lui ?

— Je dis qu'il est important de connaître sa personnalité. Est-il sujet à des accès de violence ?

— Non ! Normalement, non. Hier, il a eu un... un choc. Il n'était sans doute pas tout à fait lui-même, répondit prudemment Shelby.

— Il n'a jamais été arrêté ? Pas d'histoires de violence domestique, rien de ce genre ?

Aussitôt, Shelby pensa à Chloe, à la croisière. N'était-ce pas la question qu'elle s'était posée, qui lui faisait peur ? Comment connaître véritablement un être ? A priori, Rob était un homme pieux, un travailleur social, un père aimant, un bon mari. Pourtant n'importe qui pouvait disjoncter. N'était-ce pas exactement ce qu'elle avait suspecté ? La face cachée de Rob, capable de violence ? De meurtre ?

À cette idée, le désespoir l'envahit. Tout à coup, elle prenait conscience qu'elle en était presque arrivée au point d'accepter. Au début, elle avait soupçonné Rob, mais tout ce qu'elle avait appris sur lui, çà et là, composait le portrait d'un mari endeuillé. Il n'avait pas menti à propos de l'alcoolisme de Chloe, d'ailleurs il avait subi avec succès le test du détecteur de mensonge. Même Perry Wilcox, enquêteur expérimenté, avait jugé Rob sincère, et conclu que la mort de Chloe était probablement accidentelle.

Maintenant, à cause des questions de l'inspecteur Camillo, Shelby sentait son cerveau cogner de nouveau contre les parois de son crâne. Le doute ne la quitterait-il donc jamais ? Comment vivre avec ça ? Elle devait se faire une raison. Se résigner et poursuivre son chemin pour préserver sa santé mentale.

— Madame Sloan ? dit l'inspecteur Camillo d'un ton inquiet.

— Oui ?

— Y a-t-il quelque chose dont vous souhaiteriez me parler ?

Shelby le regarda droit dans les yeux.

— Non. Rien.

21

Shelby, très calme, attendait dans l'antichambre du bureau d'Elliott Markson. Elle avait fait un saut à l'appartement et s'était élégamment vêtue pour monter à l'échafaud. Un designer célèbre lui avait dit un jour que le bleu marine était la couleur du pouvoir, une théorie qu'elle avait appliquée à la lettre. Elle portait un de ses tailleurs préférés, un Ralph Lauren à fines rayures, et des talons plus hauts qu'à l'accoutumée. De cette façon, au moins, le patron ne la toiserait pas. Elle agitait paresseusement un pied, feignant de ne pas remarquer qu'on la faisait poireauter. Enfin, l'intercom bourdonna.

La secrétaire pivota vers elle.

— Vous pouvez y aller.

Shelby se leva, inspira à fond, tourna la poignée de la porte et entra. Elle savait qu'il serait assis, qu'il la détaillerait. Soutenant son regard sans ciller, elle s'avança dans le vaste bureau lambrissé, posa la main sur le dossier du fauteuil, face à lui. Il n'y avait rien ou presque sur la table de travail, pas de photos, de trophées quelconques, ni le moindre objet d'art susceptible de donner quelque indice sur la personnalité de l'occupant des lieux.

— Puis-je ? demanda-t-elle.

— Je vous en prie.

Quand elle fut assise et put l'observer de plus près, elle s'aperçut qu'Elliott Markson n'était pas aussi jeune qu'elle l'imaginait. En réalité, ils étaient sans doute du même âge. Ses tempes grisonnaient, des lunettes de lecture étaient posées devant lui.

— Vous souhaitiez me voir, dit-elle.

— En effet.

Il s'accouda sur le bureau, joignit les extrémités de ses doigts. Shelby nota – chez elle, c'était un automatisme – l'excellente qualité de son costume et de sa chemise.

— Avant tout, reprit-il, comment allez-vous ?

Une fraction de seconde, elle fut prise de court. Cherchait-il à la désarçonner ? Dans ce cas, il en serait pour ses frais.

— Bien.

— Comment va votre petit-fils ?

La question, de nouveau, l'étonna. Elle ne se démonta pas.

— Bien. Merci de vous en préoccuper.

Elliott Markson balaya d'un geste ces politesses d'usage.

— Madame Sloan, je sais que vous vivez une période de stress intense. Néanmoins, j'ai récemment été informé que vous aviez engagé notre chef de la sécurité pour enquêter sur la mort de votre fille. Ce qui est, fondamentalement, une affaire privée.

Shelby se refusait à présenter des excuses ou à rétorquer que Perry avait tenu à accomplir cette tâche durant ses heures de travail. Elle attendit la suite.

— Cette... dilapidation du temps et des ressources de la société n'est plus tolérable chez nous. La culture de notre entreprise doit changer, faute de quoi nous ne survivrons pas. Mon oncle, avant son décès, n'avait plus le sens de la mesure. Il autorisait ses employés à prendre un jour de congé pour leur anniversaire et, à Noël, garnissait le sapin pour tous les enfants du personnel. Il aurait approuvé que M. Wilcox joue les détectives privés à votre profit. Je n'appartiens pas à cette race d'employeurs. Je ne suis pas le Père Noël.

— Je comprends, articula-t-elle, brûlant de bondir sur ses pieds pour clamer qu'elle démissionnait – avant qu'il ne la vire.

Elliott Markson écarta les mains.

— Pas de... protestations ? D'explications ?

— Il m'est insupportable de penser que la situation de Perry est compromise sous prétexte qu'il a cherché à m'aider. Je suis l'unique responsable.

— Apparemment oui. Mais M. Wilcox n'a pas perdu son poste.

— J'en suis heureuse.

Markson hocha la tête.

— Madame Sloan, vous avez beaucoup de travail en retard et vous ne nous avez pas indiqué quand vous envisagiez de revenir.

Nous y voilà, songea Shelby. Elle s'obligea à respirer, à penser qu'avec son expérience et ses qualifications, des milliers de possibilités s'offraient à elle. Parfois il valait mieux tout changer, et parfois le seul moyen de changer était de n'avoir pas le choix. Elle leva le menton, prête à encaisser le coup.

— Cela dit, poursuivit Elliott Markson, je n'ignore

pas que vous traversez des moments extraordinairement pénibles. Votre petit-fils vit une tragédie. Perdre sa mère si jeune, c'est terrible. Terrible.

Shelby en fut interloquée. Elle s'attendait à plus d'agressivité.

— Oui, effectivement.

— Je comprends qu'il soit capital pour vous de l'aider à surmonter cette épreuve. Quelquefois, dans l'existence, la carrière passe après le reste.

Shelby le dévisagea en silence.

— Vous semblez étonnée.

— Je... je m'attendais à...

— À être licenciée ?

— Franchement, oui. J'y ai songé.

— Devrais-je vous congédier ? demanda-t-il froidement.

— Non, rétorqua-t-elle avec calme. Je fais bien mon boulot. Je reviendrai... dès que possible.

— Mon oncle avait un profond respect pour vous, déclara Elliott Markson sans la regarder, or il était fin psychologue. Je compte mettre en œuvre de nombreux changements dans l'organisation des magasins Markson, y compris dans votre service. Mais cela peut attendre, me semble-t-il, que vous soyez prête à reprendre votre travail.

Shelby n'en croyait pas ses oreilles. Pour un peu, elle serait tombée à genoux pour le remercier et aurait quitté ce bureau à reculons, avec force courbettes. Cependant la situation n'en demeurait pas moins ce qu'elle était.

— Les choses sont malgré tout... compliquées, bredouilla-t-elle. Au cours des prochains mois, et cela durera peut-être des années... il arrivera que mon petit-fils ait besoin de moi. Il n'a plus de mère. Je le ferai passer avant tout le reste.

Elliott Markson resta impassible.

— Vous en aurez le devoir, dit-il.

Lorsque Shelby quitta le bureau d'Elliott Markson, elle se sentait le cœur plus léger, ce qu'elle n'avait pas éprouvé depuis longtemps. Certes, elle aurait accepté de rendre son tablier s'il l'avait fallu et cependant, pour être honnête, elle n'avait aucune envie de perdre son emploi. Or on lui accordait un répit. Professionnellement, elle n'était pas en danger et avait même eu droit à un peu de compréhension de la part du patron – phénomène pour le moins surprenant. Elle en était presque heureuse.

Elle décida, en retournant à Manayunk, de passer à l'hôpital prendre des nouvelles de son gendre. Elle désirait vérifier de visu si elle pouvait ou non amener Jeremy au chevet de son père. Si Rob était toujours inconscient, ou trop amoché, elle devrait continuer à inventer des prétextes.

Elle se gara dans l'immense parking attenant au Dillworth Memorial, puis gagna la chambre de Rob au sixième étage. La pièce était vide.

Un instant, l'angoisse lui serra la gorge. Elle se précipita vers le bureau des infirmières.

— Excusez-moi, je cherche Rob Kendrick. Il n'est pas dans sa chambre.

L'infirmière consulta un planning mural, avant d'interroger du regard sa collègue qui inspectait des flacons sur un chariot.

— Kendrick ? dit celle-ci. On l'a emmené à la radio. On le remontera dans – elle consulta sa montre – environ une demi-heure.

— Il a repris conscience ? demanda Shelby.

— Mais oui.

— Oh, quelle bonne nouvelle !

— Il va beaucoup mieux.

— Je peux l'attendre dans sa chambre ?

— Ça risque de se prolonger, grimaça l'infirmière. Aujourd'hui, on a du retard. Pourquoi vous ne descendriez pas à la boutique vous acheter quelque chose à grignoter ? Vous reviendrez après.

À cette suggestion, Shelby se rendit compte qu'elle avait une faim de loup.

— Excellente idée. À tout à l'heure.

L'ascenseur la déposa au rez-de-chaussée, où elle rejoignit la boutique au décor gaiement coloré, façon cafétéria. Une file de clients s'étirait devant le comptoir, mais heureusement les vendeuses ne lambinaient pas. Shelby opta pour un sandwich et un thé, paya, puis quitta la queue pour s'asseoir. Toutes les tables étant occupées, au moins partiellement, elle balaya la petite salle des yeux, en quête d'une personne qui ne refuserait pas de lui faire une petite place.

Soudain, à son étonnement, elle repéra un visage familier : l'étudiante qui secondait Talia au labo d'informatique de l'université. Shelby s'approcha de la jeune femme aux cheveux bruns et mous, occupée à pianoter sur son ordinateur portable tout en sirotant un café.

— Faith ?

L'assistante de Talia leva le nez ; elle esquissa un sourire.

— Oh, bonjour, madame...
— Shelby.
— Ah oui, répondit gauchement Faith.

Shelby désigna le siège libre vis-à-vis de la jeune femme.

— Cela ne vous ennuie pas que je m'assoie ? Je ne voudrais pas vous interrompre dans votre travail.

— Mais non, bredouilla Faith, s'empressant de retirer sa veste de la chaise. Je vous en prie, asseyez-vous.

— Il y a un monde fou ici, se justifia Shelby.

— Oui, je ne vous avais pas vue entrer. J'essaie de ne pas perdre trop de temps.

— Qu'est-ce qui vous amène à l'hôpital ? interrogea Shelby qui déplia sa serviette en papier et l'étala sur ses genoux.

— J'ai amené ma mère à sa séance de kiné. Elle a eu une attaque voici des années, et elle n'est toujours pas complètement rétablie. En principe, c'est mon père qui l'accompagne, mais ces jours-ci il ne se sent pas très bien, alors je le remplace. Heureusement, le Dr Winter est très compréhensive sur ce plan-là. Je sais qu'elle s'occupe de votre mère.

— En effet, rétorqua Shelby qui se mordit la langue pour ne pas se répandre en explications et justifications.

— C'est difficile d'être sur tous les fronts. Mon mari et moi, nous avons acheté une maison. Enfin... un chantier plutôt qu'une maison. Il y a tellement de travaux... et nous faisons tout nous-mêmes.

— Eh bien, dites donc...

— En plus, venir ici est une véritable expédition. Vraiment, je m'estime chanceuse d'avoir un patron comme le Dr Winter. Mais bon, je ne me plains pas. Mes parents ont besoin de mon aide.

Shelby songea au visage aigri de sa sœur, à son ton perpétuellement accusateur. Talia compréhensive ? Elle en doutait fort. Sa sœur paraissait indifférente au sort d'autrui. Quand Faith lui parlait de ses parents, Talia sautait probablement sur l'occasion de décrire son propre martyre, l'ingratitude de sa sœur et de son frère.

— Et vous ? s'enquit Faith, polie.

— Pardon ?

— Qu'est-ce qui vous amène ici ?

— Mon gendre. Il a eu un accident.

— Je suis navrée, marmonna Faith.

Shelby faillit lui expliquer la situation, mais la jeune femme ne cessait de jeter des coups d'œil à l'écran de son ordinateur.

— Travaillez donc, dit Shelby. Je ne veux pas vous déranger.

— Je cours toujours après le temps. Il faut que je termine ça avant que maman ait fini sa séance.

Opinant du bonnet, Shelby s'attaqua à son sandwich, tandis que Faith se concentrait de nouveau sur sa tâche. Quelques minutes plus tard, une voix lança :

— Ça y est, chérie !

Faith éteignit son portable, se redressa.

— Hello, maman. Ça s'est bien passé ?

— Comme d'habitude, ils m'ont torturée, gloussa la nouvelle venue.

Shelby pivota sur sa chaise.

— Maman, je te présente Mme Sloan, la sœur du Dr Winter. Voici ma mère, Peggy Ridley.

Shelby contempla la dame grassouillette, au visage

rose, sans une ride, qui s'appuyait sur sa canne. Quelques semaines auparavant, dans les locaux de la police de Saint-Thomas, cette femme lui avait relaté les derniers moments de la vie de Chloe.

Mme Ridley la dévisagea.

— Ben, ça alors…

22

— Vous ! s'exclama Shelby.

Déconcertée, Faith considéra tour à tour l'expression stupéfaite de sa mère et la mine sombre de Shelby.

— Vous vous connaissez ?

— Oui, répondit sa mère. Ça alors ! Le monde est petit, n'est-ce pas ?

Quand même pas à ce point, pensa Shelby, incrédule. Comment était-ce possible ? Elle ne comprenait pas, mille idées cacophoniques se bousculaient dans sa tête.

L'étonnement de Peggy paraissait tout à fait sincère, cependant il se mua en circonspection face au silence de Shelby, à ses traits figés.

— Vous vous êtes connues comment ? insista Faith.

— Quand ton père et moi étions en croisière.

— Vous avez fait la même croisière ?

Shelby détourna son regard du visage de Peggy et battit des paupières, comme au sortir du sommeil.

— Ce n'est pas moi qui ai fait cette croisière, mais ma fille. Elle est morte pendant le voyage.

— C'est elle qui est tombée à la mer, dit Peggy, tristement, sur le ton de la confidence.

Faith réprima une exclamation.

— Oh, mon Dieu. Oh, je suis navrée, madame Sloan. Je ne savais pas... Maman m'a raconté le drame, mais je n'avais pas saisi que...

— Talia ne vous en a pas parlé ? s'indigna Shelby. C'était sa nièce.

— Non, murmura Faith d'un air presque coupable. Elle est extrêmement discrète.

Seigneur, se dit Shelby partagée entre l'écœurement et la stupeur. Même s'agissant de Talia, ce degré d'indifférence était difficilement imaginable. Talia n'avait pas daigné mentionner la mort de Chloe à son assistante.

— Elle m'a demandé de chercher un modèle de carte de condoléances, ajouta Faith. Mais ce n'était pas pour vous, j'en suis certaine. Non, bien sûr que non.

Et pourtant si, pensa Shelby. C'était pour moi. Cette simple idée la mettait en rage.

— Quelle incroyable coïncidence, dit Peggy. Dire que nous étions à bord de ce paquebot avec votre fille... Inouï, n'est-ce pas ?

— Talia savait que vos parents participaient à cette croisière ?

— Je l'ignore, répondit Faith. Quoique, attendez... En fait, il me semble lui en avoir parlé, après tout l'histoire n'était pas banale, vous comprenez, mes parents avaient connu la jeune femme tombée à la mer... Je suis désolée, je ne savais pas qu'il s'agissait de votre fille. Et le Dr Winter ne m'a rien dit.

— Elle n'a peut-être pas fait le rapprochement, hasarda Peggy.

Non, impossible. Même pour Talia. Shelby était accoutumée à ce que sa sœur traite par le mépris ce qui constituait la trame de son existence. Mais là, les événements n'avaient rien de banal. Les parents de son assistante avaient été les derniers à voir sa nièce vivante.

— Il y a eu du nouveau, quelque chose ? questionna gentiment Peggy.

— Non...

— Que le navire continue sa route après ce drame nous a choqués. On l'a très mal vécu. Bud et moi, on ne digérait pas que les passagers se comportent comme s'il ne s'était rien passé.

Shelby était à court de mots. Elle pensait seulement que tous ces gens avaient un lien avec Talia. Une invraisemblable coïncidence. Mais comment pouvaient-il être impliqués dans cette histoire ? Ils semblaient inoffensifs.

— L'autre jour, nous avons reçu une carte de Virgie et Don. Vous vous souvenez de Virginie et Don Mathers ? L'autre couple qui...

— Oui, je me rappelle.

— Des gens charmants, soupira Peggy. Adorables.

— Maman, il faudrait y aller, intervint Faith en regardant la pendule. J'ai cours.

— Tu as raison, rétorqua Peggy qui posa une main douce et sèche sur celle de Shelby. Je suis contente de vous revoir. J'ai prié sans cesse pour votre Chloe.

Il y avait là une piste à creuser. Peut-être coupait-elle les cheveux en quatre et s'acharnait-elle encore à expliquer la mort de Chloe. Il n'en demeurait pas moins que les Ridley étaient liés à la disparition de Chloe, mais également à sa vie ici, à Philadelphie. Après tout, songea Shelby, n'était-ce pas pour cela qu'elle avait épluché les photos des passagers du paquebot ? Elle cherchait un lien quelconque, or maintenant, elle le tenait. Sa décision fut vite prise.

— Faith, je peux ramener votre maman chez elle, proposa-t-elle. Cela vous permettra de retourner à vos occupations.

— Oh non, répliqua Peggy, contrariée. C'est beaucoup vous demander et…

— Cela ne me dérange pas, au contraire. Vous avez été si gentils pour moi à Saint-Thomas. Je vous assure que ce n'est pas un problème. Où habitez-vous ?

— Le quartier n'est pas très reluisant, bredouilla Faith, gênée.

— Tu y as pourtant grandi, gronda Peggy.
— N'empêche…
— Où est-ce ? coupa Shelby.

Elle se sentait vacillante, si peu sûre d'elle. Qu'espérait-elle découvrir en emmenant cette femme à l'autre bout de la ville ? En tout cas, se dit-elle, cela lui permettrait au moins de passer un peu plus de temps avec ces gens, les derniers à avoir vu sa fille vivante. Peut-être, au cours de leurs ultimes conversations, Chloe avait-elle prononcé des mots qui éclaireraient tout. Qui aideraient Shelby à comprendre.

— Dans le sud, répondit Faith. Hector Street, pas loin de South 4th Street.

— Oh, mais je connais ! Nous habitions dans ce secteur quand ma Chloe était petite. Je sais très bien où c'est.

Faith, l'air soulagé, se tourna vers sa mère.

— Ça m'arrangerait d'avoir un peu plus de temps pour mon travail en cours.

— D'accord, chérie, acquiesça Peggy non sans avoir hésité. Vas-y.

Faith prit sa mère dans ses bras.

— Embrasse papa pour moi. Dis-lui que je viendrai bientôt.

— N'oublie pas, rétorqua gravement Peggy. Tu sais comment il est. Il a besoin qu'on lui remonte le moral.

— Je n'oublierai pas.

— On y va ? proposa Shelby.

Escorter Peggy jusqu'au parking fut laborieux. Une fois à destination, Shelby lui demanda d'attendre près des ascenseurs pendant qu'elle allait récupérer la voiture. Quelques minutes après, elle s'arrêtait devant la vieille dame, sortait du véhicule et soulageait Peggy de sa canne qu'elle posa sur la banquette arrière pour ensuite, avec précaution, installer sa passagère à l'avant.

Peggy ressemblait à un oiseau duveteux et dodu, trônant sur son nid. Elle boucla sa ceinture de sécurité et joignit les mains dans son giron.

— Vous êtes vraiment très gentille. Ma Faith travaille énormément. Trop, à mon avis. Son mari et elle ont acheté une maison qu'ils restaurent eux-mêmes. Là-dessus, elle s'échine à terminer ses études, elle travaille pour le Dr Winter, et en plus, le dimanche, elle fait des ménages.

— C'est beaucoup.

— Comme vous dites, soupira Peggy. Surtout que, maintenant, elle essaie aussi de m'aider. Bud, mon mari, ne va pas bien. Vous vous souvenez de Bud ?

— Naturellement. Qu'est-ce qu'il lui arrive ?

— Il a la maladie de Lou Gehrig, une sclérose latérale amyotrophique.

Shelby se remémora l'homme rencontré à Saint-Thomas, au poste de police. Il lui avait paru en parfaite santé, et même plutôt robuste. Hélas, son avenir semblait particulièrement sombre.

— C'est récent ? Vous l'avez appris en rentrant de croisière ?

— Oh non, nous le savons depuis quelques mois. Il n'a pas encore de symptômes, la plupart du temps il se sent très bien. Mais certains jours… Je m'accroche à l'idée que, si son état continue à ne pas se dégrader, on trouvera un traitement. Lui, par contre, n'a plus une once d'optimisme. Quand nous attendions la croisière, nous avions au moins un dérivatif. Maintenant, il est démoralisé. Il sort à peine de la maison.

Shelby, tout en écoutant Peggy, mettait le cap au sud. Elle traversa l'élégant quartier de l'hôpital puis Italian Market, qui avait à présent un parfum d'Asie, et la vaste zone résidentielle connue sous l'appellation de South Philly. Près de Washington Street, les maisons à un étage étaient simples mais bien entretenues, des arbres ombrageaient les trottoirs. Plus au sud, vers Snyder Avenue, les rues étaient sales, défigurées par des bâtisses condamnées et couvertes de graffitis.

Ce qui soulevait une question : les Ridley s'étaient offert une onéreuse croisière, or il fallait être pauvre pour habiter par ici. Personne ne s'y installait de gaieté de cœur.

Shelby atteignit sans difficulté Hector Street, une étroite artère à sens unique. Quoique en meilleur état que d'autres du même quartier, elle avait son lot de papiers d'emballage et de mégots traînant par terre, ses groupes d'ados à la mine patibulaire, ses bagnoles dont le toit et les vitres tenaient grâce à du chatterton.

Shelby se gara à quelques mètres de chez les Ridley. Elle sortit et ouvrit la portière à Peggy. Elle cherchait fébrilement comment formuler avec tact la question qu'elle avait en tête.

— Eh bien, heureusement que vous avez eu les moyens de faire cette croisière avant que la maladie de votre mari s'aggrave.

— Seigneur Dieu, gloussa Peggy en s'appuyant sur sa canne, que Shelby lui tendait, pour s'extraire de son siège. Jamais nous n'aurions pu nous payer cette croisière. Jamais de la vie.

— Ah ? fit Shelby, qui n'était pas vraiment surprise.

— Je vous le garantis, railla Peggy. Mon mari l'a gagnée dans un concours.

— Vraiment…

— Un coup de veine, pas vrai ? Quelquefois on a l'impression que tout va mal, et puis un cadeau vous tombe du ciel.

Elles avaient atteint le perron de la maison des Ridley.

— Je ne sais pas comment vous remercier, dit Peggy. Vous avez été tellement gentille.

— Attendez, je vous aide à monter ces marches.

— Oh, je peux me débrouiller.

— J'ai promis à Faith de vous ramener.

— Quel bon cœur vous avez, rétorqua Peggy avec un grand sourire. Vous avez le temps de boire un café ?

— Volontiers, répondit Shelby d'un ton qui se voulait nonchalant. J'ai cinq minutes.

235

— Tant mieux.

Shelby aida Peggy à gravir les marches une par une. Les fenêtres étaient comme des orbites vides, avec leurs rideaux décolorés par des années de soleil ; sur la tablette intérieure, des fleurs artificielles prenaient la poussière dans un pot verdâtre. Peggy déverrouilla la porte.

— Bud, je suis là !

Pas de réponse.

— Entrez, entrez donc, dit-elle à Shelby.

L'intérieur de la maison était chichement éclairé mais parfaitement rangé. Peggy désigna une chaise usée près de la table au dessus éraflé.

— Un café, alors ? Je n'ai que de l'instantané.

— Avec plaisir, bredouilla Shelby.

Elle n'avait pas soif et, en observant le décor qui l'entourait, se sentait de plus en plus déconcertée. Ces gens très modestes avaient participé à un concours et gagné une croisière. Un coup de chance dans une existence malchanceuse. Quel rapport cela pouvait-il avoir avec la mort de Chloe ? Elle ne savait même pas quelles questions poser.

Peggy gagna en boitant la cuisine. Shelby examinait le minuscule salon et le coin repas – un sanctuaire consacré à Faith, en quelque sorte. Des photographies de Faith occupaient les murs et la moindre surface horizontale – des clichés d'elle depuis sa plus tendre enfance jusqu'au jour de ses noces. Faith en mariée vêtue d'une robe sage lui arrivant au genou et coiffée d'un voile court, un bouquet dans les mains, qui levait la tête vers un homme à l'air doux. Une mariée qui n'était plus une jeune fille mais rayonnait de joie.

Peggy revint avec un mug fumant qu'elle posa devant son invitée.

— Vous n'en prenez pas ? demanda Shelby.

— Non, ça me donne envie de faire pipi, et la salle de bains est à l'étage.

Shelby hocha la tête, souffla sur le breuvage bouillant.

— Alors vous avez gagné la croisière dans un concours.

— Pas moi, Bud. Un concours organisé par une radio sportive qu'il écoute souvent. Il fallait être le vingtième auditeur à téléphoner, ou un truc dans ce genre. D'abord, j'ai voulu voir si on ne pouvait pas avoir l'équivalent en argent, pour aider Faith et notre gendre. Ils doivent acheter de nouveaux appareils ménagers, tout ça, et comme il a deux gosses d'un premier mariage, ils ne roulent pas sur l'or.

— Je m'en doute.

Mais Shelby se moquait éperdument des finances de Faith. Elle s'étonnait qu'une radio propose à ses auditeurs un jeu doté d'un prix d'une telle valeur. Elle travaillait dans le commerce, elle s'y connaissait un peu en matière de budget pub. Quelque chose ne collait pas.

— Mais Bud a refusé tout net. Il voulait qu'on la fasse, cette croisière. On n'a jamais eu de vraies vacances comme ça. Quand Faith était petite, on partait un peu en voiture, mais ensuite Bud a perdu son emploi. Et puis j'ai eu mon attaque. Bref, il y avait toujours un empêchement.

— Je sais ce que c'est, répliqua Shelby.

— Je suis contente qu'on ait eu cette semaine. Ça nous fait de bons souvenirs.

— Tant mieux.

— Je me demande où il est… Je lui ai demandé d'acheter du coleslaw. Il peut-être allé chez le traiteur. Il ne sort quasiment plus de la maison. Il est terriblement déprimé. Mais qui ne le serait pas ? Il s'est inquiété pour moi pendant des lustres et puis… boum. Je lui répète qu'après tout, on ne sait jamais, la maladie n'évoluera peut-être pas avant des années. Tu ne peux pas passer ta vie enfermé dans cette baraque, je lui dis.

— Bien sûr, acquiesça Shelby distraitement en buvant une gorgée de café.

— En principe, le matin, je suis bénévole à l'église. Mon amie Judy vient me chercher et nous déjeunons là-bas. On connaît tout le monde. Bud aimait bien ça, lui aussi. Mais maintenant il ne veut plus y aller.

À cet instant, on entendit la clé tourner dans la serrure.

— Le voilà, dit Peggy, visiblement soulagée.

Bud Ridley apparut, le journal coincé sous le bras, et portant un petit sac en papier brun. Il n'avait pas l'air d'un homme malade, au contraire il avait cette allure énergique que Shelby se rappelait. Cependant, elle lut de la lassitude dans son regard.

— Coucou mon chéri, dit Peggy. Tu ne devineras jamais…

— Quoi donc ? marmonna Bud en fourrant ses clés dans sa poche de pantalon.

— Devine qui est là.

Shelby se redressa et pivota pour lui faire face. Bud la vit, recula, les yeux écarquillés, comme s'il avait aperçu un fantôme. Avec un cri étranglé, il laissa échapper son journal et le sac en papier.

— Bud ! s'exclama Peggy. Qu'est-ce qui t'arrive ? Ça coule sur la moquette.

La barquette de coleslaw, dans le sac en papier, avait craqué et son contenu se répandait sur le sol, la sauce imbibant le tapis élimé. Bud ne parut pas le remarquer, il était blanc comme un linge.

Le cœur de Shelby se mit à cogner. La réaction de cet homme dépassait la simple surprise. Il était paniqué. Pourquoi ?

— Bonjour, Bud.

Il ouvrit et referma la bouche, on aurait cru un poisson.

— Comment vous nous avez retrouvés ? balbutia-t-il.

— Retrouvés ?

— Par Faith, déclara Peggy. La patronne de Faith est la sœur de Shelby. Quelle étrange coïncidence, hein ?

Bud détourna les yeux, comme s'il avait peur de regarder Shelby en face.

— Tu te sens mal, chéri ? s'affola Peggy. Tu n'avais pas eu de malaise depuis un moment. Ce n'est rien, ne t'inquiète pas, ça arrive.

Bud secoua la tête.

— Je vais nettoyer ça, soupira Peggy.

— Je m'en charge, dit Bud, se dérobant toujours au regard de leur visiteuse.

Shelby était électrisée par son embarras, sa peur. La suspicion aiguisait tous ses sens. Cet homme dissimulait quelque chose, elle le flairait, elle en était persuadée. Mais comment le pousser dans ses retranchements ? Lui poser carrément la question :

pourquoi étiez-vous avec ma fille juste avant sa disparition ?

Soudain, elle sut comment aborder le sujet.

— Peggy m'a raconté que vous aviez participé à un jeu radiophonique et gagné la croisière. De quelle radio s'agit-il ? Je vais l'écouter moi aussi.

Sans répondre, Bud fila dans la cuisine. Peggy contemplait, consternée, le tapis souillé. Shelby, immobile dans le salon plutôt sinistre, se sentait dans la peau d'un intrépide explorateur devant l'entrée bien cachée d'un antique tombeau. L'expression de Bud en la voyant prouvait qu'elle avait, par hasard, mis le doigt sur le secret qu'elle cherchait. Un secret qu'elle allait déterrer, coûte que coûte.

23

Je ne sais vraiment pas ce qu'il a. Bud ! cria Peggy, tournée vers la porte close de la cuisine – en vain. Ça ne lui ressemble pas d'être aussi grossier.

— Ce n'est pas grave, de toute façon je dois aller récupérer mon petit-fils. Merci pour votre hospitalité.

— Attention, ne marchez pas là-dedans, dit Peggy qui l'accompagna jusqu'à la sortie, en contournant le coleslaw renversé.

Shelby lui dit au revoir et s'en fut. Dehors, elle fut obligée de se cramponner à la rampe du perron – elle tremblait de tous ses membres. Elle rejoignit tant bien que mal sa voiture, mit le contact et verrouilla les portières. Elle avait besoin de réfléchir. Bud Ridley avait manqué tourner de l'œil en la découvrant dans son salon. À l'évidence, il avait espéré ne jamais la revoir.

Shelby avait envie de se ruer hors de sa voiture pour aller marteler la porte des Ridley et exiger du maître de maison qu'il lui dise la vérité. Mais cela ne la mènerait nulle part. Il lui fallait du temps pour élaborer le piège qu'elle comptait lui tendre. Elle attendrait qu'il soit seul car Peggy, manifestement, ne savait rien. Elle l'affronterait en tête à tête, par surprise.

Elle passa prendre Jeremy qu'elle emmena au parc.
— On va voir papa ? lui demanda-t-il en chemin.
Dans le chaos de la journée, Shelby avait oublié son intention de rendre visite à Rob. Celui-ci était conscient, à présent. Même s'il avait une mine affreuse, il pourrait rassurer son petit garçon.
— Oui, nous irons l'embrassser après le dîner.
Jeremy poussa un cri de joie et, dès qu'ils furent au parc, il jaillit de la voiture et escalada la cage à poules avec excitation. Shelby s'assit sur un banc à l'écart des cris des enfants, et loin des oreilles indiscrètes. Elle saisit son mobile, réfléchit longuement. Après quoi elle composa le numéro des renseignements téléphoniques, où on la mit en relation avec son correspondant.
— Sunset Cruise, déclara la standardiste.
— Bonjour, Erin Dodson à l'appareil. Je m'occupe de publicité radiophonique, je souhaiterais parler au responsable de votre service promotion.
— Un instant, je vous prie.
Bientôt, une voix masculine, suave et charmeuse, annonça :
— Craig Murphy. Que puis-je pour vous ?
— Bonsoir, je suis Erin Dodson de WLSP à Philadelphie. Nous sommes une chaîne sportive qui émet vingt-quatre heures sur vingt-quatre, et je voudrais vous proposer d'organiser une opération pub avec nous, en offrant par exemple une croisière aux Caraïbes

pour deux personnes. Notre public correspond bien à votre clientèle, je serais donc ravie de vous rencontrer pour...

— Une petite minute, pouffa Craig Murphy. Vous débutez dans le métier, ou quoi ?

— Je... je suis là depuis trois semaines.

— Eh bien, j'apprécie votre enthousiasme, mais nous n'offrons pas de croisière à des stations de radio locales. Pour une opération de ce genre, nous choisirions Coca-Cola ou un gros poisson de ce style. Les radios locales n'entrent pas dans la stratégie publicitaire de notre compagnie.

Shelby garda le silence. Je le savais, pensa-t-elle.

— En réalité, nous ne faisons plus de pub à la radio. Pour une croisière, rien de tel que l'image. Nous nous bornons aux magazines haut de gamme et, naturellement, la télévision.

— Je ne vous convaincrai pas de nous rencontrer pour en discuter ?

— Non, désolé, vous perdriez votre temps. Ce n'est pas envisageable.

— Bon... merci quand même.

Shelby rangea le mobile dans son sac et se dirigea vers la cage à poules. Elle avait les yeux fixés sur Jeremy, pourtant elle le distinguait à peine. Son cerveau fonctionnait à toute allure, son cœur battait follement.

Ce n'était que pure invention. Elle l'avait immédiatement senti, à présent elle en avait la preuve. Ils n'avaient pas gagné cette croisière. Bud avait servi ce mensonge à sa femme et sa fille, qui l'avaient cru. Or, s'ils n'avaient pas gagné le gros lot d'un jeu quelconque, comment s'étaient-ils retrouvés à bord de ce paquebot ? Plus important encore, pourquoi Bud mentait-il ? Et pourquoi étaient-ils en compagnie de Chloe le soir de sa mort ?

Un hurlement l'arracha brusquement à sa méditation, elle vit un nuage de poussière et une bande de gamins au pied de la cage. Se précipitant, elle découvrit Jeremy en train de rouler dans le sable, de se battre comme un beau diable avec un garçon plus âgé et plus costaud.

— Jeremy, arrête !

Elle tenta de les séparer. Jeremy se défendait à coups de poing et de pied, mais son adversaire avait nettement le dessus.

— Vous arrêtez tout de suite ! Tous les deux ! gronda Shelby.

— Il m'a marché sur les doigts, protesta Jeremy qui pleurnichait.

— Tu m'as poussé ! l'accusa l'autre.

— D'accord, ça suffit. Montre-moi cette main.

Jeremy lui colla sous le nez des doigts rougis.

— C'est sa faute ! glapit-il.

— Peu importe qui est fautif. Ce n'est pas une raison pour se bagarrer. Viens, Jeremy, suis-moi. Nous devons aller à l'hôpital.

— L'hôpital ! Non, je veux pas, bredouilla Jeremy, se hâtant de cacher sa main derrière son dos. Ça me fait pas mal.

— Nous allons voir ton papa, lui rappela Shelby.

— Oh, marmonna-t-il.

Soudain, son visage s'éclaira. Il épousseta ses vêtements et s'élança vers la voiture.

— On y va !

Quand il se fut éloigné, Shelby se tourna vers l'autre pugiliste qui ricanait.

— Quant à toi, dit-elle d'un ton qui lui fit écarquiller les yeux, la prochaine fois choisis un garçon de ta taille. C'est bien clair ?

Shelby frappa à la porte de son gendre et, prudemment, jeta un coup d'œil à l'intérieur de la chambre. Rob, couvert de pansements et relié à une potence de perfusion, regardait la télé, assis dans son lit.

— Je vous amène quelqu'un…

Jeremy la poussa et fonça vers le lit. À sa vue, le visage de Rob s'éclaira. Shelby dut quasiment tacler le bambin pour l'empêcher de sauter sur son père qui souffrait de plusieurs fractures.

Le fils et le père, maladroitement, réussirent à s'étreindre. Jeremy regardait son papa d'un air ébloui.

— T'as drôlement mauvaise mine, dit-il, admiratif.

— Je ne me sens pas très bien, admit Rob. Et toi ? L'école, ça va ?

— Mlle Darcie est gentille. J'ai fait le plus beau dessin, c'est elle qui l'a dit.

— Tu me l'as apporté ?

— J'ai oublié, marmonna Jeremy, dépité.

— Ce n'est pas grave, tu me le montreras une autre fois.

— J'ai parlé avec votre médecin, dans le couloir. Apparemment, ils ne vous garderont plus longtemps. Mais vous aurez besoin d'aide.

Il hocha la tête.

— À propos de ce que je vous ai dit, Shelby... je suis vraiment navré.

— Qu'est-ce que tu lui as dit ? demanda Jeremy.

— Rien, mon ange, rétorqua fermement Shelby. Ton papa a des soucis. Mais j'ai de bonnes nouvelles pour lui. Tes grands-parents arriveront bientôt d'Indonésie.

Jeremy ouvrit des yeux ronds.

— Ils sont indiens ?

Rob et Shelby éclatèrent de rire.

— Non, ils travaillent en Indonésie, répondit-il. C'est vrai ? Ils viennent ?

— Grâce à Darcie, je crois, par l'intermédiaire de l'église. Des membres de la paroisse ont réussi à les localiser.

— Formidable, répliqua Rob d'une voix éraillée. Je serai content de les retrouver.

— Je suppose qu'ils pourront gérer la situation un certain temps, rétorqua Shelby, coulant un regard en direction de Jeremy.

— Je vous suis reconnaissant de tout ce que vous avez fait, dit-il, contrit.

— Inutile de me remercier. Il s'agit de mon petit-fils.

— Oui, je sais.

— Remerciez plutôt Darcie. Je me suis beaucoup appuyée sur elle.

— Elle a été épatante, n'est-ce pas ? La plupart des gens clament que vous pouvez compter sur eux, mais ce sont des paroles en l'air. Tandis que Darcie...

— Elle a de l'affection pour vous, dit Shelby, scrutant le visage de Rob, se demandant s'il comprenait ce qu'elle insinuait.

— C'est plus fort que moi, je la considère toujours comme une gamine.

— Elle n'est pourtant plus une enfant, mais une jeune femme extrêmement compétente.

Rob lui lança un regard étonné.

— Je ne manquerai pas de la remercier.

— Je peux mettre les dessins animés ? questionna Jeremy qui grimpa sur le fauteuil près du lit.

Rob lui céda la télécommande, que Jeremy manipula avec une aisance et une autorité déconcertantes, zappant d'une chaîne à l'autre pour finalement choisir une émission qui le captiva aussitôt.

Une infirmière débarqua dans la chambre, vérifia la tension de Rob puis lui tendit un gobelet en carton contenant des comprimés.

— On avale, dit-elle gaiement.

Rob s'exécuta.

— Ce sont des antalgiques, précisa-t-elle en ressortant. Si ça ne suffit pas, appuyez sur la sonnette.

Rob marmonna un « merci », avant de reporter son attention sur Shelby.

— Vous savez, à propos du détective que vous avez engagé pour enquêter sur… – un bref coup d'œil à son fils, lové dans le fauteuil, hypnotisé par l'écran de télé – ce qui s'est passé…

— J'ai agi dans votre dos, je conçois que ça vous ait déplu.

— Non… j'ai réfléchi. Vous me reprochez d'avoir accepté trop vite la version officielle, et vous avez peut-être raison.

— Comment ça ?

— Récemment, j'ai découvert que je suis trop

247

confiant. Je crois bêtement ce que les gens me racontent. Je pars toujours du principe qu'ils disent la vérité.

Il songeait à Lianna, évidemment, et au père génétique de Molly. Elle préféra cependant ne pas évoquer ce sujet.

— Moi aussi, j'ai découvert quelque chose, murmura-t-elle. J'aimerais vous en parler.

Il fronça les sourcils.

— Vous vous souvenez de ces passagers qui étaient avec Chloe pendant la partie de bingo ? Les Ridley. La dame marche avec une canne. Ils ont aidé Chloe à regagner votre cabine.

— Oui, vaguement.

— Ils habitent ici. À Philly. Je les ai rencontrés par hasard.

— Ah bon ? C'est bizarre. Quoique... peut-être pas. Je présume que nous n'étions pas les seuls habitants de Philadelphie à bord de ce navire.

— Le monsieur m'a dit avoir participé à un jeu radiophonique et gagné la croisière. Mais il a menti.

— Hmmm..., fit Rob dont les yeux devenaient vitreux. Comment vous le savez ?

Shelby ne lui avoua pas que la fille des Ridley travaillait pour Talia. Elle n'était pas encore prête à formuler cette réalité à voix haute. Pas pour l'instant.

— C'est une longue histoire. Disons simplement que je le sais.

— Pourquoi il aurait inventé ça ?

— Je l'ignore. C'est justement ce que j'ai l'intention de découvrir.

— Salut, papa.

Rob et Shelby tournèrent la tête vers la porte. Molly se tenait, timide, sur le seuil.

— Hé, ma grande fille ! s'exclama Rob en ouvrant les bras.

Shelby laissa sa place à Molly et, dans le couloir, aperçut Lianna qui la salua d'un geste de la main.

Molly ébouriffa les cheveux de Jeremy puis, avec précaution, embrassa Rob. Shelby vit son gendre ravaler ses larmes en étreignant la main de Molly. Elle était toujours sa fille, quoi qu'ils aient appris, tous les deux, sur sa conception. Cela n'avait rien changé à leur relation.

Rob avait moins mal, la brume douillette des antalgiques s'emparait de lui. Il attira ses deux enfants près de lui, tous trois paraissaient former une famille au complet. Comme si personne ne manquait au tableau.

Stop, se tança Shelby, tu es horriblement injuste. Ils sont seulement soulagés d'être toujours ensemble. Quant à la mort de Chloe, ils pensent l'affaire réglée.

Shelby, elle, était sûre du contraire.

24

Shelby suivit le dernier journal télévisé d'un œil distrait. Une journaliste, à l'air grave de poupée Barbie, relatait la découverte d'un cadavre flottant dans la Schuylkill avec deux balles dans la tête ; la police, disait-elle, s'efforçait d'identifier le mort. Ces faits divers étaient devenus monnaie courante à Philadelphie. Chaque nuit apportait son lot de crimes, et les téléspectateurs restaient de marbre. On ne sortait de l'indifférence, songea-t-elle, que quand ce genre de tragédie s'abattait brusquement sur votre tête.

Ce soir, elle ne pensait qu'à Peggy et Bud Ridley. Impossible de nier que Talia représentait un lien possible entre Chloe et les Ridley. Mais dès qu'elle tentait d'imaginer une raison – n'importe laquelle – expliquant le rôle de Talia dans cette histoire, elle en avait mal au crâne. Certes, entre sa sœur et elle, ce n'était pas l'entente parfaite. Talia éprouvait contre elle une rancœur tenace. Au point d'organiser le meurtre de Chloe ? Non, c'était aberrant. Mais la présence des Ridley à bord du paquebot où se trouvaient Chloe et Rob – que Bud ait menti ou non sur la façon dont il avait financé la croisière – n'était-elle due qu'au seul hasard ?

Et quid de la théorie selon laquelle on aurait drogué Chloe le soir de sa mort ? Le corps de Chloe ayant disparu, Shelby ne parviendrait jamais à prouver qu'on l'avait tuée ni à désigner le coupable. Cependant, plus elle pesait le pour et le contre, plus elle était persuadée que Bud détenait la clé de l'énigme. Elle devait le cuisiner. Il y avait forcément un moyen de le piéger.

Elle aurait dû se coucher, essayer de dormir, mais cela ne servirait à rien, elle ne fermerait pas l'œil.

Elle s'assoupit pourtant, sans s'en rendre compte, alors que l'aube pointait. Par chance, elle se réveilla juste à temps pour conduire Jeremy à la maternelle. Ce ne fut pas le soleil qui la tira du sommeil – la journée s'annonçait grise et pluvieuse –, mais une sorte d'horloge interne qui la fit bondir du lit, tel un automate, pour s'occuper de son petit-fils. Quand elle l'eut déposé à l'école, elle cacha ses cheveux sous une casquette de base-ball, remonta le col de sa veste et roula vers le sud de Philadelphie. Elle se gara quasiment à l'angle de Hector Street. Des zonards visiblement camés déambulaient sur le trottoir, la lorgnaient dans sa voiture, mais passaient leur chemin. Peggy Ridley lui avait dit que, la plupart du temps, une amie venait la chercher pour l'emmener à l'église où elle faisait du bénévolat, et que Bud ne l'accompagnait plus. Shelby croisait les doigts – pourvu qu'aujourd'hui Peggy aille à l'église.

Elle n'eut pas à attendre longtemps. L'amie de Peggy, une femme grisonnante et énergique, stoppa devant le domicile des Ridley et entra chez eux. Un moment après, elle ressortait, aidant Peggy à descendre les marches du perron. Shelby ne bougea pas un cil jusqu'à ce que l'automobile soit loin. Ensuite elle sortit et, à son tour, gravit les marches. Elle sonna en ayant soin de tourner le dos à la fenêtre.

Pas de réponse.

Flûte. Se serait-il absenté ? Soudain, du coin de l'œil, elle vit le rideau bouger. Non, il était là. Elle avait eu raison de prendre ses précautions pour qu'il ne la reconnaisse pas – la casquette, le col relevé.

Elle frappa à la porte.

— Ouvrez !

Toujours pas de réponse.

— Police, ouvrez ! Nous souhaitons vous parler d'une dénommée Faith Latimer.

Silence puis, au bout d'un moment, on déverrouilla la porte. Une expression d'inquiétude sur le visage, Bud Ridley regarda Shelby qui, sans lui donner le temps de réagir, poussa le battant et le coinça avec l'épaule.

— Je me suis dit que ça vous forcerait à répondre.

— Fichez le camp d'ici, bougonna-t-il, la foudroyant des yeux. Vous n'êtes pas de la police.

— En effet, mais je suis là, j'y reste.

Il durcit encore son regard, pour tenter de l'impressionner. Finalement il pivota, et Shelby le suivit dans la maison sinistre, claquant la porte derrière elle.

Il s'assit pesamment dans son fauteuil inclinable, au salon, devant les photos de sa fille disposées comme sur un autel. S'humectant les lèvres, il saisit la télécommande et alluma la télé. Shelby le contemplait, lui contemplait l'écran sur lequel se déroulait un jeu passablement hystérique.

— J'ai à vous parler, dit-elle.

Bud avait les mains posées à plat sur les accoudoirs de son fauteuil, comme pour mieux lutter contre un vent violent.

— Moi, j'ai rien à vous dire.

Le speech enthousiaste de l'animateur du jeu, les clameurs du public étaient assourdissants.

— Vous pouvez éteindre cette télé, s'il vous plaît ?

Il augmenta le volume sonore. S'approchant du téléviseur, elle tourna le bouton du son et se campa devant le décodeur. Elle bloquait le signal, si bien que Bud s'acharna inutilement sur sa télécommande.

— Écartez-vous de là, grommela-t-il.

— Vous essayez de gagner une autre croisière ? railla-t-elle.

Bud n'eut pas le courage de soutenir son regard.

— Votre expression, lorsque vous m'avez vue ici hier, ne m'a pas échappé. On aurait cru que vous étiez face à un fantôme. J'exige de savoir pourquoi.

Il ne répliqua pas.

— Vous pensiez ne plus jamais me croiser, n'est-ce pas ?

— Qu'est-ce que j'en ai à faire, de vous croiser ou pas ? grogna-t-il.

— Vous n'avez pas remporté la croisière dans un jeu radiophonique. J'ai téléphoné à la compagnie Sunset Cruise. Ils n'ont pas ce genre de stratégie promotionnelle. Vous avez menti à votre femme. Vous n'avez rien gagné du tout.

Dans les yeux de Bud, la lueur provocante s'évanouit. Il haussa les épaules.

— En quoi ça vous concerne ?

— Expliquez-moi comment vous avez eu cette croisière ?

— J'ai acheté des billets.

— Vous avez une facture ? Un relevé de carte bancaire ?

— Vous vous prenez pour qui ? s'indigna-t-il. Je n'ai pas à vous montrer quoi que ce soit, c'est mon argent.

— Je crois qu'on vous a rémunéré pour faire ce voyage, accusa-t-elle.

— Vous ne savez rien du tout.

— Si, je sais que vous n'avez pas payé de vos propres deniers. Il suffit pour le comprendre, si l'on n'est pas stupide, d'observer cette maison.

Il plissa les lèvres, son visage se durcit.

— Ce doit être agréable d'être riche et de regarder tout le monde de haut.

Shelby ne réagirait pas à cette tentative de culpabilisation, elle ne se laisserait pas détourner de son but.

— Qui a payé pour que vous participiez à cette croisière ?

— C'était un cadeau. Et maintenant, fichez le camp. Occupez-vous de vos oignons.

— Un cadeau de qui ? Je finirai par le découvrir.

Il haussa de nouveau les épaules, fixa le vide.

— Regardez-moi, bon sang ! s'écria Shelby. Qu'est-ce que vous fabriquiez sur ce paquebot ? Pourquoi étiez-vous avec ma fille ? Est-ce que quelqu'un vous a payé ?

— Vous êtes cinglée, j'ignore de quoi vous parlez. Je n'ai jamais empoché un centime. De personne. Sortez d'ici ou j'appelle les flics.

Shelby prit son mobile qu'elle lui tendit.

— Allez-y, bonne idée, alertons la police.

Il ne bougea pas.

— Laissez-moi tranquille, murmura-t-il d'un ton las. Je suis malade. Vous déboulez chez moi, vous me menacez… allez-vous-en.

Shelby hésita, rangea son téléphone portable. S'écartant de la télé, elle vint s'asseoir dans un fauteuil, face à Bud. Elle ôta sa casquette, la tritura.

Bud, lui, fit courir ses doigts sur la télécommande, mais n'augmenta pas le son. Le silence se prolongea.

— Moi aussi, j'ai un tas de photos dans mon appartement, dit Shelby au bout d'un moment. De ma fille. Semblables à celles que vous avez de Faith. Des photos d'elle bébé, des photos de classe, et aussi d'elle en robe de mariée.

Bud s'humecta les lèvres.

— Elle était ma seule enfant, poursuivit Shelby d'une voix tremblante. Si vous savez ce qui lui est vraiment arrivé, vous devez me le dire. S'il s'agissait de Faith, vous voudriez connaître la vérité…

Pour la première fois, Bud tourna la tête vers elle.

— Arrêtez votre manège.

— Quel manège ?

— Vous essayez de m'apitoyer. Je suis désolé que vous ayez perdu votre fille. Mais vous n'aviez qu'à mieux l'élever.

— Mieux l'élever ? Comment osez-vous ?

Il parut réfléchir, se décida :

— Votre fille s'est soûlée et elle est tombée à la mer.

— Non, monsieur Ridley, articula lentement Shelby.

Ça ne s'est pas passé de cette manière, j'en ai la conviction.

— Vous n'étiez pas là.

— Qu'est-ce que vous lui avez fait ? souffla-t-elle.

— Absolument rien. Elle vivait peut-être dangereusement, et elle a payé le prix.

— Vous déraillez, riposta Shelby entre ses dents. Chloe vivait dans une maison de Manayunk. Elle était maman d'un petit garçon. Le patchwork était son violon d'Ingres. Elle travaillait comme réceptionniste.

— Ah oui ? Selon vous, comment elle s'est offert cette croisière de luxe ?

— Pour votre gouverne, c'était un cadeau, bien réel celui-là. Mon cadeau.

Elle lut de l'étonnement et de l'anxiété sur le visage de Bud. Mais aussitôt, il étouffa la pensée, quelle qu'elle fût, qui l'avait inquiété. Quand il reprit la parole, ce fut d'un ton irrité :

— Ben, vous avez eu tort. Elle se foutait de vous.

— Non, monsieur Ridley. C'est vous qui vous foutez de moi. Et j'en ai jusque-là, répliqua Shelby. C'est vous qui l'avez jetée à l'eau ? Quelqu'un vous a rémunéré pour tuer ma fille ?

Il ne sembla pas choqué par cette terrible accusation. Il se contenta de secouer la tête d'un air dégoûté.

— Ben, tiens. C'est comme ça que vous voyez la vie, hein ?

Il était sarcastique, il reprenait de l'assurance.

— Moi d'abord, et que les autres aillent se faire pendre. C'est peut-être de vous qu'elle avait appris ça.

— Quoi donc ? Qu'est-ce que vous racontez ?

Il darda sur elle des yeux étrécis.

— Pour votre gouverne, les gens ne sont pas tous comme ça. Il y en a qui se soucient des autres. Qui les aident. Ils ne cherchent pas à profiter d'eux, comme Chloe.

Shelby réprima une exclamation. Il prononçait le nom de Chloe avec un tel mépris qu'il semblait le vomir. Ce n'était pas supportable. Elle se leva d'un bond.

— Assez, ça suffit. Donnez-moi seulement une réponse. Avez-vous tué ma fille ? Quelqu'un vous a-t-il payé ? Ma sœur est-elle impliquée dans cette histoire ?

Elle s'entendit friser l'hystérie en mentionnant sa sœur, s'obligea à se calmer.

Bud se détourna, buté, inflexible.

— Tout se paie un jour ou l'autre. Ça vous va ?

Shelby faillit le mordre.

— Expliquez-moi. Dites-moi ce que vous avez fait.

— Fichez-moi la paix. Je suis malade. Je vais mourir.

Shelby le contempla un moment. Il n'exagérait pas, même s'il paraissait encore gaillard et en pleine forme, à demi allongé dans son fauteuil. Peu importait, pensa-t-elle soudain. Il n'était pas de taille à lutter contre la fureur d'une mère. En tout cas, pas longtemps.

— Parfait, déclara-t-elle, pointant vers lui un index tremblant. Maintenant, écoutez-moi bien. Vous avez un secret, ce qui n'est pas prudent car tôt ou tard la vérité éclatera. Toute la vérité. Vous ne pouvez rien contre moi. Je ne lâcherai pas. Vous comprenez, monsieur Ridley ? Vous êtes coupable, j'en ai la certitude. Je ne connais pas les motifs de votre acte, mais je sais que vous l'avez commis. Je le prouverai. Vous avez poussé ma fille dans le vide, et vous allez le payer.

Bud rentra la tête dans les épaules, comme pour se défendre contre une volée de flèches.

— Vous êtes dingue.

Elle enfonça ses ongles dans ses paumes, de crainte de le gifler. Soudain, l'idée lui vint qu'elle avait le moyen de le blesser plus cruellement.

— Comment réagira Peggy, à votre avis ? Quand elle apprendra ce que vous avez fait, croyez-vous que votre femme appréciera ? Et Faith, que pensera-t-elle de son père ?

Bud, le menton tremblotant, fixa les photos de sa fille.

— Eh bien, monsieur Ridley, vous ne tarderez pas à le savoir.

25

Shelby frappa à la porte de la maison. Elle avait une clé, néanmoins elle frappait toujours avant d'entrer. Une manière d'indiquer qu'elle ne considérait plus du tout cet endroit comme sa maison familiale. Il n'y eut pas de réponse, ce qui la fit sourciller. Ces derniers temps, sa mère avait toujours auprès d'elle une garde-malade, lorsque Talia était au bureau. Peut-être cette personne n'entendait-elle pas, à l'étage. Shelby ne voulait pas la surprendre, cependant, dans l'immédiat, elle n'était pas d'humeur à ménager qui que ce soit. Elle prit la clé dans un compartiment zippé de son portefeuille et ouvrit.

— Maman ! appela-t-elle en pénétrant dans le lugubre vestibule.

Sa mère ne répondrait pas, évidemment, mais cela permettrait à la garde-malade de se manifester.

Toujours pas de réaction. Seraient-elles sorties ? C'était peu probable. Lors de sa dernière visite, Estelle ne semblait pas en état de se balader.

Elle accrocha sa veste mouillée et sa casquette à la patère de l'entrée, passa au salon. Tout y était comme avant. Les vieux meubles usés, les rideaux fermés, les journaux jaunis empilés sur la table basse, l'odeur de moisi. Shelby soupira. Elle avait toujours détesté cette baraque.

Quoique non, pas toujours. Peut-être pas quand son père était encore de ce monde. Les souvenirs qu'elle gardait de lui se résumaient à de fugaces images d'un passé qui ne lui appartenait pas vraiment. Elle se souvenait vaguement de lui rentrant à la maison après l'école, le parfum de son après-rasage quand il la soulevait dans ses bras. Son sourire, qu'elle ne parvenait pas à capturer, rôdait à l'orée de sa mémoire et lui apparaissait parfois, tel un rayon de soleil perçant les nuages pour s'évanouir aussitôt. Il était rare qu'elle essaie de se le remémorer. Penser à lui, disparu à jamais, était douloureux. Mais elle se rappelait à peine cette époque. Il lui semblait parfois avoir toujours été la fille d'un mort.

Le salon était désert. Elle pénétra dans la salle à manger aux murs vert poireau et au mobilier massif en acajou – table, chaises et buffets. Cette pièce servait de bureau – passablement bizarre – à Talia, la magicienne de l'informatique. Un ordinateur ronronnait sur la table, voisinant avec des piles de bouquins, de documents et de classeurs accordéon.

Shelby jeta un coup d'œil dans la cuisine. Un sac de femme en denim, muni d'une bandoulière en vinyle, pendait à un dossier de chaise, des assiettes sales traînaient dans l'évier en émail éraflé. La garde-malade devait être là. Peut-être était-elle dure d'oreille.

Shelby retourna dans le vestibule, monta l'escalier moquetté et longea le couloir jusqu'à la chambre de sa mère. Une maigre jeune femme au teint pâle, installée dans un fauteuil, feuilletait un magazine féminin. Les écouteurs d'un iPod lui bouchaient les tympans.

Estelle Winter était étalée au milieu du lit, sous un amas de couvertures, les cheveux en bataille, les yeux mi-clos, vitreux. Elle était dans un état second, ronflant et pourtant clignant les paupières comme une femme parfaitement réveillée. À ce spectacle, le cœur de Shelby se serra. Voilà le souvenir qu'elle avait de la maison de son enfance, qui la hantait – les stores baissés, les tâches ménagères négligées, une atmosphère empestant l'alcool. Et sa mère, centre instable de cet univers, qui s'écroulait en geignant, riait hystériquement dans l'ivresse puis devenait mauvaise à mesure que l'euphorie se dissipait. Un cycle perpétuellement renouvelé.

Brusquement, une pensée hideuse traversa l'esprit de Shelby. Est-ce ainsi que Chloe aurait fini ? Non, non ! Chloe aurait triomphé de son mal. Jeremy était la prunelle de ses yeux, elle était une bonne mère. Pour lui, elle aurait vaincu ses démons.

— Mon Dieu !

La garde-malade bondit de son fauteuil, arracha les écouteurs de son iPod qui tomba sur le sol.

— Qui êtes-vous ? demanda la femme avec un accent d'Europe de l'Est.

Shelby montra Estelle.

— Sa fille.

— Vous m'avez fait peur.

— Désolée. J'ai pourtant appelé, en bas.

— Ah, je… je ne vous ai pas entendue.

— Ce n'est pas grave. Je me présente : je suis Shelby.

Son interlocutrice lui serra la main à contrecœur.

— Nadia, marmonna-t-elle.
— Je suis vraiment désolée, Nadia.
— Mmmm...
— Si vous avez besoin d'une pause, je peux rester avec elle.
— Mlle Talia ne serait pas d'accord.
— Elle n'est pas là. Sortez un moment, si vous en avez envie.

Nadia consulta sa grosse montre ronde.

— J'irais bien au marché faire quelques courses.
— Allez-y. Nous nous débrouillerons très bien.
— Je n'en ai que pour une petite demi-heure.
— Parfait.

Nadia hocha la tête.

— D'accord. Estelle, soyez sage. Pas de bêtises.

Shelby lança un regard circonspect en direction du lit.

— Vous pensez qu'elle vous comprend ?
— Quelquefois oui. Sinon..., ajouta Nadia, vrillant son index sur sa tempe.
— Oui, je sais.

Shelby s'assit dans le fauteuil que la jeune femme venait de libérer. Estelle grogna et se tourna sur le flanc.

Nadia descendit l'escalier, récupéra son sac dans la cuisine et, enfin, quitta la maison. Shelby écouta la porte d'entrée se refermer. Tout à coup, Estelle la surprit en tendant une main, cherchant instinctivement, du fond de son inconscient, la bouteille de vodka à moitié vide posée sur la table de chevet. Maladroite, elle heurta la bouteille qui bascula sur la carpette. Estelle gémit et referma les paupières.

Avec une moue dégoûtée, Shelby ramassa la bouteille. Par chance, le bouchon était bien vissé, la vodka n'avait pas coulé partout. Shelby faillit la sortir de la chambre, mais à quoi bon ? Il était bien trop tard pour ça. Estelle avait choisi l'alcool au détriment de la vie. Jusqu'au bout, elle persisterait.

Shelby remit la bouteille à sa place. Ce faisant, elle avisa une photo encadrée, poussiéreuse et glissée derrière le réveil. Estelle et ses enfants – Talia, Shelby et Glen – étaient installés sur une couverture dans l'herbe, près d'une vieille voiture. Il y avait un panier de pique-nique, des victuailles. Shelby avait souvent vu ce cliché, pourtant elle eut l'impression de le regarder pour la première fois.

Elle et Glen étaient encore petits, sans doute avait-elle dans les quatre ans, et lui un an. Talia, qui avait huit ans de plus qu'eux, entourait d'un bras possessif le cou d'Estelle. Pas encore adolescente, elle arborait déjà l'air solennel, sagace, d'une gamine qui n'était plus une enfant. À douze ans, Talia semblait protéger sa mère. Estelle était jolie mais paraissait distraite. Shelby ne se souvenait pas que sa mère avait été jolie. Estelle souriait au photographe, sans doute leur père. Un an après ce pique-nique, il était décédé.

Shelby se représenta sa propre table de chevet, à l'appartement. Elle y gardait une photo d'elle avec Chloe, une sorte de talisman qui lui rappelait sans cesse sa raison de vivre.

Étais-tu une bonne mère, autrefois ? pensa Shelby, observant Estelle. Avant la mort de ton mari, avant que la vie devienne pour toi un trop lourd fardeau ? Est-ce pour cela que Talia te voue cette fidélité insensée ? À cette idée, elle frissonna. Se pouvait-il qu'ils aient été heureux, à une époque, et que Shelby tout simplement ne s'en souvienne pas ?

Estelle émit un ronflement sonore. Malgré la pénombre régnant dans la chambre, on distinguait la couleur jaunâtre de sa peau, due à une malade du foie au stade terminal. Presque timidement, Shelby tendit la main vers sa mère. J'aimerais me rappeler qui tu étais avant, songea-t-elle. Elle posa un instant les doigts sur l'épaule d'Estelle, et crut entendre sa mère soupirer.

S'écartant du lit, elle se leva et se faufila dans le couloir. Elle était venue ici dans un but précis, pas question de l'oublier. Elle descendit et se dirigea droit vers la salle à manger où elle s'assit à la table, devant l'ordinateur, un Mac, entouré de paperasses. À première vue, Talia conservait un double de tout. Se méfierait-elle de l'informatique, son dada ? Ou considérait-elle que c'était simplement plus prudent ? En tout cas, comme on était en pleine période de déclaration des revenus, elle avait étalé ses factures et autres sur son bureau de fortune.

Shelby savait exactement ce qu'elle cherchait, même si elle n'en revenait pas de soupçonner sa propre sœur. Une part d'elle espérait ne pas trouver la moindre piste susceptible d'impliquer Talia dans une machination aussi diabolique. Elle était égocentrique, pas cruelle. Et Shelby n'imaginait pas pour quelle raison Talia aurait pu vouloir du mal à Chloe. Cependant quelqu'un avait bel et bien payé les Ridley pour faire ce voyage au cours duquel Chloe était morte, or Talia était le lien. Tant pis si son hypothèse paraissait monstrueuse, Shelby devait savoir.

Deux billets pour une croisière, ça ne se réglait pas en liquide. Il y avait forcément une trace, noir sur blanc, datant du mois de décembre dernier, puisque Shelby n'avait mentionné ce voyage qu'après Noël.

Elle essaya de se remémorer ce qu'elle avait raconté à Talia : son cadeau au jeune couple, Jeremy dont elle s'occuperait durant l'absence de ses parents. Se rappeler précisément les détails n'était pas facile, car Talia ne prêtait jamais attention à ce qu'on lui disait. Du moins en apparence.

Shelby inventoria rapidement les classeurs accordéon et s'attaqua à celui contenant les facturettes de l'année, qu'elle entreprit d'éplucher après les avoir classées par mois. Le tout en gardant un œil sur la pendule. Il ne faudrait pas que Nadia revienne et la voie en train de fouiner dans la salle à manger au lieu de veiller sur sa mère.

Méticuleusement, elle examina les facturettes, sidérée par la frugalité de Talia. Elle s'offrait parfois des vêtements, ce qui était surprenant puisqu'elle semblait n'avoir jamais rien de neuf sur le dos. Elle achetait avec sa carte de crédit des livres, des CD, parfois des provisions, mais n'allait quasiment jamais au restaurant. Elle ne consommait pas non plus d'alcool. Talia avait beau clamer qu'elle n'en voulait pas à leur mère de boire, elle ne suivait manifestement pas le même chemin.

À plusieurs reprises, elle avait versé de l'argent à des organisations caritatives ou politiques. Shelby tressaillit. Le discours de Bud Ridley sur certaines personnes pleines de bonté qui s'efforçaient d'aider les gens lui revint à l'esprit. Était-ce ainsi qu'on voyait sa sœur ?

S'obligeant à ne pas se perdre en suppositions sur les dépenses de Talia, Shelby continua à chercher simplement une facture relative à la compagnie Sunset Cruise. Elle en était à la mi-mars, sans résultat, quand elle entendit la porte d'entrée s'ouvrir.

Nadia était de retour. Monterait-elle directement à l'étage, ou repasserait-elle par la cuisine pour y laisser son sac ? Shelby se figea, ennuyée. Quel prétexte inventer ? Oh, après tout, elle n'avait pas à se justifier auprès de cette jeune femme.

Soudain, Talia pénétra dans la salle à manger. Elle sursauta.

— Mais qu'est-ce que tu fabriques ici ?

26

Shelby soutint le regard de son aînée.

— Tu fouilles dans mes papiers ? s'exclama Talia.

— Je ne t'attendais pas.

— C'est ce que je vois, rétorqua Talia, les poings sur les hanches. J'ai décidé de rentrer déjeuner ici, pour vérifier comment va maman.

— Écoute, Talia…

— Pas de morale, s'il te plaît, je fais ce que je veux. Ça alors, je n'en reviens pas. Pourquoi tu fouilles dans mes papiers ?

Je cherche la preuve d'un crime, faillit répondre Shelby. Face à Talia, elle éprouvait le sentiment – qui la rendait intrépide – d'avoir le droit d'agir comme elle le faisait. Si Talia était coupable – pourquoi ? comment ? autant de questions qui dépassaient l'entendement –, si elle avait machiné le meurtre de sa nièce, plus rien n'existait entre elles.

— J'examine tes relevés de carte bancaire, déclara brutalement Shelby.

— Quoi donc ? Tu as un sacré culot.

— Les parents de Faith ont fait une croisière. Je dois savoir qui la leur a payée.

— Faith ? rétorqua Talia, éberluée. Mon assistante ?
— Oui. Son père prétend avoir gagné ce voyage dans un jeu, mais c'est faux.
— Et alors ?
— Il ment. Quelqu'un d'autre a payé.
— En quoi ça t'autorise à fouiller dans mes papiers ?
— Je vérifie si tu as ou non payé.
— Tu as perdu l'esprit ? Pourquoi diable j'enverrais les parents de Faith en croisière ?
— C'était la croisière à laquelle participait Chloe.
Talia la fixait toujours d'un œil ahuri.
— Oui… et alors ?
— À toi de me dire, s'obstina Shelby.
— Je vais te dire : je ne suis pas riche et, si je l'étais, je ne dépenserais certainement pas mon argent pour des gens que je ne connais même pas.
— Tu as beaucoup d'argent.
— Et comment tu le sais ? Ah, oui, bien sûr : tu as regardé mes relevés bancaires.
— Est-ce que c'est toi qui as fait ça ?
— Mais quoi ? Je ne sais pas de quoi tu parles.
À cet instant, la porte s'ouvrit, Nadia apparut, avec sac et parapluie. Talia pivota, la considéra d'un air interloqué.
— Où étiez-vous ? Qui surveille maman ?
— Votre sœur, répondit Nadia, lançant un rapide coup d'œil à Shelby. Elle a dit qu'elle s'en occuperait.
— Je vous rémunère pour ça. Comment osez-vous sortir et la laisser seule ?
— Votre sœur m'a dit que…

— Ce n'est pas à ma sœur que vous devez obéir, mais à moi ! cria Talia.

— Je lui ai proposé de s'aérer un peu pendant que je resterais avec notre mère.

— C'est ce que tu appelles « rester » avec elle ? riposta Talia, furibonde. Tu l'as laissée toute seule pour te plonger dans mes comptes ?

Nadia était immobile dans le vestibule, ne sachant trop quelle attitude adopter. Soudain, on entendit un choc sourd à l'étage, puis un petit cri plaintif.

— Maman ! s'affola Talia qui, se détournant de Shelby, courut vers l'escalier qu'elle monta quatre à quatre – Nadia sur ses talons.

Shelby eut une brusque révélation, à la fois décourageante et réconfortante. Talia n'avait pas d'angoisse quant à ce que sa sœur risquait de découvrir sur ses relevés bancaires. Elle s'était précipitée au chevet de leur mère sans la moindre hésitation. Elle ne s'inquiétait pas, pensa Shelby, parce qu'il n'y avait rien à découvrir.

Talia revint, toujours furieuse.

— Comment va-t-elle ? lui demanda Shelby. Bien ?

— Comment tu peux te supporter ? marmonna sa sœur entre ses dents. Tu te fiches complètement de ce qui lui arrive.

— Il y a effectivement plus important.

— C'est ta mère !

— Je sais. Je fais ma part.

— Un chèque de temps à autre, dit Talia avec amertume. Et tu considères sans doute que tu ne devrais pas participer aux frais. Pour ta propre mère.

— Ma propre mère me pourchassait avec un marteau, elle rampait sous les tables et les chaises pour m'attraper et me frapper. Elle s'amusait à m'humilier. Elle était cruelle. J'ai vécu dans la terreur de ce qu'elle allait dire ou faire.

— Ce n'était pas si épouvantable, ironisa Talia. Il faut toujours que tu exagères.

— Ne me raconte pas mon histoire et ne me dicte pas ce que je devrais éprouver à son égard.

— Tu ne t'es jamais souciée de ses sentiments, soupira Talia. Tu as quitté la maison et tu nous as effacées de ta vie. Maman le disait toujours : Shelby ne fait que ce qu'elle veut et tant pis pour les autres. Mais je n'aurais jamais cru que tu tomberais aussi bas. Calculer ta misérable contribution, combien tu as dépensé pour elle ?

Shelby scruta le visage de sa sœur, dénué de toute émotion.

— Cela n'a aucun rapport avec notre mère. Je suis là parce que quelqu'un a payé Bud Ridley pour participer à cette croisière. Je suis persuadée que ce quelqu'un l'a chargé de jeter ma fille à la mer.

Talia, visiblement sidérée, demeura un instant silencieuse.

— Et tu penses que c'est moi ?

— J'étais... je ne savais plus si...

Pourquoi avait-elle entamé cette discussion ? Tout à coup, elle eut peur de sa sœur. Peur de voir dans les yeux de sa sœur flamber cette fureur qu'elle avait si souvent vue dans le regard de leur mère.

— Voilà donc pourquoi tu fouilles dans mes papiers. Pour vérifier si j'ai versé de l'argent à un meurtrier pour qu'il tue ta fille pendant cette croisière ?

Shelby hocha la tête.

— Oui.

À la seconde où cette réponse franchit ses lèvres, Shelby eut conscience qu'il n'existait pas pire accusation. Asséner ce « oui » à sa sœur équivalait à briser tous les liens qui les avaient unies. Impossible de revenir en arrière. L'écho de ce « oui » planait dans l'air.

— Seigneur, dit Talia.

Shelby la regardait fixement.

— Pourquoi aurais-je fait une chose pareille ?

— Pour te venger de moi. Parce que je t'ai laissée porter seule la responsabilité de notre mère, que je ne t'aide pas beaucoup.

Talia soupira, ses épaules se voûtèrent.

— Si tu te sens coupable, Shelby, c'est ton problème. Personnellement, je n'aurai jamais à me demander si j'en ai fait assez pour maman, si je l'ai rendue heureuse. C'est vous deux qui vous en mordrez les doigts. Toi et Glen. Ne viens pas pleurer un jour et me dire que tu regrettes. Ce sera trop tard.

Shelby contemplait toujours sa sœur. L'odieuse accusation ne semblait même pas l'avoir atteinte. Talia n'était pas offensée. Elle ne comprenait pas que Shelby était dans les affres de la plus atroce douleur imaginable. Elle ne concevait même pas que Chloe était le pilier de son existence. Shelby se remémora la carte de condoléances impersonnelle que Talia avait chargé Faith d'acheter. La mort de Chloe ne l'avait pas vraiment touchée. Car pour Talia, une seule personne comptait. Elle avait voué sa vie à l'être qu'elle adorait par-dessus tout, et elle était contrariée que son frère et sa sœur n'aillent pas dans son sens. Selon elle, ils passaient à côté de l'essentiel.

— Je suis navrée, murmura Shelby, honteuse d'avoir commis une erreur aussi énorme. Je n'aurais pas dû te dire ça.

— Quoi donc ?

— D'abord, je n'aurais pas dû débarquer ici pour fouiller dans tes affaires. Je n'aurais pas dû insinuer que tu avais conclu un marché avec le père de Faith.

— Mais je ne connais pas le père de Faith, grogna Talia. Pourquoi diable serais-je en rapport avec lui ?

— Tu as raison, c'est absurde.

Une fois de plus, Shelby avait la sensation que la réponse à ses questions lui avait glissé des mains, s'était évaporée.

— Eh bien, puisque tu refuses de te rendre utile, je ne te retiens pas.

— Oui, j'y vais. Je dois récupérer Jeremy.

Talia eut l'air surpris, comme si elle ignorait de qui parlait Shelby. Puis une lueur de compréhension passa dans ses yeux, qui céda aussitôt la place à une expression d'ennui.

— Alors dépêche-toi. De toute façon, ici, tu ne m'es d'aucune aide. Comme d'habitude.

27

Le lendemain avant l'aube, des coups frappés à la porte réveillèrent Shelby. Elle descendit en hâte, nouant la ceinture de son peignoir.

Un homme et une femme se tenaient sur le perron, au milieu de leurs bagages. Tous deux étaient grands, minces, tous deux avaient les cheveux gris, coupés court, et portaient des lunettes. Ils étaient vêtus de pantalons amples, de polos, et avaient aux pieds des chaussures de sport.

— Vous devez être Vivian. Et Hugh. Entrez.

Les Kendrick, quoique missionnaires par vocation, n'arboraient pas de signes religieux et ne brandissaient pas la Bible. Ils étaient sympathiques, décontractés. Vivian ne laissa pas les bagages les plus lourds à son mari. Ensemble, ils empoignèrent leurs sacs de voyage et pénétrèrent dans le vestibule. Vivian se délesta de son fardeau avec un soupir.

— Nous voilà, dit-elle, fixant sur Shelby un regard inquiet. Quelles terribles circonstances pour se rencontrer enfin, n'est-ce pas ?

— Ce sont des moments particulièrement pénibles, avoua Shelby. Mais je me réjouis que vous soyez là.

— Comment tenez-vous le coup ? interrogea gentiment Vivian. Je suis tellement désolée. Chloe était une jeune femme adorable.

— C'est dur, heureusement que j'ai Jeremy. Grâce à lui, je suis très occupée, je... je n'ai pas trop le temps de penser.

— Tout de même, le Seigneur n'a pas pour nous d'épreuve plus atroce que la perte d'un enfant. Je compatis de tout mon cœur, je ne saurais vous dire à quel point.

Shelby la remercia.

— Arriver à une heure aussi matinale n'est pas très correct, enchaîna Hugh. Mais notre voyage a duré quasiment vingt-quatre heures.

— Vous devez être exténués.

Ils se regardèrent.

— Nous sommes assez fatigués, répondit Hugh.

— Tu devrais t'allonger, lui dit Vivian. Il souffre d'arythmie cardiaque, il a besoin de repos.

— Eh bien, vous n'avez qu'à monter vous étendre dans la chambre de Rob et Chloe.

— Je crois que je vais suivre votre suggestion.

Vivian caressa tendrement la main de son époux.

— Excellente idée. Repose-toi un moment.

Quand Hugh fut à l'étage, Vivian s'installa sur le canapé du salon et but le thé que Shelby lui avait préparé.

— J'ai hâte que vous me racontiez votre vie en Asie du Sud-Est, dit Shelby, réprimant un bâillement.

— Oh, nous aurons tout le temps pour ça. Il nous faut d'abord faire connaissance. Nous avons quand même un petit-fils en commun. Je suis si contente de revoir Jeremy et Molly. La dernière fois, il était tout bébé.

— Eux aussi seront heureux de vous voir.

— Savez-vous quand Rob pourra sortir de l'hôpital ?

— Peut-être demain, d'après le médecin. Mais il est assez amoché, il ne sera peut-être pas capable de monter l'escalier. Il vaudra mieux qu'il dorme ici, dans ce fauteuil inclinable.

— Sait-on ce qui s'est passé exactement ?

— À peu près... Il aurait eu des mots avec des jeunes, pendant qu'il prenait de l'essence. Ils l'ont filé, ils ont percuté sa voiture qui a quitté la route. Heureusement, la police a mis ces voyous en garde à vue.

— Mon Dieu, quelle horreur. Mon pauvre Rob, quelle série noire. Perdre Chloe, lui qui avait enfin trouvé le bonheur. Et maintenant, ça.

Shelby sentit le rouge lui monter aux joues.

— Oui, ils semblaient heureux ensemble.

— Absolument. Lianna n'a jamais été la femme qu'il lui fallait. Tout à fait entre nous, il ne l'a épousée que parce qu'elle était enceinte et qu'il n'est pas du genre à fuir ses responsabilités. Il ne l'a pas regretté, entendez-moi bien. Il a toujours adoré Molly. Mais ce mariage... disons simplement que cela n'a pas été la meilleure période de sa vie. Il ne se plaignait pas, mais je devinais. Il aurait continué, naturellement, si elle ne l'avait pas quitté. C'est un homme d'honneur.

Shelby n'allait évidemment pas dévoiler la vérité sur la naissance de Molly. C'était à Rob d'en parler à ses parents. Cependant, les propos de Vivian la stupéfiaient. Rob était malheureux avec Lianna, il l'avait épousée uniquement parce qu'elle lui avait déclaré attendre un enfant de lui ? Chloe s'était tourmentée pour rien, songea tristement Shelby.

— Mais quand il s'est épris de Chloe... le ton de ses courriels a complètement changé, poursuivit Vivian. Chloe était tellement mieux pour lui que Lianna. Lors de notre visite, pour la naissance de Jeremy, je n'avais jamais vu mon fils aussi épanoui. Et maintenant, elle n'est plus là. Il l'a perdue, murmura-t-elle, les larmes aux yeux. Lui qui a déjà enduré tant d'épreuves.

— Chloe l'adorait, répondit Shelby, sincère. Votre fils est un homme bien.

Vivian poussa un lourd soupir.

— Dès que nous aurons pris un peu de repos, nous irons le chercher à l'hôpital. Et nous ferons tout notre possible pour alléger sa peine.

— Je pense que, quand j'aurai réveillé et habillé Jeremy, je regagnerai mon appartement.

— J'imagine qu'une pause ne sera pas du luxe pour vous.

— C'est plutôt que vous avez besoin d'espace et de temps pour connaître Jeremy, qui est un merveilleux petit garçon.

— Il va à la maternelle, n'est-ce pas ?

— Oui, son institutrice est une amie de votre famille... Darcie Fallon.

— Mon Dieu ! La petite Darcie est enseignante ? Quelle enfant charmante c'était, elle suivait Rob partout comme s'il était son grand frère.

— Elle est toujours aussi attachée à lui. Et à Jeremy. S'il vous faut quoi que ce soit, vous pouvez compter sur elle.

— C'est bon à savoir. Désormais, nous devrons tous nous y mettre pour aider Rob. Jeremy aura besoin de beaucoup d'amour et de soutien. Surtout de la part de ses grands-parents, insista Vivian.

— Je serai toujours là pour lui, rétorqua Shelby d'une voix tremblante.

Vivian lui étreignit la main.

— J'en suis persuadée.

Shelby ne put rentrer chez elle qu'après avoir promis à Jeremy de le voir le lendemain. Il fut intimidé par ces nouveaux grands-parents qu'il ne connaissait pas, jusqu'à ce que Vivian lui déclare qu'ils allaient chercher son papa à l'hôpital et le ramener à la maison. Aussitôt il oublia le départ de Shelby, tant il était excité à la perspective de retrouver son père. Shelby fut immensément reconnaissante à Vivian et Hugh de se montrer si gentils et doux envers leur petit-fils. Elle le remettait entre des mains aimantes, là-dessus elle n'avait aucun doute.

Shelby faisait une grosse lessive dans sa cuisine et se préparait un dîner léger, lorsque le téléphone sonna. Elle fut médusée d'entendre sa sœur, qui paraissait presque guillerette.

— Je suis surprise de t'avoir au bout du fil, dit-elle. Je craignais que tu ne m'adresses plus la parole.

— Pourquoi je ne t'adresserais plus la parole ?

— Oh... peu importe.

— Je t'appelle parce que j'ai pensé que tu voudrais être au courant, puisque tu l'accusais hier.

— Qui ? demanda Shelby, car sa sœur, dans leurs

discussions téléphoniques, parlait exclusivement de leur mère ou de Glen.

— Le père de Faith, répondit Talia avec satisfaction. Il s'est suicidé cette nuit.

Manifestement, elle se félicitait de fournir cette information à sa sœur. Shelby sentit ses jambes flageoler.

— Quoi ? balbutia-t-elle.

— Oui, Faith m'a prévenue qu'elle serait absente aujourd'hui. Apparemment, il s'est pendu.

Shelby en frémit.

— Oh, mon Dieu…

— D'après Faith, il avait une maladie incurable, expliqua Talia d'un ton dégagé. Il a sans doute préféré s'épargner de décliner jour après jour.

Shelby avait l'esprit en ébullition. Elle se remémora son entrevue avec Bud Ridley et en eut du remords. Ses menaces l'avaient-elles précipité dans l'abîme ? Non… Si elle s'était trompée quant à son rôle dans la mort de Chloe, il n'aurait pas été affecté par ses accusations. C'était parce qu'elle voyait juste qu'il avait pris cette décision radicale. Son acte confirmait les soupçons de Shelby. Quelqu'un avait bel et bien engagé Bud Ridley – simplement il ne s'agissait pas de Talia.

— Tu as entendu ? dit Talia.

— Oui, j'ai entendu.

— Tu ne dis rien ?

— Je réfléchis.

Le suicide de Bud semblait indiquer qu'elle l'avait mis face à la vérité, ou du moins une part de la vérité. Cependant il lui fallait savoir si, avant de mourir, il avait avoué son crime. S'il avait laissé une lettre, par exemple. Une piste menant à son commanditaire.

— Tu réfléchis à quoi ?

— Je me demande...

Elle devait voir Faith ou Peggy, les interroger. Mais pour l'heure elles étaient sous le choc, englouties dans le chagrin – un moment bien mal choisi pour accuser le père et mari défunt.

— Quoi donc ? s'impatienta Talia.

— Il y a une cérémonie prévue ? Une veillée mortuaire ?

— Mais je n'en sais rien, moi.

— S'il y a une veillée, tu devrais y aller, présenter tes condoléances.

— Pourquoi ça ? J'ai dit à Faith que j'étais désolée. Ça suffit amplement.

Parfois Shelby se demandait comment sa sœur avait réussi à s'intégrer dans la société. Les conventions étaient le cadet de ses soucis.

— Talia, voyons. Tu travailles avec elle quotidiennement. Tu dois le faire, c'est un minimum. Si tu étais à la place de Faith, tu t'attendrais à ce qu'elle vienne. Si maman était morte.

— Jamais maman ne se suiciderait ! s'indigna Talia.

— Si elle mourait, tout simplement. Dans ces moments-là, les gens sont présents, ils compatissent.

— Mais je ne suis pas à ce point attachée à Faith.

Voilà qui est sans doute vrai, pensa Shelby. Elle n'entendait pas la moindre note de sympathie dans la voix de sa sœur. Pourtant même Shelby – qui avait la conviction que Bud avait poussé Chloe par-dessus bord – imaginait sans difficulté la douleur de Faith et de sa mère.

Talia était dénuée de toute faculté d'empathie, cela n'avait rien d'une découverte.

Pas question cependant de lâcher sa sœur. Elle comptait l'accompagner au funérarium pour la visite de condoléances, Talia serait son sésame.

— Tu veux lui faire de la peine ? insista-t-elle. Parce que, si tu ne te montres pas, elle en sera blessée. Ce qui serait regrettable, car elle est ton assistante.

Talia garda un instant le silence.

— Une bonne assistante, admit-elle.

— Exactement. Je viendrai avec toi.

— Mais pourquoi ?

Shelby ne comptait évidemment pas expliquer que la piste du meurtrier de Chloe commençait peut-être au funérarium.

— Ça facilitera les choses, dit-elle.

Tout en parlant, elle cherchait déjà sur le Net la notice nécrologique de Bud Ridley.

— La première veillée a lieu ce soir, lut-elle. Allons-y, ce sera fait.

— Je ne peux pas laisser maman toute seule.

— Arrange-toi avec Nadia. Dis-lui que ses heures lui seront payées par moi, double tarif.

28

Shelby et Talia, d'un pas pressé, s'avancèrent parmi les cinq ou six fumeurs frileusement groupés, le col relevé, sous l'avant-toit du funérarium et pénétrèrent dans le hall. Elles secouèrent leurs parapluies ruisselants. Shelby consulta, sur le tableau, les noms des défunts reposant dans les lieux. Elle avait entendu parler d'usines à mariage, ici on avait l'impression d'être dans une petite usine mortuaire – plus d'une dizaine de morts étaient logés dans divers salons à thème.

— Salon « Les Colombes », annonça-t-elle. Allons-y.

Talia la suivit dans le large couloir au sol recouvert d'une épaisse moquette, faiblement éclairé par des lustres imitation Murano. À côté de chaque porte à double battant, un nom était inscrit sur un panonceau. Le long des murs s'alignaient des banquettes en similicuir, confortablement rembourrées, où les visiteurs pouvaient s'asseoir un moment et fuir le chagrin, l'odeur entêtante des fleurs, ou le spectacle de la mort.

Shelby localisa le salon « Les Colombes » et fit signe à Talia, qui lambinait, de la rejoindre. Talia s'exécuta en traînant les pieds.

— Je ne reste pas longtemps, dit-elle, sans baisser

le ton, et cette déclaration résonna comme un coup de tonnerre dans le silence de l'établissement.

— Nous ne nous éterniserons pas, chuchota Shelby. On dit quelques mots à la famille, on s'assied une minute.

— Je ne veux pas, protesta Talia qui se dandinait comme une gamine. C'est toi qui m'as forcée à venir.

— Du calme. On ne fait pas une visite de condoléances en quatrième vitesse, ce n'est pas correct.

Shelby la précéda dans la salle où étaient disposées des chaises pliantes pour une centaine de visiteurs. Ce soir, on avait vu trop grand pour Bud Ridley. Il n'y avait qu'une dizaine de personnes disséminées dans les premières rangées de sièges.

Le cercueil était ouvert, flanqué d'urnes d'où jaillissaient des glaïeuls. Peggy Ridley, Faith et son mari – que Shelby reconnut d'après les photos de mariage exposées chez les Ridley – étaient face au cercueil, vêtus de noir. Shelby, d'un geste, ordonna à Talia de la suivre. Empruntant l'allée latérale, elles s'approchèrent de la bière. Shelby contempla Bud. L'entrepreneur de pompes funèbres lui avait généreusement enduit le visage de fond de teint, si bien que sa peau était rose orangé, et les meurtrissures sur son cou nettement atténuées. Le corps embaumé évoquait un modeste poupon grandeur nature, étendu, roide, sur un lit de satin.

Tu as tué ma fille, songea Shelby, les yeux rivés sur lui. Ton suicide en est la preuve. Elle ferma un instant les yeux, comme si elle se recueillait, et prit une profonde inspiration.

Talia ne jeta qu'un coup d'œil à la dépouille mortelle avant de pivoter et de s'avancer vers Faith.

— Je suis désolée, Faith, dit-elle d'un ton guindé.

Shelby se retourna.

— Oh, docteur Winter, je vous remercie d'être venue. Voici mon mari Brian. Et ma mère.

Talia, grimaçant, échangea une poignée de main avec l'époux et la maman. Peggy semblait recroquevillée sur elle-même, la figure bouffie de larmes. Elle salua poliment Talia, s'essuya les paupières avec un Kleenex chiffonné.

Talia marmonna des excuses et fila s'asseoir au milieu de la salle, non sans avoir fait signe à sa sœur de se dépêcher. Shelby n'y prêta pas attention. Elle salua Faith qui parut surprise et toute bouleversée de la revoir. Après avoir présenté ses condoléances à la jeune femme et à son mari, Shelby se concentra sur Peggy.

Celle-ci lui prit les deux mains.

— Shelby, balbutia-t-elle d'un air las. Merci d'être là.

— Nous avons, vous et moi, perdu un être cher.

— Oui, soupira Peggy, je ne sais pas comment vous tenez le coup.

Shelby hésita, puis s'assit au côté de Peggy. Elle était sûre que Bud n'avait pas parlé à son épouse de leur entrevue, elle en aurait mis sa tête à couper. Néanmoins, elle pensait que Peggy risquait de juger sa présence bizarre – elle ne connaissait pas la famille, en réalité. Mais les visiteurs ne se bousculaient pas, et Peggy saisit avec un certain soulagement l'occasion de cesser de compter les personnes présentes – ou absentes – à cette première veillée.

— Quel choc pour vous, n'est-ce pas ? murmura Shelby avec gentillesse.

Peggy se tamponna les yeux.

— Comme vous dites.

— Vous ne vous y attendiez pas du tout ?

Shelby tablait sur le caractère de Peggy, qui était bavarde ; en outre, la plupart des gens ne manquaient pas une opportunité d'exorciser leur malheur en le relatant par le menu, inlassablement.

— Eh bien, il était déprimé. N'importe qui le serait, avec la maladie qu'on lui avait découverte, même si, pour le moment, il avait peu de symptômes. Quasiment pas, même.

Elle lança un regard à la dépouille de son mari dans le cercueil, secoua la tête.

— À le voir, on l'aurait cru pétant de santé.

Shelby murmura un acquiescement. Elle évoluait sur un fil tendu entre la sollicitude et une curiosité excessive. Elle devait peser soigneusement ses mots.

— A-t-il dit ou fait quelque chose qui aurait pu vous alerter…

— Non, bien sûr que non. Si seulement…

Peggy s'interrompit, en pleurs.

Shelby eut honte de harceler ainsi cette pauvre femme. Mais elle se rappela à l'ordre : Bud Ridley était son ennemi, il avait tué Chloe. D'ailleurs, Peggy semblait contente de pouvoir parler de lui. Très bientôt, les gens éviteraient de mentionner le nom de Bud devant elle. Shelby poursuivit donc :

— Il a laissé une lettre, quelque chose ?

— C'est ça le plus affreux, lui confia Peggy. Oui, il a laissé une lettre. Il a écrit qu'il ne pouvait plus se regarder dans une glace. Comme s'il était fautif. Mais il n'avait pas choisi de tomber malade. Il s'inquiétait, je le sais. Il aurait fallu que je m'occupe de lui quand son état aurait empiré. Mais jamais je ne le lui aurais reproché.

Les larmes ruisselaient sur la figure de Peggy.

— Évidemment...

Il ne pouvait plus se regarder dans une glace. Mais pas à cause de sa maladie, songea Shelby. Il se détestait parce qu'il avait jeté à la mer une jeune femme innocente, pour de l'argent.

Shelby se sentit coupable de continuer à enfoncer le clou. Pas assez cependant pour s'arrêter là.

— J'espère que l'assurance vous dédommagera. Il paraît qu'ils sont parfois lamentables en cas de suicide. Or, dans des moments pareils, on n'a vraiment pas besoin, en plus, de soucis pécuniaires.

Peggy n'était décidément pas une femme encline au secret et à la circonspection.

— Oh, nous avons un contrat d'assurance depuis des années. Naturellement, ça ne va pas très loin. Une fois les obsèques payées... eh bien, il ne restera pas un sou.

— Vraiment ?

En posant cette question, Shelby rougit violemment. Elle se mêlait de ce qui ne la regardait pas, elle en avait conscience, mais tant pis. Si Bud avait empoché une grosse somme pour pousser Chloe par-dessus bord, il aurait certainement indiqué à sa femme où trouver cet argent. Il n'était pas mort dans un accident, n'est-ce pas. Avant de mettre fin à ses jours, il avait eu le temps de réfléchir à la façon dont sa femme pouvait toucher le pactole.

— Pas un sou, répéta Peggy. En réalité, je vais être

obligée de vendre la maison et de m'installer chez Faith et Brian. À condition de dénicher un acheteur. Franchement, Shelby, c'est un cauchemar. Je ne sais pas comment je vais m'en sortir. Je ne sais pas.

Tout ça ne me mène nulle part, songea Shelby. Le suicide, cet implicite aveu de culpabilité, l'avait incitée à croire que le mystère de la mort de Chloe était presque élucidé. Mais voilà que l'épouse du meurtrier prétendait avoir les poches vides ? Jouer les tueurs à gages rapportait beaucoup plus gros que le prix d'une croisière pour deux. Laquelle ne datait que de quelques semaines. Bud n'avait quand même pas tout dépensé avant de mourir.

À moins que… ? Avait-il une maîtresse cachée, un enfant illégitime ? Mais Shelby se remémora les photos de Faith dans le salon des Ridley. Non, c'était infiniment plus simple. Peggy et Faith étaient tout pour cet homme. S'il avait eu de l'argent à léguer, il l'aurait donné à son épouse et à sa fille. Alors où était l'argent ? Shelby en avait le tournis.

— Excusez-moi, dit soudain Talia, excédée, en se penchant vers Peggy. Ma sœur et moi, nous devons partir. Ma mère a besoin de moi.

Shelby sursauta. Tais-toi ! protesta-t-elle in petto. Mais Talia se fichait royalement de l'objectif de sa sœur. Elle était mal à l'aise et refusait de le supporter plus longtemps.

— Oh, bien sûr, bredouilla Peggy qui voulut tapoter la main de Talia, laquelle recula avec brusquerie.

— Merci infiniment d'être venue, ajouta aimablement Peggy, malgré sa surprise. Faith vous en est reconnaissante, je le sais, et moi aussi.

— Oui, confirma Faith dans un murmure. Merci, docteur Winter.

— Reprenez votre travail dès que possible.

Peut-être Talia cherchait-elle à témoigner à son assistante soutien et sympathie, cependant ses paroles sonnèrent comme un ordre. Faith pâlit et détourna les yeux.

— Il me faudra probablement un peu de temps.

— Nous avons beaucoup de travail au labo, fit remarquer Talia, les sourcils froncés.

Comme Shelby se levait à contrecœur, Peggy lui saisit les mains.

— Merci à vous. Quel courage de venir ici, alors que vous êtes en deuil de votre Chloe et que vous traversez des moments terribles.

— Oui, ce n'est pas facile.

— Quand cela arrive aussi brutalement, on pense à tout ce qu'on aurait aimé dire. Ou faire. On a tant de regrets.

Malgré ses efforts, Shelby sentit ses yeux se mouiller. Des larmes de tristesse, mais aussi de frustration. Elle n'avait pas avancé d'un pouce. Au contraire, elle s'enfonçait dans la confusion.

— C'est vrai. Malheureusement, on ne peut pas revenir en arrière, et battre sa coulpe... ma foi, cela ne sert à rien.

— Son médecin m'a dit que cette maladie était très difficile à accepter. On essaie de trouver un traitement mais, dans l'immédiat, il n'y a pas d'espoir de guérison. Bud le savait. Le docteur voulait lui prescrire un antidépresseur. Bud a refusé. Il ne voulait pas devenir accro à des pilules. J'aurais dû insister. Si seulement j'avais insisté... Si j'avais repéré les signes avant-coureurs...

Faith lui entoura les épaules de son bras.

— Allons, maman, tu n'as rien à te reprocher. Le Dr Janssen le voyait toutes les semaines. S'il ne s'est douté de rien, comment toi, tu aurais pu deviner ?

Shelby scruta le visage de la jeune femme.

— Le Dr Janssen ?

— Oui, le Dr Harris Janssen, répondit fièrement Peggy. L'un des meilleurs neurologues du pays. Il m'a soignée quand j'ai eu mon attaque cérébrale. Ensuite, tous les ans, je le revoyais pour une visite de contrôle. Alors, quand Bud a commencé à avoir un bras plus faible que l'autre, que les objets lui tombaient des mains, je lui ai dit comme ça : on va consulter le Dr Janssen tout de suite. N'est-ce pas, Faith ?

Peggy balaya du regard le salon funéraire.

— Je me demande s'il est au courant. Oh, s'il l'apprend, il se précipitera. Tu lui as téléphoné, Faith ?

— Non, j'ai encore beaucoup de gens à avertir.

— Il a été tellement gentil pour nous.

— On y va, chuchota Talia, tirant sa sœur par la manche.

— C'est rare de trouver un médecin comme lui, commenta Shelby, sans prêter attention à Talia.

Peggy opina d'un air solennel.

— Quand j'ai eu mon attaque, nous n'avions pas d'assurance maladie. Le Dr Janssen… – elle renifla, se tamponna les yeux – il ne nous a jamais réclamé le moindre centime. Pareil avec Bud. Il lui manquait deux ans pour avoir droit à Medicare. Le Dr Janssen lui a dit qu'il le soignerait gratis jusqu'à ce qu'il soit assuré. C'est un homme comme ça, le Dr Janssen.

— Eh bien, dites donc, répliqua Shelby faussement admirative.

— Évidemment, je ne devrais pas vous en parler.

— Ah... je ne saisis pas pourquoi je..., bafouilla Shelby, inquiète – ses pensées se lisaient-elles sur sa figure ?

— Il nous répétait toujours : surtout ne dites pas aux gens que Harris Janssen soigne gratuitement, je serais vite sur la paille. Mais c'est incroyable, pas vrai ? À notre époque, rencontrer un docteur aussi humain ?

— En effet.

— Je suis sûre que le Dr Janssen viendra bientôt, renchérit Faith, posant la main sur le genou de sa mère.

— Dans ce monde, il y a beaucoup de gens qui ont bon cœur, déclara Peggy, les lèvres tremblantes. Il ne faut jamais oublier ça.

29

Shelby et sa sœur regagnèrent la voiture, Talia mit le contact et alluma les feux de croisement.

— Pff... J'ai cru qu'on ne sortirait jamais de là. La mère de Faith jacasse comme une pie.

Shelby, muette, contemplait le pare-brise constellé de gouttes d'eau, le va-et-vient des essuie-glaces. Au bout d'un moment, tout en conduisant, Talia lui lança un regard oblique.

— Pourquoi tu es tellement silencieuse ? articula-t-elle, réprobatrice.

— Je me pose une question.

Naturellement, Talia ne lui demanda pas de précisions.

— Tu pourrais pirater un compte bancaire ?

— Évidemment, répondit Talia avec aisance – elle était dans son élément. Les banques modifient constamment leur système de sécurité pour tenter d'empêcher ça, mais il y a toujours un hacker qui le contourne. Selon moi, la solution serait de...

— Toi personnellement, coupa Shelby, tu es capable de pirater un compte bancaire pour moi ?

— Quoi ?

— J'ai besoin d'examiner des relevés de carte de crédit.

— Ah non, se rebiffa Talia. Je n'ai pas le droit. C'est illégal.

— S'il te plaît, Talia. Tu es la seule personne de mon entourage qui ait la compétence requise pour faire ça. Car tu sais comment t'y prendre, j'en suis persuadée.

— Quel compte tu envisages de pirater, maintenant ? Le mien ne t'intéresse plus, si je comprends bien ?

— Je suis désolée, Talia, je n'aurais pas dû... J'ai eu tort à ton sujet. Quoique je ne crois pas m'être totalement trompée. Le père de Faith a fait cette croisière parce que quelqu'un lui a payé les billets et, après notre entrevue, il s'est suicidé en laissant une lettre. Il a écrit qu'il ne pouvait plus se regarder dans une glace.

— Et alors ?

— Alors, quand la mère de Faith a mentionné ce Dr Harris Janssen, j'ai saisi que le lien était là. Ce type a épousé l'ex-femme du mari de Chloe. Et Chloe a travaillé pour lui voici quelques années.

— Ça ne signifie rien, la rabroua Talia.

— Si, j'en ai la certitude. Je ne sais pas encore pourquoi, mais il y a un lien. Talia, tu es la seule à qui je puisse demander de l'aide.

— Ah non, n'essaie pas de m'amadouer. Si je me fais choper, je perdrai mon poste à Franklin. Pas question.

— Talia, je ne te le demanderais pas si ce n'était pas capital.

— Je me fiche que ce soit capital ou pas. Je ne le ferai pas.

— Écoute, c'est forcément lui qui a payé la croisière des Ridley.

— Ah, maintenant, c'est lui. Hier, tu croyais que c'était moi.

— Je me trompais. Mais quand j'ai entendu ce que la mère de Faith disait du Dr Janssen, j'ai compris qu'il avait certainement organisé…

— Tralala, tralala, entonna Talia d'une voix forte.

— Arrête…

— Non, toi, tu arrêtes. Je ne le ferai pas, ne gaspille pas ta salive, je ne t'écoute plus. Tu penses que le premier venu s'amuserait à acheter des billets aux gens pour qu'ils partent en croisière et tuent ta fille. Tu parles comme une dingue.

Shelby, exaspérée, considéra la figure pâle, crispée de sa sœur. Talia ne plaisantait pas et ne changerait pas d'avis. Shelby se carra de nouveau dans son siège et contempla le pare-brise moucheté de pluie. Oui, je suis peut-être dingue, songea-t-elle.

Mais je m'en fous complètement.

Talia la déposa devant son immeuble, et elles se séparèrent sans même se souhaiter bonne nuit. Shelby n'était pas fâchée que sa sœur refuse de l'aider. C'était parfaitement logique, compte tenu du caractère de Talia et de la nature de leur relation. Mais cela obligeait Shelby à songer au lien – si ténu – qui les unissait. Sur ce point, rien n'avait changé. Chacune se félicitait d'être débarrassée de l'autre.

Tandis que Talia redémarrait, Shelby entra dans l'immeuble et prit l'ascenseur. Elle avait hâte de s'enfermer chez elle pour se plonger dans ses réflexions sans risquer d'être dérangée.

Quand les portes de la cabine coulissèrent, à l'étage, Shelby se trouva nez à nez avec Jennifer Brandon.

— Shelby ! s'exclama celle-ci avec un plaisir évident. Dis donc, je sors boire un verre avec des amis. Tu te joins à nous ?

— Pas ce soir, Jen. Merci quand même, marmonna Shelby en cherchant ses clés.

— Tu es de retour pour de bon ?

— Je ne sais pas trop. Peut-être.

Jen s'engouffra dans l'ascenseur, Shelby dans son appartement. Elle passa au salon et s'effondra sur le canapé.

Le Dr Harris Janssen. Mari de Lianna et médecin des Ridley. Jusqu'à ce soir, Shelby avait de lui une image flatteuse. Seule ombre au tableau : il avait volé à Rob sa première épouse, mais, en réalité, elle-même avait toujours, plus ou moins, imputé cet adultère à Lianna. Chloe, lorsqu'elle travaillait pour Harris Janssen, le vénérait. Elle vantait notamment sa générosité, dont Peggy Ridley faisait le panégyrique ce soir même au funérarium.

Shelby ne doutait pas un instant que Harris ait soigné gratuitement Peggy à l'époque de son attaque. Chloe avait souvent mentionné que le Dr Janssen était charitable à l'égard de ses patients en situation précaire. Il avait soigné Peggy et s'occupait de Bud sans attendre de compensation. Un homme plein de bonté, assurément. Aux États-Unis, les déficiences de l'assurance maladie étant ce qu'elles étaient, des millions d'Américains ne bénéficiaient pas d'une couverture sociale suffisante pour un spécialiste comme Harris Janssen.

Cependant, durant les dernières années, quelque chose dans la vie de Harris Janssen avait changé. Pour une raison mystérieuse, Chloe était devenue à ses yeux une menace ou un obstacle. Lorsqu'il avait cherché des solutions, avait-il estimé à un moment quelconque que les Ridley ne pourraient jamais s'acquitter de leur dette envers lui ? Quand il avait eu besoin d'un service incommensurable, monstrueux, s'était-il alors tourné vers Bud Ridley ?

Pas si vite, se dit Shelby. Tu ne sais rien du tout. Et pourquoi diable Harris Janssen aurait-il voulu s'en prendre à Chloe ? Il avait été si gentil avec elle. Certes, Chloe avait consulté le dossier médical de Lianna et déterré le secret de la filiation de Molly. Mais, chez les Janssen, nul ne paraissait bouleversé par cette révélation. Alors quoi ? Pour quelle raison Harris Janssen aurait-il chargé Bud Ridley d'assassiner Chloe ?

Pour une fois, Shelby devait s'avouer d'accord avec Talia. Cette histoire était absurde.

Pourtant elle avait beau se répéter que ça ne tenait pas debout… Chloe était morte, les Ridley étaient les derniers à l'avoir vue vivante – les Ridley, redevables de leur vie au Dr Harris Janssen. Autant de maillons d'une même chaîne. Le lien qu'elle cherchait. Néanmoins, avant d'aller plus loin, elle devait trouver des preuves.

Quel dommage que Talia ait refusé de l'aider ! Elle

ne reviendrait pas sur sa décision, inutile d'y penser davantage. Malheureusement, Shelby était absolument inapte à pirater un ordinateur et ne connaissait personne qui en ait la capacité.

Elle avait beau réfléchir aux moyens de faire éclater la vérité, un mot lourd d'angoisse tourniquait dans son esprit. Pourquoi ? Laisse tomber, se dit-elle. Dans l'immédiat, ce n'est pas le plus important. Tu as repéré une piste, voilà l'essentiel. Tôt ou tard, la question du pourquoi se résoudra d'elle-même. D'abord, il te faut la preuve que Harris a payé les Ridley pour monter à bord de ce paquebot Sunset Cruise. Ensuite ce sera à la police de définir le mobile.

Fermant les yeux, elle s'efforça de raisonner. Si Harris avait payé, qui d'autre pouvait être au courant ? Lianna, en supposant qu'elle tienne les cordons de la bourse. Deux billets pour une croisière représentaient un sacré trou dans le budget mensuel. Par conséquent, Janssen avait sans doute réglé cette somme par l'intermédiaire de son cabinet médical. Alors qui était au courant ? Ses infirmières, les réceptionnistes ? Elles ne mettraient pas leur emploi en danger pour livrer cette information à Shelby, du moins pas sans en référer à leur patron.

Et si elle essayait de s'introduire dans les bureaux et d'accéder aux ordinateurs ? Mais dans un cabinet médical, il y avait une réserve de médicaments et donc, probablement, un système d'alarme en liaison directe avec le commissariat.

L'impasse.

Puis, tout à coup, elle s'aperçut qu'elle n'envisageait pas le problème sous le bon angle. Les transactions financières de Harris ne relevaient pas du secret d'État. Sa banque en avait connaissance. Les compagnies de cartes de crédit également. De même, évidemment, que la compagnie Sunset Cruise. Shelby n'avait qu'à endosser le rôle de l'une ou l'autre, et elle aurait sa réponse.

30

— OK, réexpliquez-moi ça, dit Rosellen.

Shelby approcha sa chaise du siège de son assistante. Elle avait médité sur son plan durant toute la journée du samedi. À présent, on était dimanche, sept heures du matin, et toutes deux se trouvaient dans le bureau de Rosellen aux magasins Markson. Elles avaient l'impression d'être seules dans l'immense building, pourtant l'équipe de gardiennage s'apprêtait à partir, des vendeuses et étalagistes arrivaient déjà. Le magasin ouvrait à huit heures pour griller la priorité aux concurrents. Le dimanche, pour la force de vente, était donc un jour comme les autres. Quand Shelby avait téléphoné à son assistante chez elle, la veille, pour lui demander d'être au bureau de bonne heure, Rosellen n'avait même pas posé de questions.

— D'accord. Cette ligne téléphonique est bien un numéro vert, n'est-ce pas ?

— Absolument.

— Bon... j'aimerais que vous appeliez mon portable depuis cette ligne.

— Mais pourquoi ?

— Je veux être sûre que l'identificateur d'appel

n'enregistre que le numéro vert quand on utilise cette ligne.

Docile, Rosellen composa le numéro de l'iPhone de Shelby, lequel sonna. Shelby examina l'écran, opina.

— Parfait.

— Et maintenant, que dois-je faire ?

— Eh bien, ça dépend. Vous êtes censée travailler, aujourd'hui ? Je ne vous l'ai même pas demandé quand je vous ai contactée hier soir.

— Je prends le train pour Baltimore. Ma tante organise une réunion familiale cet après-midi.

— Oh, excusez-moi de vous avoir obligée à vous lever si tôt.

— Je vous l'ai déjà dit : je suis à votre disposition.

— Je ne l'oublierai pas. À présent, je vous suggère de vous en aller et de faire comme si vous ne m'aviez pas vue.

— Qu'est-ce que vous mijotez, Shelby ? Vous m'angoissez.

— Croyez-moi, je suis plus anxieuse que vous. Avec un peu de chance, je serai bientôt en mesure de vous donner des explications. Pour l'instant, j'ai juste besoin de ce numéro vert.

Rosellen se leva de son fauteuil.

— OK, j'ai confiance en vous. J'espère que les choses marcheront comme vous le souhaitez.

— Croisons les doigts.

Rosellen, campée sur le seuil du bureau, vérifia qu'il n'y avait personne dans le couloir, puis s'éclipsa en hâte. Shelby s'installa dans le fauteuil de son assistante et décrocha le combiné. Elle composa le numéro du domicile de Lianna et Harris Janssen, puis attendit, le cœur battant. Elle-même avait reçu ce genre d'appel une fois, le week-end à l'aube, alors qu'elle était à peine réveillée. Elle se souvenait d'avoir été désarçonnée, et espérait bien produire cet effet-là sur Harris Janssen. La veille, elle avait inlassablement répété son speech, avec l'accent britannique – les gens étaient toujours intimidés par l'accent britannique. De toute façon, elle devait masquer sa voix.

Elle écoutait la sonnerie, à l'autre bout du fil. Pourvu que Harris dorme encore, ou émerge à peine du sommeil. Pour se calmer, elle se répéta que ce n'était pas elle qui avait commis un crime.

— Allô, bredouilla Lianna.

— Bonjour, je souhaiterais parler au Dr Janssen.

Shelby ne fut pas mécontente de son accent british, qui lui parut naturel – grâce aux séries anglaises qu'elle aimait bien suivre à la télé.

— C'est pour toi, marmonna Lianna.

Du bruit à l'autre bout de la ligne, Harris qui grommelait :

— Qui c'est ?

— Je n'en sais rien.

— Dr Janssen à l'appareil.

— Bonjour, docteur. Je suis Kim Teller, je vous appelle à propos de votre carte de crédit.

— Nom d'une pipe, on est dimanche matin ! Vous n'avez pas de montre ? Épargnez-moi les tarifs spéciaux, et cætera, je ne suis pas intéressé.

Précisément la réaction que Shelby avait prévue.

— Ne raccrochez pas, s'il vous plaît, monsieur, rétorqua-t-elle posément. Il ne s'agit pas de publicité, mais de sécurité. Je suis navrée de vous téléphoner à cette heure, mais il fallait que je réussisse à vous joindre. S'il y a un problème, nous devons le résoudre sans délai. Je vous appelle au sujet d'une activité suspecte sur votre compte.

Elle sentit Harris hésitant. À notre époque, nul n'ignore que l'usurpation d'identité bancaire se répand. Tout le monde connaît une victime de ce genre d'escroquerie.

— Quelle activité ? demanda-t-il d'un ton moins acerbe.

— Eh bien, comme vous le savez peut-être, nous surveillons les transactions apparaissant sur les comptes de tous nos clients afin de pouvoir les alerter au cas où certaines opérations nous sembleraient inhabituelles. Nous prenons cette précaution pour tenter d'éviter l'usurpation d'identité bancaire qui, je ne vous apprends rien, tend à devenir un fléau.

— Oui, en effet.

— Docteur Janssen, vous avez récemment utilisé votre carte de crédit pour régler des dépenses de routine, marchandises et services, dans le secteur de Philadelphie. Une activité normale sur votre compte. Cependant, l'un de nos conseillers a remarqué que, durant la même période, une somme correspondant à une croisière pour deux personnes avait été versée à la compagnie Sunset Cruise. Comme il est impossible de se trouver au même moment en deux lieux différents, cela a déclenché le processus d'alerte. D'où mon appel.

Harris se tut. Un silence qui se prolongea.

La main de Shelby, crispée sur le combiné, était moite.

— Je m'empresse de préciser, docteur Janssen, dit-elle d'un ton apaisant, que nous cherchons seulement à préserver vos intérêts. Dans notre domaine, l'usurpation d'identité est un énorme problème. Nous contrôlons simplement que ces transactions n'ont pas été effectuées sans votre accord.

Harris hésita de nouveau.

— Il n'y a rien d'anormal sur mon compte, déclara-t-il d'un ton ferme.

— Vous êtes donc certain que toutes ces transactions sont fondées ?

— Tout va bien.

Il était tendu, à présent, nerveux et manifestement pressé de raccrocher.

— Parfait. Merci beaucoup de m'avoir consacré un peu de votre temps, docteur Janssen. Je stoppe le processus d'alerte sur ce compte. Je suis navrée de vous avoir dérangé.

— Ce n'est rien, grommela-t-il.

Shelby reposa le téléphone. Elle tremblait de tous ses membres. Espèce de salaud. C'était donc toi.

Elle demeura longtemps recroquevillée dans le fauteuil de Rosellen, claquant des dents, s'efforçant de digérer cette réalité : Harris Janssen avait commandité l'assassinat de sa fille. Elle avait cru que, une fois ses soupçons confirmés, elle passerait aussitôt à l'action, avide de venger sa fille, de se venger. Pourtant, maintenant qu'elle était au pied du mur, elle se sentait terriblement vide et écœurée.

La veille, elle ne songeait qu'à révéler la machination dont Chloe avait été victime. Elle s'imaginait livrant l'information aux policiers, les sommant d'arrêter Janssen. À présent, elle comprenait qu'elle ne pouvait tout bonnement pas foncer au commissariat le plus proche avec l'espoir de faire entendre sa petite histoire. Sa théorie se fondait sur une preuve plus que mince. Elle avait d'un côté un homme décédé qui avait menti à propos d'un voyage qu'il aurait prétendument gagné, de l'autre un médecin respecté qu'elle avait berné en affirmant travailler pour une compagnie de cartes de crédit.

Tout cela n'était que pure spéculation. Et cela concernait un crime perpétré à des milliers de kilomètres de Philadelphie, en pleine mer. La police locale ne manquait pas de travail, ni de cadavres truffés de balles flottant dans le fleuve ou gisant sous des amas de détritus dans les terrains vagues des quartiers les plus chauds de la ville. N'en avait-on pas mentionné un au journal télévisé ? Si elle s'avisait d'exposer sa thèse sur le meurtre de Chloe, on lui rirait sans doute au nez.

Elle avait l'impression d'avoir accompli tout ce périple pour rien. Elle avait traqué l'assassin de Chloe, et maintenant qu'elle connaissait son identité, elle se sentait totalement démunie. Elle n'avait personne pour partager sa conviction, personne qui occupait assez de place dans sa vie pour se soucier de ce qu'elle pensait.

Et maintenant ? Aucune réponse ne lui venait. Il lui semblait avoir du brouillard dans la tête. Elle n'éprouvait qu'un incommensurable abattement.

Elle s'y prenait trop tard. Bien trop tard. Si seulement elle avait exigé que la police mène des investigations plus poussées au moment du crime… Mais comment aurait-elle pu se douter ? Elle se remémora l'enquête superficielle à Saint-Thomas, les aimables déclarations de Giroux et de l'agent DeWitt.

Alors, soudain, une idée lui traversa l'esprit et, avec elle, s'alluma une étincelle d'espoir. L'agent DeWitt, qui avait secondé Giroux, était du FBI. Or le FBI disposait vraisemblablement d'une base de données informatiques regroupant toutes leurs enquêtes, ainsi que de bureaux ici, à Philadelphie. Ils avaient des bureaux dans toutes les grandes villes des États-Unis. Si elle s'y rendait, peut-être trouverait-elle une oreille attentive – quelqu'un que la théorie d'un meurtre avec préméditation ne laisserait pas indifférent. Évidemment, on lui poserait avant tout la question : pourquoi ? Elle n'avait pas de réponse. Néanmoins, la perspective de s'adresser au FBI lui donnait un but. Après tout, ils étaient déjà impliqués dans cette affaire. Elle réussirait peut-être à les y entraîner de nouveau.

— Vous êtes matinale.

Perdue dans ses réflexions, Shelby n'avait pas entendu Elliott Markson entrer. Elle le regarda d'un air penaud. Elle était en tenue décontractée, ne s'attendant pas à rencontrer quiconque, hormis Rosellen et le personnel d'entretien.

— Monsieur Markson, je ne pensais pas vous voir ici un dimanche matin.

— Je ne dors pas très bien, et j'ai beaucoup de temps disponible. Au moins, quand je viens au magasin, j'ai l'impression d'avoir utilement passé ma journée.

— Je comprends ce que vous voulez dire.

Markson, élégamment vêtu d'un costume hors de prix, l'observait, le sourcil en accent circonflexe, détaillant son débardeur et sa veste de survêtement gris acier.

— Vous choisissez un moment bizarre pour reprendre le travail.

Shelby cherchait une justification quand, brusquement, ce fut au-dessus de ses forces. Elle avait envie de dire la vérité, même si elle savait où cela la conduirait. Son patron, entendant son histoire de meurtre sur commande en échange d'une assurance maladie, en déduirait qu'elle perdait la boule. De plus, il serait furieux qu'elle utilise les moyens techniques de la société afin de concrétiser son rêve de vengeance.

— Non, je ne suis pas là pour travailler.

— Dans ce cas, que faites-vous ici ? demanda Elliott Markson en croisant les bras.

Shelby poussa un soupir. À court de mensonges, elle opta pour la franchise. S'il la virait, eh bien, tant pis.

— Vous savez que ma fille a disparu lors d'une croisière. Depuis le drame, j'ai acquis la conviction qu'elle a été assassinée. J'essaie de le prouver. J'ai concocté un plan pour tenter de piéger l'homme que je soupçonne. Il me fallait avoir accès à un numéro vert, donc je suis passée par celui d'ici.

Elle attendit une réaction, de la colère ou, au minimum, du sarcasme, mais cela ne vint pas. Elle leva les yeux vers Elliott Markson. Il l'observait sans acrimonie.

— Ça a marché ? interrogea-t-il. Votre coup de fil ?

— Vous pensez que je suis folle, n'est-ce pas ?

— Je vous connais à peine. Mais non, vous ne paraissez pas folle.

Shelby détourna le regard, posa une main sur le téléphone, songeant au choc qu'avait été cette conversation avec Harris. La confirmation de l'horreur qu'elle suspectait.

— Eh bien... oui, en un sens, ça a marché. Je suis plus convaincue que jamais d'avoir raison.

— Qu'allez-vous faire ?

Cette question prosaïque la dérouta. Elle y réfléchit un instant, puis :

— Contacter le FBI, dit-elle avec un hochement de tête résolu. Ils ont participé à l'enquête initiale.

Elliot la dévisagea longuement.

— Je peux peut-être vous aider. Je connais quelqu'un du FBI, ici à Philly.

— Vraiment ?

— Si vous voulez, je n'ai qu'à l'appeler.

— Je croyais que c'était contraire à la nouvelle politique de cette société.

Elliott parut contrarié et, aussitôt, Shelby regretta son agressivité.

— Excusez-moi... Je vous remercie beaucoup. Dans cette histoire, je suis très seule.

— Si vous pensez que ce ne sera pas inutile, rétorqua-t-il avec raideur, je vous mettrai en relation avec lui.

— Ce serait formidable. Sincèrement. Avoir quelqu'un... un interlocuteur à qui m'adresser me serait d'un grand secours.

— Je lui téléphonerai demain, à son bureau.

Demain, mais ça ne peut pas attendre demain ! Elle se mordit les lèvres. Elle devrait patienter.

— Vous n'imaginez pas à quel point je vous suis reconnaissante, dit-elle, et elle n'exagérait pas.

— Heureux de pouvoir vous rendre service.

Il pivota pour quitter la pièce, se retourna sur le pas de la porte.

— Nous souhaitons vivement que vous repreniez votre place parmi nous.

31

Shelby pénétra dans le parking au sous-sol de son immeuble, inséra dans le lecteur sa carte magnétique qui actionnait la barrière et, roulant au pas, gagna sa place de stationnement. Comment supporter d'attendre encore vingt-quatre heures avant de parler au contact de Markson au FBI ? Elle devrait pourtant prendre son mal en patience. C'était sa meilleure chance d'obtenir une aide réelle, efficace.

Il lui fallait aussi, elle en était consciente, lutter contre l'envie dévorante de se rendre directement chez les Janssen. Elle se voyait lancer la vérité à la figure de Harris, l'accuser, lui hurler ce qu'elle avait sur le cœur – une tentation irrésistible, mais une mauvaise idée. Un homme assez impitoyable pour organiser un meurtre était bien trop dangereux pour qu'elle l'affronte sur son territoire. D'ailleurs, il se bornerait à nier, et elle n'en tirerait rien. Non, elle parlerait aux autorités compétentes. Elle ne voulait que la justice pour Chloe. Elle ne pouvait pas laisser la colère diriger ses actes.

Shelby jeta un coup d'œil à la pendule du tableau de bord. À peine huit heures trente. Soudain, en se garant, elle se rendit compte qu'elle avait une faim de loup. Elle était debout depuis des heures et avait à peine dormi cette nuit. Les autres occupants du building, visiblement, ne se pressaient pas d'entamer ce dimanche d'avril gris et frisquet. Pourquoi ne pas me recoucher ? songea-t-elle. Quelle tristesse de n'avoir personne auprès de qui se recoucher. Elle n'était pas du style à se lamenter parce qu'elle n'avait pas d'amant, de compagnon, mais depuis la mort de Chloe, elle mesurait combien elle était solitaire. Chloe était non seulement sa fille, mais aussi sa plus proche confidente. Tu as besoin de sortir, de voir du monde, se dit-elle. Tu dois recommencer à travailler.

Sitôt qu'elle aurait remis tous les éléments dont elle disposait entre les mains du FBI, elle reprendrait son poste aux magasins Markson. Elle se surprit à penser à Elliott Markson, à se demander pourquoi il venait au bureau un dimanche matin. Le personnage se révélait plus complexe que le patron dictatorial dont elle avait entendu parler par radio-moquette. Certes, il ne ressemblait pas au bienveillant pater familias qu'était son oncle. Mais il avait de la dignité, de l'authenticité. Ce matin, après sa discussion téléphonique avec Harris Janssen, elle avait craint de ne pouvoir jamais expliquer cette affaire à personne. Or, durant leur bref entretien, alors que Elliott Markson se tenait dans l'encadrement de la porte du bureau, elle avait brusquement eu le sentiment de pouvoir tout lui raconter.

Elle mourait de faim, pourvu qu'elle ait encore quelques denrées comestibles dans son réfrigérateur ou ses placards de cuisine. Après une si longue absence, elle n'avait pas eu le temps de racheter des victuailles. Jen et elle avaient vaguement envisagé un lunch dominical, mais elle était trop affamée pour attendre l'heure du lunch. Elle trouverait bien quelque chose à grignoter, se dit-elle.

Elle sortit de la voiture, verrouilla les portières. Elle allait se diriger vers les ascenseurs, quand elle sentit un objet dur dans son dos.

— Ne criez pas, ordonna Harris Janssen.

Shelby sursauta si violemment que les clés lui échappèrent et tombèrent sur le sol en béton.

— Qu'est-ce que...

— C'est un pistolet. Ne m'obligez pas à m'en servir. Venez avec moi.

Shelby secoua la tête, feignant l'incompréhension – son unique recours.

— Qu'est-ce que vous fabriquez ?

— Non, pas de comédie, chuchota-t-il.

Il la poussait vers l'entrée du parking. Elle regardait autour d'elle, en quête d'un résident susceptible de voler à son secours. Mais les lieux étaient aussi déserts qu'un cimetière.

— Harris, il doit y avoir un malentendu, hasarda-t-elle.

— Du tout. Vous m'avez pris au dépourvu, ce matin, je l'avoue. Quand vous avez mentionné ces deux billets de croisière, j'ai été désarçonné. J'avais tellement hâte de raccrocher que je ne raisonnais plus lucidement. Mais ensuite je me suis ressaisi et j'ai vérifié le numéro de téléphone. Car même avec un numéro vert, figurez-vous, on peut tracer l'origine de l'appel. Je suis donc tombé sur les magasins Markson. Et maintenant, vous venez avec moi et vous la bouclez.

Shelby crut que son cœur se décrochait. Ainsi, la repérer avait été pour lui un jeu d'enfant. Elle qui se félicitait de son habileté. Elle faillit hurler, mais il n'y avait toujours pas un chat à l'horizon. Le parking n'était pas gardé, seulement équipé d'une barrière automatique. Lui enfonçant son arme au creux des reins, Harris contraignit Shelby à contourner la barrière et à se diriger vers la voiture stationnée dans un espace réservé aux visiteurs.

Elle s'attendait à ce qu'il ouvre la portière côté passager, elle se trompait. Il appuya sur sa clé télécommandée, le coffre s'ouvrit.

Shelby recula d'un bond.

— Non !

Elle se débattit, mais il la poussa brutalement dans le coffre. Elle se cogna la tête, porta la main à son crâne douloureux. Un liquide tiède et poisseux coula entre ses doigts. Janssen la saisit par la ceinture de son pantalon de survêtement qu'il lui baissa sur les hanches.

Déboussolée, elle craignit qu'il ne la viole – une idée qui l'épouvanta.

— Arrêtez ! cria-t-elle, agrippant sa ceinture de ses deux mains ensanglantées.

Harris extirpa quelque chose de la poche intérieure de sa veste. Soudain, elle sentit une aiguille se planter dans sa chair dénudée, puis tout devint noir.

Vivian Kendrick, avec précaution, releva le repose-pied du fauteuil de son fils. Rob, quand ses chaussons y trouvèrent leur place, tressaillit.

— Ça va, comme ça ? demanda Vivian.

— Oui, beaucoup mieux.

Jeremy entreprit aussitôt de grimper sur le fauteuil paternel.

— Non, Jeremy, reste tranquille, lui dit Vivian. Ton papa a trop mal.

La déception se peignit sur le visage du garçon.

— Allez viens, champion, dit Rob. Tu peux t'asseoir à côté de moi. Mais pas sur mes genoux. Pas encore.

Jeremy se tortilla, en faisant bien attention, pour se caser auprès de Rob qui, lui, s'efforça de dissimuler la douleur qui lui vrillait les côtes. Il entoura de son bras les épaules de son fils.

— Et voilà, maintenant on est bien installés.

Vivian sourit malgré elle.

— D'accord, vous deux, mais pas de cabrioles.

— On va juste regarder un film. OK ?

Les yeux de Jeremy s'arrondirent.

— OK. *Pirates des Caraïbes* ?

— J'aurais parié que tu choisirais celui-là. C'est fou, hein ?

— Je vais le chercher, chantonna l'enfant qui descendit du fauteuil et se mit à farfouiller dans les DVD rangés sur une étagère près du téléviseur.

— Alors, si j'ai bien compris, Darcie Fallon est l'institutrice de Jeremy, à la maternelle, reprit Vivian.

Rob opina, observant d'un air attendri son fils qui, tel un expert, passait en revue la collection de DVD.

— C'est une excellente institutrice. Elle aime vraiment les enfants.

— Et elle a toujours été amoureuse de toi.

— Maman, murmura Rob d'un ton de remontrance,

désignant du menton Jeremy, bien trop concentré sur les DVD pour écouter leur conversation.

— Je dis ça comme ça. Tu étais le seul à ne pas t'en apercevoir.

— Tu divagues. N'est-ce pas ?

Vivian leva les yeux au ciel, sourit.

— D'accord. Je vais mettre la table. Nous déjeunerons dès que papa reviendra de l'église.

Elle se dirigea vers la cuisine, lança depuis le seuil :

— J'ai préparé une salade aux œufs.

Jeremy grimaça de dégoût.

— Ta grand-mère fait la meilleure salade aux œufs du monde, lui dit Rob. Attends de la goûter, tu verras, tu te régaleras.

Jeremy se borna à hausser les épaules. Il extirpa, non sans mal, un DVD de son boîtier, le glissa dans le lecteur et tripota la télécommande. Rob appuya la tête contre le dossier du fauteuil, s'abandonnant au soulagement d'être chez lui, avec son fils et ses parents. Il réfléchit un instant à ce que sa mère venait de dire au sujet de Darcie. Était-ce vrai ? Pour lui, Darcie demeurait la gamine qui tournait autour des grands, dans l'espoir de participer à leurs activités. Il avait toujours pensé à elle de cette façon-là. Même si elle était devenue une jolie jeune femme.

Rob avait les paupières lourdes. Comme cela se produisait souvent, dès qu'il ferma les yeux, il revécut son accident. La peur qui le tenaillait, tandis que ces voyous dans leur vieille bagnole le pourchassaient sur l'autoroute, percutaient le flanc de son pick-up ; et lui qui s'évertuait à garder le contrôle de son véhicule, et eux qui le percutaient encore. Les autres automobilistes passaient à toute allure, inconscients de ce qui lui arrivait, ou indifférents. Le pick-up qui se mettait à déraper, quittait la chaussée, dégringolait le remblai.

Rob avala une goulée d'air et se força à penser à autre chose. Il se représenta une fois de plus Darcie, sous un nouveau jour, et l'image de son doux visage fut étrangement apaisante.

Jeremy s'apprêtait à remonter dans le fauteuil lorsque, tout à coup, la sonnette retentit.

— Tu peux aller ouvrir, mon grand ? Je ne suis pas en état.

— D'accord ! répondit Jeremy, enchanté.

Il se rua vers la porte. Vivian, qui avait entendu la sonnette, émergeait de la cuisine en s'essuyant les mains, lorsque Jeremy introduisit deux hommes au salon.

— Des flics, chuchota-t-il à son père.

Les deux policiers dissimulèrent un sourire.

— Inspecteur Ortega, déclara le brun. Voici mon coéquipier, l'inspecteur McMillen.

Rob les salua d'un hochement de tête.

— Vous venez au sujet de mon accident ?

Les deux visiteurs échangèrent un regard perplexe.

— Ah, fit Rob. Donc il ne s'agit pas de mon accident.

— Que vous est-il arrivé ? questionna l'inspecteur Ortega.

— J'ai eu une prise de bec avec deux jeunes complètement défoncés. Ils m'ont suivi et éjecté de l'autoroute. Vos collègues les ont épinglés. J'ai cru que vous veniez pour ça.

— Non, nous n'étions pas au courant. Nous sommes là à cause d'un homme qu'on a retrouvé, assassiné, voici quelques jours.

— Assassiné ! s'exclama Vivian.

— Asseyez-vous, messieurs. Jeremy, si tu montais jouer un moment dans ta chambre ? Nous regarderons le film quand ces messieurs seront partis.

— Mais je veux écouter, protesta le garçon, les yeux écarquillés.

— Allons, jeune homme, gronda gentiment Vivian en l'entraînant vers l'escalier. On déguerpit, plus vite que ça.

L'inspecteur Ortega attendit que Jeremy ait disparu en haut des marches pour poursuivre :

— En fait, je crois qu'on s'est déjà rencontrés. Nous sommes venus par ici, un soir, vous rentriez de voyage. On cherchait des renseignements sur un type qui avait chopé une contravention dans votre rue. Un détenu évadé, un dénommé Norman Cook.

— Ah oui... Je m'en souviens.

— Il y a quelques jours, on a découvert son cadavre qui flottait dans la Schuylkill. On lui a collé deux balles dans la tête et on l'a jeté à la flotte.

— En quoi suis-je concerné ? s'étonna Rob.

— Il s'avère que ce Norman Cook s'était garé dans votre rue parce qu'il cherchait votre femme.

— Ma femme ?

— Oui. Elle est là ? On aimerait lui parler.

— Mais... non, elle... elle est morte.

— Vraiment ? Quand ? interrogea Ortega.

— Pendant ce voyage que vous avez mentionné. Nous étions en croisière. Elle est tombée à la mer.

— Ah oui, il me semble que j'en ai entendu parler, dit McMillen.

L'inspecteur Ortega feuilletait son carnet.

— Et elle ne vous a jamais dit que ce Norman Cook était dans les parages ? Parce que, à mon avis, vu qu'il a écopé d'un PV de stationnement dans votre rue, il l'avait retrouvée, votre femme.

— Elle ne m'en a jamais rien dit. Pourquoi un ex-détenu aurait-il cherché mon épouse ?

— Nous comptions sur vous pour nous donner la réponse.

— Je n'en ai pas la moindre idée. Pourquoi pensez-vous qu'il la cherchait ?

— Apparemment, il est allé à la bibliothèque et a demandé à la bibliothécaire de l'aider, il faisait des recherches sur quelqu'un et ne savait pas comment se servir de Google. En prison, il n'avait pas accès à Internet. La bibliothécaire s'est souvenue de lui parce que ce n'était pas habituel – un type de cet âge qui ne savait pas utiliser ce moteur de recherche. Quand on a récupéré son cadavre dans la rivière, elle a reconnu sa tête à la télé et nous a contactés. Vous vous appelez bien Kendrick, n'est-ce pas ?

— Oui, mais... je ne comprends pas pourquoi Chloe ne me l'aurait pas dit. Si elle avait rencontré cet homme... s'il était venu à la maison...

— Qui est Chloe ? demanda l'inspecteur Ortega.

— Mais... ma femme.

Ortega lut ce qui était noté dans son carnet.

— Votre épouse n'est pas Lianna Kendrick ?

— Lianna est mon ex-femme.

— Ce type cherchait Lianna Kendrick. Or elle habitait à cette adresse.

— Oui, quand nous étions mariés. Maintenant elle est remariée. Elle vit à Gladwyne.

— J'ai l'impression que notre bonhomme s'est pointé ici et qu'il n'est pas tombé sur la dame qu'il cherchait.

— Je ne vois pas du tout pourquoi elle me l'aurait caché.

L'inspecteur Ortega dévisagea Rob.

— Je ne sais pas. Mais d'après le ticket de stationnement, je dirais qu'ils ont pris le temps de discuter.

32

— Combien de temps ? demanda Talia qui, de retour du marché, rangeait les provisions dans la cuisine.

Glen rompit avec les doigts un morceau du gâteau au café qu'Olga, l'un des anges gardiens d'Estelle, avait laissé sur le plan de travail. Il l'avala, roula des yeux extasiés.

— Fabuleux, commenta-t-il, pointant l'index vers le gâteau mutilé.

— Glen, je t'ai posé une question.

— Quoi donc ? rétorqua-t-il avec impatience.

— Combien de temps comptes-tu rester, cette fois ?

— Un peu plus longtemps. J'ai dû partir de l'appart où j'habitais et me retrouver quelque chose risque de prendre un moment.

— Il te faudra faire tes propres courses. Je rentre du marché et je n'ai pas assez de provisions pour toi.

— Oh, on s'arrangera, dit-il en s'octroyant un autre bout de gâteau.

— Je ne plaisante pas, Glen. Vraiment, je ne plaisante pas.

Il s'approcha et chatouilla sa sœur aînée qui s'écarta en se tortillant.

— Arrête, s'énerva-t-elle.

— Je te ferai même la cuisine. Je te préparerai mes spécialités. On invitera Shelby.

— Elle ne viendra pas. Elle est furieuse contre moi.

— Pourquoi ?

— J'ai refusé de faire un truc qu'elle me demandait.

— Quoi donc ?

— Oh, ça ne vaut pas la peine d'en parler, répondit Talia d'un ton las.

— Ça m'intéresse, pourtant, je t'assure.

— Elle s'acharne à trouver le coupable de la mort de sa fille. D'abord, c'était moi. Maintenant, elle s'attaque à quelqu'un d'autre.

— Quel rapport avec toi ?

— Aucun ! s'exclama Talia. Je ne veux pas me mêler de ça. Mais elle s'est mis dans la tête qu'un certain individu…

— Quel individu ?

— Je n'en sais rien, moi ! Seulement elle voulait que je m'introduise dans le compte bancaire de ce type. Jamais je ne ferais une chose pareille, évidemment. Je perdrais mon poste.

— Ah, marmonna Glen, les sourcils froncés. Ça paraît sérieux. De qui s'agit-il ?

— Je ne sais pas, soupira-t-elle. Quelqu'un que Faith connaît.

— Faith, ton assistante ?

— Oui. Un médecin, je crois. Mais ça suffit, laisse-moi tranquille.

— Je vais appeler Shelby et l'inviter. J'ai envie qu'elle me raconte sa petite histoire.

— Glen, je te le répète, il n'y a même pas de quoi manger pour toi.

— Alors, peut-être que je vais lui rendre visite.

— Pourquoi tu ne loges pas chez elle ? Elle a de la place.

— Oh, allons ! rétorqua-t-il, malicieux. Je te manquerais.

— Pas du tout !

— Tu ne te souviens pas de qui c'était ? Le type que Shelby avait dans le collimateur ?

— Non, je n'ai pas fait attention. Bon, je dois monter voir maman. Et toi, arrête de dévorer ce gâteau.

Talia quitta la cuisine. Glen s'assit, pensif. Puis il décrocha le téléphone mural, parcourut la liste de numéros punaisée près de l'appareil. Les coordonnées de Shelby y étaient notées – son téléphone fixe et son portable. Glen composa le premier, puis le deuxième. Il tomba chaque fois sur le répondeur.

— Shelby, c'est Glen. Je suis chez Estelle. Rappelle-moi, je… rappelle-moi.

Il raccrocha, se rassit au comptoir, se coupa un troisième morceau de gâteau et le mastiqua d'un air méditatif. Puis il se releva, consulta de nouveau la liste à côté du téléphone. Le numéro de l'assistante de Talia y figurait. Il faillit lui téléphoner, se ravisa – expliquer qui il était, ce qu'il voulait savoir, serait trop compliqué.

Mieux valait attendre que Shelby rappelle. Malgré tout, il se sentait assez fier de lui. Car cette idée de machination autour de la mort de Chloe était la sienne. Au début, Shelby l'avait balayée d'un revers de main, néanmoins ce qu'il avait dit n'était pas tombé dans l'oreille d'une sourde. Sa sœur s'était rangée à son opinion, en quelque sorte. Il ne lui ferait pas remarquer qu'il avait raison, mais n'est-ce pas… même les paranoïaques ont des ennemis. Maintenant, elle partageait son point de vue.

Shelby s'éveilla couchée sur le dos, la figure baignée d'une vive lumière, sans savoir où elle se trouvait. Le vide. Elle tenta de bouger les bras, se rendit compte qu'elle était immobilisée sur une espèce de table.

Alors elle se souvint. Harris Janssen. La piqûre qui l'avait mise KO. Combien de temps était-elle restée inconsciente ? Elle n'en avait pas la moindre idée. Et elle ignorait où il l'avait emmenée. Elle voulut crier, mais un mouchoir, noué derrière sa tête, la bâillonnait. Elle cligna les paupières plusieurs fois, pour y voir plus clair, découvrit, sur un mur beige, une peinture aux tons pastel représentant une scène de bord de mer.

Malgré ses efforts, elle ne pouvait pas bouger. Tournant les yeux de l'autre côté, elle vit un comptoir, des placards. Sur le comptoir, des seringues, des portoirs pour tubes à essai, un manchon de tensiomètre sur une potence métallique.

— Ah, vous êtes réveillée.

Il s'approcha, se pencha sur elle. Il n'était pas en blouse blanche, mais en tenue sport de week-end. Il la dévisagea d'un air contrit.

— Je vous prie de me croire, Shelby : je n'ai jamais voulu tout ça.

Elle essaya de répondre, mais à cause du bâillon n'émit que des grognements.

— Tournez la tête, lui dit-il.

Inquiète, elle obéit. Harris dénoua le mouchoir et le fit glisser sur le menton de Shelby qui, aussitôt, se mit à hurler. Ou plutôt tenta de hurler. Car seul un pauvre cri étranglé sortit de sa bouche.

— Ne vous fatiguez pas. Nous sommes seuls. Personne ne vous entendra.

Elle passa sur ses lèvres le bout de sa langue – enflée, lui sembla-t-il, et bien trop sèche pour humecter la fine peau craquelée. Harris fronça les sourcils. Il disparut de son champ de vision, elle entendit de l'eau couler. Il revint un instant après et lui tamponna la bouche avec ce qui ressemblait à un gros coton-tige.

Elle allait le remercier, prit conscience que ce serait grotesque. Il la gardait prisonnière.

— C'est votre cabinet ? demanda-t-elle.

Celui-ci, elle s'en souvenait, se trouvait à quelques centaines de mètres du centre de neuroscience du Jefferson Hospital. En semaine, le secteur était une vraie ruche. Le dimanche, en revanche, on pouvait garer un camping-car Winnebago au milieu de la rue sans être embêté.

— Oui, nous sommes dans ma salle d'auscultation. Le cabinet est fermé le dimanche, il n'y a pas un chat dans l'immeuble.

Shelby ferma les yeux.

— Comment m'avez-vous amenée ici ? Quelqu'un vous a forcément repéré.

— Il y a un ascenseur de service à l'arrière du bâtiment. Cela n'a présenté aucune difficulté. Écoutez, je vais être honnête : je ne sais pas trop que faire de vous. Après votre coup de fil, j'ai simplement compris qu'il me fallait agir vite. Là, j'ai besoin d'un peu de temps pour réfléchir. Je n'avais pas d'autre endroit où vous emmener.

Shelby en eut la nausée : elle l'avait très malencontreusement prévenu qu'elle le soupçonnait. Tant d'efforts, pour aboutir à ça.

Harris tripota une manette, et Shelby sentit, stupéfaite, une moitié de la table se soulever. Elle se retrouva assise, quoique toujours ligotée, les mains immobilisées par des bandes de gaze.

— Voilà, dit-il en s'installant sur une chaise pivotante. C'est plus pratique pour discuter. Je ne veux pas vous faire de mal. Je ne voulais pas non plus de mal à Chloe. Vous devez me croire. La machine s'est emballée, je ne contrôle plus rien.

Shelby fixa sur lui un regard mauvais.

— Ma fille vous portait aux nues. Elle vous admirait tellement.

Il baissa le nez.

— Comment avez-vous pu ? Vous avez commandité son meurtre.

Son visage se crispa, comme s'il souffrait.

— Comment avez-vous su ? Comment l'avez-vous découvert ? Cet appel depuis un numéro vert n'était pas un ballon d'essai. Vous me soupçonniez déjà.

Shelby éprouva comme une infime et vaine gratification – elle était tombée sur des indices qui l'avaient guidée jusqu'au terrible secret de cet homme, or il ignorait comment elle l'avait démasqué. Et elle n'était pas disposée à satisfaire sa curiosité. Du moins pas avant qu'il n'ait répondu à ses questions.

— Pourquoi avez-vous fait assassiner ma fille ?

— Vous n'allez sûrement pas me croire, mais s'il ne s'était agi que de moi, je n'aurais pas… fait de mal à Chloe, jamais. C'était une fille adorable. Je l'aimais beaucoup. Malheureusement, elle a toujours été un peu jalouse de Lianna. Et plutôt vindicative, pour être franc.

— Vous l'avez tuée parce qu'elle jalousait Lianna ?
— Non, évidemment que non. À ce propos, juste pour mettre les points sur les i, vous avez tiré des conclusions hâtives en présumant que votre fille avait fouiné dans le dossier médical de Lianna et ainsi découvert la vérité concernant la filiation de Molly. Jamais Chloe n'aurait commis une pareille indiscrétion. Elle était bien trop consciencieuse pour ça. Elle n'en aurait même pas eu l'idée. Vous devriez le savoir.

— Taisez-vous ! Vous osez faire l'apologie de ma fille devant moi ? Espèce de salaud.

— Vous avez le droit d'être en colère, je vous comprends.

— Mais pourquoi ? rétorqua-t-elle d'un ton implorant. Pourquoi a-t-il fallu que…

Elle s'interrompit, les larmes ruisselant sur ses joues.

Il était là, assis sur sa chaise pivotante, les sourcils froncés, les bras croisés sur la poitrine, ses pieds chaussés de robustes souliers bien à plat sur le sol. Il avait tout du médecin qui, plein de sollicitude, cherche les mots justes pour révéler à une patiente un terrible diagnostic.

Il poussa un soupir.

— Voici quelques semaines, un dénommé Norman Cook a débarqué chez eux… chez Chloe et Rob. Ce type était le père de Molly. Il venait voir Lianna, malheureusement il a trouvé Chloe qui n'a été que trop contente d'écouter sa petite histoire. Imaginez sa stupéfaction : Molly n'était pas l'enfant de Rob ! Enfin, elle détenait contre Lianna une information capitale. Chloe a donc donné notre adresse à Norman Cook. Elle lui a expliqué comment Lianna avait quitté Rob pour m'épouser. Après le départ de ce type, elle a commencé à réfléchir et, je suppose, à s'inquiéter. Elle est venue ici, à mon cabinet, pour en discuter avec moi.

Décontenancée, Shelby secoua la tête.

— Je ne saisis pas. Savoir qui était le vrai père de Molly ne paraissait pas vous intéresser plus que ça, ni les uns ni les autres. Pourquoi fallait-il que Chloe meure, uniquement parce qu'elle était au courant ?

— Parce que, au moment où Chloe est venue me voir, Norman Cook était déjà mort, répondit-il avec un nouveau soupir. Je l'avais tué.

Elle réprima une exclamation.

— Vous… oh, mon Dieu.

— Chloe ignorait une chose, que Norman Cook ne lui a pas révélée : il s'était évadé de prison une semaine auparavant. Il avait été condamné à perpète pour avoir tué deux personnes dans une boutique. Un client et un employé, étudiant en médecine – un jeune Indien nanti d'une femme et d'un bébé. Tragique. Les flics savaient qu'il avait un complice, mais il ne leur a jamais donné son nom. Ils pensaient que c'était un homme. En réalité, c'était une jeune femme.

« C'était Lianna. Cook savait que Lianna attendait un enfant de lui, par conséquent il a endossé toute la responsabilité et gardé le silence. En tout cas, il voyait l'affaire de cette façon. Il se considérait comme le chevalier de Lianna, à l'étincelante armure.

« Je suis certain qu'elle n'a joué aucun rôle dans ce

double meurtre. Elle est bien trop douce. Mais elle était là. Elle s'est enfuie...

« Bref, après l'arrestation de Cook, Lianna a épousé Rob. Elle a dit à Norman qu'elle se mariait seulement pour avoir quelqu'un qui l'aide à élever le bébé. Il n'était pas très content, mais il a encaissé le coup. Ensuite elle a cessé de lui écrire, et là, il a commencé à ruminer. Ce n'était pas une manière de traiter un chevalier à l'étincelante armure.

« Quand il est arrivé à Philly et que Chloe lui a révélé que Lianna s'était remariée, qu'elle était de nouveau enceinte, il a pété les plombs. Il s'est précipité chez nous. À ce moment-là, j'étais seul à la maison. Complètement ahuri. Lui écumait de rage. Il m'a déclaré qu'il allait dénoncer Lianna, sa complice. Retourner en prison ne le dérangeait pas. Ça valait même le coup, selon lui, puisqu'elle aussi serait emprisonnée et en baverait.

« J'ai essayé de le raisonner. Je lui ai offert tout ce qu'il voulait. Une voiture, de l'argent, du temps pour s'en aller très loin, mais il s'en fichait. Il savait que les flics étaient sur ses talons et ne tarderaient pas à le coincer. Il ne désirait plus qu'une chose : se venger. Il voulait que Lianna paie.

« J'ai compris qu'il ne plaisantait pas. Je ne pouvais pas le laisser faire.

— Vous l'avez tué ?

— Il avait une arme. Je m'en suis servi contre lui. Ensuite j'ai balancé son corps dans la Schuylkill.

Une fois de plus, Janssen soupira.

— Chloe était la seule à savoir qu'il était venu à la maison. C'est elle qui l'avait envoyé chez nous. Naturellement, elle brûlait de parler à Rob du vrai père de Molly, mais elle préférait attendre leur retour de croisière. Je me revois l'écouter me dire tout ça, et penser que je devais réagir rapidement.

Shelby ferma les yeux.

— Seigneur...

— J'ai décidé de m'organiser pour que Chloe ait un accident pendant la croisière, poursuivit-il avec tristesse. J'envisageais d'engager un tueur, mais comment m'y prendre ? Je l'ignorais. Or il se trouve que je soignais Bud Ridley, lequel me répétait sans cesse que jamais il ne pourrait me dédommager. Cela m'a donné une idée : je lui ai raconté que Chloe me faisait chanter. Je lui ai remis deux billets pour la croisière et lui ai demandé de régler ça pour moi. Il n'avait pas le choix, il en était conscient.

— Il aurait pu alerter la police, objecta amèrement Shelby.

Le silence s'instaura dans la pièce.

— J'étais sûr qu'il n'en ferait rien, déclara enfin Janssen. Il ne m'aurait pas trahi, il était trop digne.

— Ah oui, vous parlez d'une dignité ! Il a tué une fille innocente qu'il ne connaissait même pas.

— Je lui avais recommandé de faire sa connaissance à bord du paquebot, de trouver un moyen de l'aborder. Peggy l'a aidé – à son insu, bien sûr. Elle est de ces personnes qui se lient facilement. Bref, cette nuit-là, quand les Ridley et un autre couple eurent reconduit Chloe à sa cabine, il a glissé un bout de plastique entre le chambranle et la serrure pour empêcher la porte de se bloquer. Je tiens à ce que vous le sachiez, je lui avais donné de quoi la droguer. Quand il est revenu dans la cabine, Chloe était groggy, grâce à ce qu'il avait mis dans son verre pendant la partie de bingo. Elle ne s'est rendu compte de rien. Il l'a poussée par-dessus la balustrade du balcon. Elle ne s'est pas rendu compte, je vous assure. D'après Bud, elle n'a même pas crié.

Les larmes ruisselaient sur le visage de Shelby.

— Vous savez ce que Bud a écrit dans son mot d'adieu avant de se suicider ?

— Vous le savez, vous ? s'étonna-t-il.

— Il a écrit qu'il ne pouvait plus se regarder dans une glace, cracha Shelby. À cause de ce qu'il avait fait pour vous. Et vous, votre conscience vous laisse en paix, naturellement.

— Franchement, ça reste à démontrer, rétorqua-t-il d'un air sombre. Vous ne me croyez pas, bien sûr, mais je suis infiniment navré pour Chloe. Et pour Bud. Avant j'étais… un homme bien. J'étais idéaliste.

— Chloe vous admirait tant.

— Quand on a mis le doigt dans cet engrenage… C'est presque un soulagement de pouvoir en parler à quelqu'un. Comment êtes-vous remontée jusqu'à moi ?

— J'ai découvert ce qui vous reliait à Bud Ridley.

— De quelle manière ?

— Nous avons une connaissance commune. J'ai suivi cette piste, et j'ai eu de la chance. Si on peut appeler ça de la chance.

— Je vous félicite, Shelby. Vous êtes très déterminée.

Shelby était sidérée par le calme qu'il affichait, malgré l'atmosphère électrique de la pièce. Il lui avait livré ses secrets. La garder en vie représentait pour lui un risque vital. Elle devait tenter de se sauver. Aussi, malgré un désir viscéral de lui crier son mépris, elle s'efforça également de conserver un ton mesuré.

— Vous savez, il n'y a aucune raison d'aggraver encore la situation.

Harris Janssen, les bras toujours croisés, la tête basse, lui lança un regard sceptique.

— N'importe qui comprendrait ce qui s'est passé avec Norman Cook, ajouta-t-elle. Sans doute étiez-vous en état de légitime défense.

— Je n'ai pas pensé une fraction de seconde que j'allais le tuer, acquiesça-t-il. D'ailleurs, je l'ai fait avec son arme. Moi, je n'en possède même pas.

Il tourna les yeux vers le pistolet posé sur le chariot métallique, à côté de son stéthoscope.

— Mais j'ai toujours son pistolet, évidemment.

— Vous comprenez ce que je vous dis, insista Shelby, s'évertuant à ne pas regarder le sinistre objet. Vous n'irez peut-être pas en prison à cause de ce type. N'importe qui, à votre place, aurait probablement agi comme vous.

— Et Chloe ?

Elle demeura un instant silencieuse et, lorsqu'elle répondit, ne put empêcher sa voix de trembler.

— Je reconnais que je tenais absolument à savoir ce qui lui était arrivé. Mais rien de ce que nous dirons ou ferons ne la ramènera.

— Malheureusement non.

— Pareil pour Bud. Il s'est suicidé et, croyez-moi, il vaut mieux que sa famille n'apprenne pas pourquoi.

— Vous n'avez pas tort sur ce point. Mais cela ne change pas la réalité.

— Vous ne vous en sortirez pas ! s'écria soudain Shelby. Des gens savent que je vous suspectais, que j'essayais de vous piéger. Des collègues des magasins Markson le savent. Ma sœur le sait. J'avais prévu de rejoindre une amie cet après-midi. Bientôt elle tirera la sonnette d'alarme et on se mettra à ma recherche. Si vous me libérez maintenant, je n'aggraverai pas votre situation.

Shelby bluffait. Son lunch avec Jen n'était qu'un très vague projet, et elle n'avait dit à personne, hormis Talia, sur qui se portaient ses soupçons. Or Talia n'écoutait jamais ce qu'on lui racontait. Mais ça, Janssen l'ignorait.

Il parut soupeser sa suggestion. Puis il secoua la tête.

— Si nous n'êtes plus en vie pour leur expliquer ce qu'il est advenu de vous, je réussirai peut-être à tirer mon épingle du jeu. Je suis respecté, je suis médecin. Ça compte. Si je vais en prison, je perdrai tout. Ma vie avec Lianna, le bébé…

« Tout le monde pense, figurez-vous, que Lianna m'a épousé parce que je suis neurologue, financièrement à l'aise, mais c'est faux. Nous avons eu le coup de foudre, tout simplement. Je n'espérais pas connaître cela, pourtant…

« Et aujourd'hui, nous attendons un enfant. Cela change un homme. Je ne me reconnais même plus. J'ai commis des actes que je n'aurais pas imaginés. Inutile de vous préciser que je suis prêt à tout pour préserver l'existence que je mène avec elle. Avez-vous aimé quelqu'un à ce point-là ? Si intensément que vous tueriez pour le protéger ?

— Ma fille, répondit-elle après une hésitation.

— C'est ce que je pensais. Voilà pourquoi je me sentais obligé de tout vous dire. Vous avez été tellement opiniâtre, depuis le début. Que vous connaissiez la vérité me semblait juste. Mais vous ne lâcherez jamais prise. Vous ne permettrez pas qu'on m'accorde des circonstances atténuantes. Après tout, je suis responsable de la mort de Chloe.

— Vous devez me croire, rétorqua-t-elle faiblement.

— Non, hélas.

Il saisit une seringue sur la table roulante, près de lui, la tint à hauteur de ses yeux et, d'un doigt, donna une chiquenaude à l'aiguille.

— Mais je vous le promets, vous aurez simplement l'impression de vous endormir.

33

Alex Ortega baissa les yeux sur l'adolescente disgracieuse qui avait ouvert la porte.
— Molly ?
— Oui, répondit-elle, surprise.
— Ta mère est là ?
— Oui.
— Tu peux aller la chercher ?
Elle acquiesça, disparut pour revenir presque aussitôt.
— Elle arrive dans une minute.
— Molly, tu devrais peut-être rejoindre la voiture de patrouille, là-bas. Il y a quelqu'un qui veut te voir.
— Qui ça ? demanda-t-elle, suspicieuse.
— Ton père. Il n'est pas en pleine forme, mais il est venu quand même.
— Vraiment ?
Molly s'éloigna dans l'allée coupant le splendide jardin. Elle avait presque atteint la voiture, quand elle s'immobilisa et regarda, de nouveau suspicieuse, l'inspecteur.
On baissa la vitre arrière du véhicule, la tête de Rob apparut.

— Molly, appela-t-il d'un ton anxieux.

— Papa !

Molly s'élança, juste à la seconde où Lianna se campait sur le seuil de la demeure. Elle vit sa fille passer la tête à l'intérieur de la voiture de police.

— Hé, mais qu'est-ce que… Molly !

Celle-ci se redressa, fit un signe à sa mère.

— C'est papa.

Rob observait Lianna, sans sourire. Il la salua de la main.

— Qu'est-ce que mon ex fait ici ? demanda Lianna, nerveuse.

— Puis-je entrer ? rétorqua l'inspecteur Ortega. J'ai quelques questions à vous poser.

Lianna sourcilla, mais s'écarta pour laisser passer le policier qu'elle guida ensuite jusqu'au solarium. Elle s'assit pesamment dans un fauteuil en osier, lui désigna son vis-à-vis.

— Que se passe-t-il ?

L'inspecteur Ortega s'accorda un moment pour la contempler. Elle était à la fois svelte et toute en courbes féminines. Son visage était étonnamment symétrique, pourtant elle ne semblait pas consciente de sa beauté, et ne faisait quasiment rien pour la souligner. Elle portait de vieux vêtements, n'était pas maquillée – on voyait rarement un teint aussi parfait.

— Madame Janssen… connaissez-vous un dénommé Norman Cook ?

Lianna pâlit.

— Pourquoi me parlez-vous de Norman Coork ?

— Madame Janssen…, articula Ortega d'un ton poli mais ferme.

— Oui, soupira-t-elle. Oui, je l'ai connu il y a des années. Une éternité.

— Quand l'avez-vous rencontré pour la dernière fois ?

— Il y a très longtemps. Que se passe-t-il ?

— Savez-vous où il est ?

— Pourquoi ? s'impatienta-t-elle.

— Contentez-vous de répondre à ma question.

— Il est en prison. Il a été condamné à perpétuité. Mais pourquoi m'interrogez-vous sur Norman ?

— Avez-vous eu des nouvelles de lui récemment ?

— Non. Pourquoi en aurais-je ?

L'inspecteur Ortega la dévisagea fixement.

— Quelle était votre relation avec Norman Cook ?

— Bon, d'accord, soupira-t-elle. J'avais une liaison avec lui. Il y a si longtemps de ça. C'était une tête brûlée et, moi, lorsqu'on s'est connus, j'étais jeune et très naïve. Je faisais tout ce qu'il me disait de faire. Je n'aurais pas dû, mais j'obéissais. Quand je l'ai rencontré, j'aurais mieux fait de me casser une jambe. Aujourd'hui, je ne suis plus la même personne. J'ai évolué.

— Il a échappé à la surveillance des gardiens alors qu'il travaillait à l'extérieur, et il a volé une voiture. Vous étiez au courant ?

— Norman s'est évadé ? s'exclama-t-elle.

— Oui.

Un violent frisson la secoua.

— Cette nouvelle ne paraît pas vous enchanter.

— Elle ne m'enchante pas. Je ne veux pas que Norman essaie de me retrouver. Moi ou quiconque.

— Il vous recherchera, selon vous ?

— Je ne sais pas, c'est possible. J'ai cessé de répondre à ses lettres depuis des années.

— Madame Janssen, nous avons des raisons de croire que Norman Cook, effectivement, est venu ici il y a quelques semaines.

— Ici ? s'écria Lianna. Mais non.

— Apparemment, il s'est d'abord rendu chez votre ex-mari à Manayunk, où on lui a indiqué votre adresse actuelle.

— Qui la lui a donnée ?

— Chloe Kendrick.

Lianna écarquilla les yeux.

— Oh, mon Dieu. Elle... attendez... elle a parlé à Norman ? Oh, mon Dieu. C'est lui qui le lui a dit ? Mais oui, bien sûr que c'est lui. Seigneur...

— J'ai du mal à vous suivre, coupa l'inspecteur Ortega.

Soupirant, Lianna se leva, se dirigea vers la porte du solarium, scruta le hall, puis referma la porte.

— Écoutez, à l'époque où je fréquentais Norman Cook, je n'étais qu'une gamine. D'accord ? J'étais très jeune et je suis tombée enceinte. Là-dessus, j'ai découvert qu'il était toujours marié avec une autre femme. Seulement, j'avais peur de lui. Il était terriblement violent. Il a tué deux hommes. Deux types qui ne lui avaient absolument rien fait, à part se trouver en travers de son chemin. Voilà comment il était. Quand on l'a jeté en prison, j'ai respiré. Il m'a suppliée de l'attendre. Je le lui ai promis, évidemment, mais... je mentais, vous l'imaginez. J'ai pris mes distances dès que j'ai pu.

— Qu'est-il advenu de votre enfant ?

— Vous l'avez vue tout à l'heure.

— La jeune fille avec des lunettes ?

— Oui, répliqua Lianna. Ma fille, Molly. Elle ignore les horreurs qu'a commises son père, et je ne tiens pas à ce qu'elle en soit informée.

— Avez-vous vu Norman Cook lorsqu'il est venu ici ?

— Non, mon Dieu, non. Je ne savais pas qu'il s'était évadé, encore moins qu'il était dans le secteur. Et, naturellement, Chloe n'a pas jugé utile de m'en parler.

— Donc, vous affirmez ne pas avoir vu Norman Cook, ne pas lui avoir parlé.

— Mais oui. Pourquoi cette question ? Quelle importance que j'aie ou non rencontré Norman Cook ?

— Il a été abattu. On a repêché son cadavre dans la Schuylkill.

— Quoi ? s'écria Lianna, bondissant sur ses pieds.

Elle posa une main protectrice sur son ventre, comme pour dissimuler sa grossesse.

Si elle feignait la stupéfaction, pensa Ortega, elle avait l'étoffe d'une star de cinéma.

— Avez-vous des informations sur sa mort ?

— Est-ce que j'ai..., bredouilla Lianna, le souffle court. Non, non, je ne sais rien du tout. Je... qui l'a descendu ?

— Eh bien, rétorqua l'inspecteur Ortega, je me demandais si ce n'était pas vous.

Lianna devint brusquement livide, son regard se brouilla. Ortega se précipita pour la soutenir... trop tard. Elle s'effondra lourdement sur le sol.

34

Faith Latimer, assise en tailleur sur une bâche, un couteau à enduit à la main, contemplait d'un œil lugubre un pot plein d'une pâte molle. Son mari Brian entra dans la pièce en sifflotant, affublé d'un calot et d'une combinaison maculés de peinture. Il jeta un regard compatissant aux épaules voûtées de sa femme.

— Hé, mon cœur, dit-il en s'accroupissant près d'elle. Ne fais pas ça aujourd'hui, monte plutôt te coucher, tu es épuisée. Tu auras tout le temps après les obsèques de ton père.

— Après, maman devra s'installer ici avec nous. Où est-ce qu'on va la mettre ? Nous n'avons pas une seule chambre correcte dans cette maison.

— Mais si, j'ai fini de peindre la petite pièce attenante à la cuisine, pour ta mère. Monter l'escalier serait trop pénible.

— Chez eux, mes parents avaient leur chambre à l'étage, dit-elle tristement.

— Je sais, mais ce sera plus pratique, insista Brian.

— Je suis désolée de tout ça, chéri…

— Hé, c'est ta maman, rétorqua-t-il tendrement. Et, comme belle-mère, elle est plutôt sympa.

Faith s'arracha un sourire, les larmes aux yeux.

— Tu es une perle. Quelle chance j'ai.
— C'est moi qui ai de la chance.

À cet instant, la sonnette retentit. Brian regarda sa femme avec étonnement.

— Tu attends quelqu'un ?
— Non, et je ne veux voir personne.
— Je vais nous débarrasser de ces enquiquineurs, décréta Brian qui, slalomant au milieu des pots d'enduit, se dirigea vers le vestibule.

Faith soupira, se leva. Au moins, il n'y aurait pas de veillée ce soir. Sa mère dormirait chez son amie Judy, Faith et Brian iraient la chercher en tout début de matinée. L'office était prévu pour dix heures.

Elle ne parvenait toujours pas à se convaincre que son père était décédé. Suicidé. Ce n'était pas elle qui l'avait trouvé mort. Sa mère, au retour d'une de ses réunions, avait eu droit à l'abominable spectacle. Son compagnon, pendu au lustre de la cuisine. La chaise renversée sur le sol.

Faith ferma les yeux, s'efforçant de repousser cette image insupportable. Elle se mit à pleurer, les larmes tombant sur ses mains sales.

Brian se campa sur le seuil.

— C'est… euh… le frère de ta patronne.
— Le frère du Dr Winter ?
— Oui.
— Qu'est-ce qu'il fait là ?
— Je l'ignore. Tu veux que je m'en débarrasse ?
— Oui. Enfin… non, il vaudrait mieux que je lui dise un mot.
— Je vais le prévenir que tu es fatiguée, qu'il ne s'attarde pas.

Elle acquiesça. Brian avait raison – aujourd'hui, elle n'avait pas la force de faire quoi que ce soit, hormis penser à son père. Elle essuya le couteau à enduit, reposa le couvercle sur le pot. Tout cela pouvait attendre.

— Faith ?

Le visiteur n'était pas très bien habillé. Il avait une trentaine d'années, d'épais cheveux grisonnants. Il ressemblait au Dr Winter, avec ses traits accusés – plus séduisants chez un homme que chez une femme.

— Je suis Glen Winter. Ma sœur est votre… j'ai cru comprendre que vous étiez son assistante.

— Effectivement.

— Je suis navré pour votre père.

— Merci.

— Je… hmm… je ne veux pas vous déranger dans un moment pareil, mais j'essaie de trouver le médecin qui a soigné vos parents.

— Pourquoi ?

— Pour ma sœur, répondit-il d'un air évasif.

— Le Dr Winter ?

— Non… en fait, pour mon autre sœur. C'est un peu compliqué.

— Pourquoi le Dr Winter ne m'a pas téléphoné, tout simplement ?

Glen haussa les épaules.

— Elle m'a dit de m'en occuper. Les petits frères, ça se tape les corvées.

— Vous savez, rétorqua-t-elle, sceptique, si vous avez besoin d'un médecin et que vous n'avez pas d'assurance maladie, je vous conseille de vous rendre dans un dispensaire.

Une expression perplexe se peignit sur la figure de Glen.

— Pardon ?

— Eh bien, excusez-moi de me montrer soupçonneuse, mais le Dr Winter et sa sœur sont venues au funérarium, et j'ai entendu ma mère leur parler de ce médecin. Un homme formidable, c'est vrai, qui ne leur a jamais demandé un sou. Il soigne ma mère depuis des années, elle le voit de temps à autre depuis son attaque. Et plus récemment, mon père a dû le consulter également. Ce médecin fait partie de ces gens, trop rares, qui ont la volonté d'aider leur prochain. Il est la bonté même. Néanmoins, si c'est bien ce que vous cherchez – un docteur qui ne vous fasse pas payer –, vous devriez vraiment vous adresser à quelqu'un d'autre.

— Je n'étais même pas au courant, figurez-vous. Mais un toubib qui soigne ses patients gratis… c'est un gauchiste, ma parole.

Faith fronça les sourcils.

— Évidemment, il ne peut pas faire ça pour tout le monde. À mon avis, il avait simplement pitié de mes parents. Mon père travaillait dur, mais, quand il a perdu son emploi, il n'a plus eu les moyens de payer l'assurance maladie. Bref, je ne voudrais surtout pas qu'il s'imagine que nous vous avons orienté vers lui. Ce serait une façon déplorable de le remercier.

— Évidemment, approuva Glen, solennel. Mais ce n'est pas pour moi, je vous assure. J'ai l'air un peu… dépenaillé, j'en suis conscient. Par contre Shelby, ma sœur, a de l'argent, une assurance et tout le tintouin. Elle désire seulement voir ce médecin-là – peut-être à cause de sa spécialité ou un truc dans ce genre.

— Elle a un problème ? s'inquiéta Faith.

Glen écarta les bras en souriant.

— Moi, on ne me dit jamais rien. On m'expédie faire le sale boulot, et voilà. Ç'a toujours été comme ça. Il me faut juste le nom de ce monsieur.

— Mais de quoi votre sœur souffre-t-elle ?

Glen secoua tristement la tête.

— Je ne le sais même pas.

— Alors, je regrette... et je vous prie de vous en aller. Ce ne sont pas les médecins qui manquent dans cette ville. Trouvez quelqu'un d'autre.

35

Shelby ouvrit les paupières. Elle était dans le noir, couchée sur le flanc en position fœtale. Quand elle comprit que ce lieu obscur n'était pas une tombe, qu'elle était toujours vivante, elle ressentit une grisante exultation. Fugace, malheureusement. Car il lui semblait avoir un marteau-piqueur dans la tête. Elle était bâillonnée, pieds et poings liés. Elle essaya, malgré sa torpeur, de se redresser – impossible, elle se trouvait dans un espace extrêmement exigu. Et elle n'entendait dans ces ténèbres qu'un ronflement.

Un bruit de moteur.

Elle écarquilla les yeux. Son esprit fonctionnait encore au ralenti, mais l'adrénaline montait en elle, dissipant le tranquillisant que Janssen lui avait administré. La mémoire lui revenait. Il s'était approché avec une seringue, elle avait tenté de se débattre, puis... plus rien. Il l'avait donc sortie de son cabinet, et maintenant elle était là, dans le coffre de sa voiture. Où l'emmenait-il ? Elle l'ignorait, mais savait pertinemment qu'il veillerait à ce que ce soit pour elle le terminus du voyage.

Le jeu en valait-il la chandelle ? se demanda-t-elle.

Maintenant elle connaissait toute la vérité, mais n'aurait pas la possibilité de la révéler. Ni d'œuvrer pour qu'on fasse justice à Chloe. Jeremy n'aurait plus sa grand-mère, et la promesse de Shelby à Chloe – être toujours là pour son fils – ne serait plus que du vent. Quelqu'un chercherait-il, comme elle vis-à-vis de sa fille, à lui rendre justice ? Elle en doutait fort.

Elle avait échoué, sur tous les plans.

Elle songea à son ravisseur. Harris Janssen s'évertuait encore à se considérer comme une victime, un homme bien, pourtant il n'avait absolument plus rien de respectable. Tuer Norman Cook, c'était une chose. Il aurait éventuellement pu se racheter s'il s'était arrêté là. Mais non, il avait continué, méthodiquement organisé la mort de Chloe, confié à Bud Ridley une tâche abominable, que le vieux monsieur avait exécutée. Mais ensuite Bud Ridley n'avait pas eu la force de vivre avec ce poids sur la conscience. Au moins avait-il une conscience. Harris Janssen avait perdu la sienne.

À quel moment cela s'était-il produit ? Lorsque Chloe travaillait pour lui, il était un homme assez exceptionnel. À quel moment une personnalité se fissure-t-elle sous la poussée du désir ? La faille s'était-elle ouverte lorsque Lianna, sa patiente, plongeait dans le sien un regard admiratif ? Avait-il alors décidé de la souffler à son mari ? Était-ce à cet instant qu'il avait commencé à dégringoler la pente, jusqu'au cloaque où il pataugeait à présent, dépouillé de tout sens moral ? Ou bien lorsqu'il avait appris que Lianna portait son fils ? Quelle importance, d'ailleurs ? Désormais il n'avait ni foi ni loi, et Shelby était sa prisonnière.

Non, se dit-elle. Ne renonce pas si vite. Tout n'est

pas fini, tu dois te battre. Elle tenta de libérer ses poignets, tirant frénétiquement sur ses liens. Son cœur cognait, elle manquait d'air, la panique menaçait de la submerger. Stop, calme-toi. Elle demeura quelques minutes immobile, le temps que la terreur reflue, que sa respiration redevienne à peu près normale. Si elle s'étouffait toute seule dans ce coffre de voiture, il triompherait. Pas question de lui faciliter les choses.

Dès qu'elle eut retrouvé la maîtrise de soi, elle fit une nouvelle tentative. Dis-toi que tu fais ta gymnastique. Écarte les mains et les chevilles au maximum, garde la position le plus longtemps possible. Ça, elle en était capable, à condition de ne pas réfléchir. Si elle se laissait aller à penser, son esprit s'emballait, ce qui était dangereux. Elle se focalisait donc sur ses poignets, ses pieds, cherchant des doigts un bout de tissu ou de corde à agripper. Sans résultat.

Où m'emmène-t-il ? Personne ne s'inquiétera de mon absence. Je vais disparaître, et nul ne s'en souciera. Son cœur s'affola une fois de plus, elle s'obligea à chasser ces idées de son esprit.

La voiture stoppa, redémarra, roulant sans bruit. Une très bonne voiture, toute neuve. Un superbe corbillard.

Non, non. Ne pense pas à ça. Écarte les mains.

La voiture roulait toujours.

36

— Sans doute qu'elle est allée faire un tour, dit Talia.
Glen secoua la tête.
— Non, je ne crois pas.
Il se pencha et inséra la clé dans la serrure de l'appartement de Shelby. La porte s'ouvrit.
— Shelby ! appela-t-il.
Pas de réponse.
— Je vais prendre une contravention, rouspéta Talia. Je me suis garée sur un emplacement de livraison.
— On est dimanche, rétorqua Glen en s'avançant dans le vestibule. Le dimanche, les livreurs font relâche.
Talia le suivit dans le vaste et confortable salon avec vue panoramique. Glen se dirigea vers la cuisine, cherchant un billet, un indice.
— Elle est adulte, elle n'est pas obligée de nous informer de ses allées et venues, grogna Talia.
Elle ne pouvait s'empêcher de contempler le fleuve aux eaux grises, le pont, les buildings et la cime des arbres, cependant elle fronçait les sourcils comme si ce spectacle la choquait.
— Écoute, rétorqua Glen, elle ne répond pas au

téléphone, elle n'est pas chez elle, et elle n'a pas pris sa voiture.

Il avait insisté, après son inutile visite à Faith, pour que Talia le conduise ici.

— Et ça, hein ? dit-il, agitant un porte-clés découvert dans le parking, près de la portière avant de la Honda de Shelby. Sa clé de voiture, et celle de l'appartement. Tu penses qu'elle les a jetées par terre et qu'elle est tranquillement partie ?

— Ces clés ont dû tomber de son sac, ronchonna Talia.

— Non, il se passe quelque chose.

— Je ne comprends vraiment pas d'où te vient cette idée.

Abandonnant la cuisine, Glen s'attaqua au bureau de Shelby dans le salon. Il s'assit dans le fauteuil en cuir et acier, fouilla dans les papiers posés sur la table en verre.

— Tu es sérieuse ? Tu ne comprends vraiment pas ?

Talia soutint sans émoi le regard furibond de son frère.

— Tu sais, Talia, que si tu étais intervenue, avec un peu d'autorité, Faith m'aurait révélé le nom de ce toubib. À l'heure qu'il est, tout serait réglé.

— Mais ce ne sont pas tes oignons, Glen. Et le secret médical, alors ? Je n'allais quand même pas obliger mon assistante à parler.

— Essaie au moins de te rappeler le nom de ce type.

— J'ai essayé, se plaignit-elle.

— Creuse-toi encore les méninges.

— Ça ne sert à rien. De toute façon, je dois retourner auprès de maman.

— Non ! lança sèchement Glen. Estelle va bien. Que tu sois là ou pas, elle ne s'en rend pas compte. Elle n'a pas besoin de toi, contrairement à ta sœur. Assieds-toi. Si tu n'es pas fichue de te rendre utile, tiens-toi tranquille.

Soupirant, Talia se laissa tomber dans un fauteuil, tripotant nerveusement ses propres clés de voiture.

— Mais qu'est-ce que tu cherches ?
— Je n'en sais rien. Un truc qui m'indique où elle est allée.

Glen pianotait sur le clavier de l'ordinateur.

— Si seulement j'arrivais à deviner quel est son mot de passe...
— Souvent, les gens choisissent leur date de naissance, répliqua Talia, morose.
— J'ai essayé, ça ne marche pas.
— Tu connais sa date de naissance ?
— Et aussi la tienne. Tais-toi, que je réfléchisse.

Soudain, on frappa à la porte, une voix s'éleva :
— Shelby ?

Glen et sa sœur aînée échangèrent un coup d'œil surpris. Il se leva et alla ouvrir. Une jeune femme aux yeux gris, aux cheveux châtains mi-longs, se tenait sur le seuil. Elle considéra Glen, sa tignasse hirsute et ses chemises enfilées l'une par-dessus l'autre.

— Qui êtes-vous ? interrogea-t-elle. Où est Shelby ?
— Je suis son frère. Et vous, qui êtes-vous ?
— Jen, sa voisine de palier. J'ai entendu du bruit chez elle. Je l'attends, nous avions prévu de déjeuner ensemble quand elle reviendrait des magasins Markson.
— Qu'est-ce qu'elle fabriquait là-bas ?

— Elle y travaille, dit Talia.

Glen pivota.

— Elle ne travaille pas depuis des semaines, s'énerva-t-il. Tu ne fais donc attention à rien ?

Talia renifla.

— Vous a-t-elle dit pourquoi elle allait au magasin ? demanda-t-il à Jen.

— Non… Elle avait élaboré une espèce de plan, en rapport, me semble-t-il, avec ce qui est arrivé à Chloe. Elle m'a dit qu'elle me raconterait tout si ça marchait.

Glen se tourna de nouveau vers Talia qui écoutait sans ciller.

— Ah, tu vois ! Il y a un problème.

— Comment ça ? s'inquiéta Jen.

— Entrez donc.

Jen obéit, circonspecte.

— Voici mon autre sœur, Talia. Je l'ai obligée à m'amener ici parce que Shelby était injoignable. J'ai trouvé ses clés dans le parking, sur le sol, près de sa voiture.

Jen sursauta.

— Ce n'est pas normal.

— Merci, c'est exactement mon avis, rétorqua Glen, décochant un regard noir à Talia.

— Que lui est-il arrivé, d'après vous ?

— Elle a dit à Talia qu'elle soupçonnait un médecin. Elle vous en a parlé, de ce docteur ? Qui aurait eu un lien avec Chloe ?

Outre les milliers de tissus d'ameublement, de nuances de peinture qu'elle avait en tête, Jennifer Brandon faisait partie de ces gens qui mémorisent les moindres détails de la vie de leurs amis.

— Chloe travaillait pour un gynécologue-obstétricien, le Dr Cliburn.

— Le Dr Cliburn, ça te rappelle quelque chose ? demanda Glen à Talia.

— Non. D'ailleurs, ajouta Talia, dédaigneuse, pourquoi un obstétricien soignerait les parents de Faith ? Ils sont vieux.

— Exact, admit Glen. Au fait, ils sont suivis pour quel genre de maladie ? Faith a dit que sa mère avait eu une attaque. Mais le père...

Tout à coup, les yeux de Talia s'éclairèrent.

— La maladie de Lou Gehrig, déclara-t-elle. Sclérose latérale amyotrophique. Au stade terminal, le système neuromusculaire ne fonctionne plus.

— Bravo, Talia. Donc le médecin serait un...

Glen s'interrompit, cherchant ses mots. Il évitait tout ce qui avait trait à la maladie. Il comptait ferme vivre éternellement, tel Peter Pan.

— Neurologue, répondit sans hésiter Jen. Mon oncle a eu une attaque cérébrale. Il consultait un neurologue.

— D'accord, rétorqua Glen. On avance. Il nous faut la liste des neurologues du coin. Ils ne doivent pas être très nombreux, ce sont des spécialistes.

— Ne vous embêtez pas avec ça, déclara Talia.

— Pourquoi ? fit Jen.

— Janssen, dit Talia tout à trac. Ça me revient. Il s'appelle Janssen.

37

Combien de temps lui fallut-il ? Elle n'aurait su le dire, mais elle mobilisa toute sa patience et sa détermination. Finalement, au risque de se broyer les os, elle réussit à dégager une de ses mains. Elle n'en demandait pas plus. Aussitôt, elle arracha le sparadrap qui la bâillonnait. Puis elle libéra ses chevilles, roula sur le dos et, un instant, savoura l'extraordinaire plaisir de n'être plus ligotée dans une position inconfortable.

Pas question cependant de mollir. Elle était toujours prisonnière. Elle devait maintenant s'extirper de ce coffre de voiture. Elle songea d'abord à tambouriner sur le capot arrière, pour attirer l'attention. Mais nul ne l'entendrait, hormis Harris – qui en déduirait qu'elle s'était détachée. Qui l'empêcherait de la tuer, là, tout de suite ? Elle avait encore le cerveau embrumé et doutait de pouvoir lui résister. En tout cas, pas sans arme, d'autant que lui avait le pistolet de Norman Cook.

Elle se rendit compte qu'elle était recroquevillée sur de la moquette doublée de caoutchouc, aux dimensions du coffre. Elle se positionna pour la soulever. Peut-être y avait-il un cric sous cette moquette, qu'elle pourrait utiliser pour se défendre quand Harris ouvrirait la malle – ce qui se produirait tôt ou tard.

Elle chercha à tâtons dans l'obscurité, sous la moquette, le compartiment où était logée la roue de secours. La plupart des gens y rangeaient un démonte-pneu et une clé de serrage. Elle promena sa main sur le métal glacé, trouva le mécanisme qui en commandait l'ouverture. Voilà... Tout espoir n'était pas perdu.

Elle explora le compartiment, d'une main puis des deux. Malheureusement, il avait tout prévu et retiré les outils. Il ne restait que la roue.

Au bord des larmes, Shelby reposa en gémissant la tête sur le tapis de sol. Il avait veillé à ne rien laisser qu'elle puisse utiliser contre lui, pas même un tournevis ou une torche électrique. Rien.

Jamais elle n'aurait dû se lancer seule dans cette aventure. J'étais pourtant bien obligée, Chloe chérie, pensa-t-elle, puisque tout le monde s'en fichait. Il fallait que je sache ce qui t'était arrivé. Épuisée, elle se remémora toutes les informations glanées sur les derniers jours de Chloe, ses derniers moments. C'était désespérant.

Tu vas capituler comme ça ? Tu vas permettre à son assassin de s'en tirer ? En te tuant ? Rassemblant son courage, sa volonté, elle souleva de nouveau la moquette pour explorer le bas du coffre. Elle s'accoutumait à l'obscurité et repéra que des câbles gainés couraient de la paroi arrière vers les ailes de la voiture.

Vers les feux arrière. Les feux de recul. De stop.

Alors la solution lui apparut. Attirer l'attention sans faire de bruit, voilà qui serait astucieux. Elle n'avait plus qu'à espérer que quelqu'un remarquerait son manège. Elle glissa les mains sous les gaines et, de toutes ses forces, tira.

— Bonté divine, regarde-moi cette armée de flics, marmonna Glen, mal à l'aise.

Talia s'arrêta devant la résidence des Janssen à Gladwyne. Son frère se mordillait un ongle.

— Je me demande ce qu'ils fabriquent là, tous.

— Ça, je n'en sais rien, dit Talia d'un ton cependant moins aigre qu'auparavant.

— Il faut que j'aille voir, tu crois ?

— Si tu veux, mais moi je reste là. Je ne veux pas leur parler.

Maintenant, Glen se mordillait l'intérieur de la joue.

— Bon, je m'en charge. Tu m'attends.

Il descendit de la voiture et, au petit trot, s'approcha de la maison. Deux policiers montaient la garde sur le perron.

— Qu'est-ce qui se passe ? les questionna Glen.

— Circulez, monsieur, lui répondirent-ils sèchement. Il n'y a rien à voir.

Les poulets. Ils le regardaient toujours de haut. Comme d'habitude, il s'énerva.

— Hé, je ne suis pas un badaud à la noix ! Je ne passais pas dans le coin par hasard. Je viens voir le Dr Janssen.

— Qu'est-ce que vous lui voulez, au Dr Janssen ?

— C'est mes oignons, pas les vôtres. Je souhaite parler à un responsable.

Les policiers échangèrent un coup d'œil, puis l'un des deux empoigna son talkie-walkie, tandis que l'autre ordonnait d'un geste à Glen de descendre les marches. Glen fut tenté de refuser, se ravisa à contre-cœur.

Quelques minutes après, l'inspecteur Ortega surgissait sur le seuil.

— Qu'est-ce qu'il y a ?
— Ce monsieur dit qu'il cherche le Dr Janssen.
— En fait, je cherche ma sœur, Shelby Sloan.

Ortega observa l'homme planté sur la dernière marche du perron.

— Pourquoi votre sœur serait-elle ici, selon vous ?
— Eh bien, elle cherchait le Dr Janssen et, maintenant, elle a disparu.
— Pour quelle raison désirait-elle rencontrer le Dr Janssen ?
— Oh, c'est une longue histoire, en rapport avec la mort de sa fille, Chloe...
— Chloe Kendrick ?

Glen le considéra, interloqué, comme si Ortega venait de le bluffer dans une partie de brag à trois cartes.

— Ben, ouais. Comment vous savez ça ? Mais qu'est-ce que vous fichez ici, au fait ?
— Nous perquisitionnons, répondit Alex Ortega.

Glen agita le porte-clés de Shelby.

— Écoutez, vous devriez plutôt retrouver ma sœur. J'ai récupéré ces clés par terre, dans son parking, à côté de sa bagnole. Seulement, elle n'est pas à son appartement, et j'ai peur qu'elle ait des problèmes.

L'inspecteur Ortega lui prit les clés.

— C'était à côté de sa voiture ?

— Oui, et il y a aussi les clés de son domicile. Elle n'est pas entrée dans l'immeuble. Il lui est arrivé quelque chose au sous-sol, dans ce parking. Jamais elle n'aurait balancé ses clés sur le sol, comme ça, pour ensuite partir se balader.

Ortega les fit sauter dans sa main, comme s'il les soupesait. Puis il hocha la tête.

— Entrez, dit-il. Je crains que vous n'ayez raison.

Shelby entendit la sirène, son cœur bondit dans sa poitrine. Ne vous en allez pas, s'il vous plaît.

Sa prière silencieuse fut exaucée. La voiture ralentit, stoppa. La sirène se tut. Pendant ce qui lui parut une éternité, il ne se passa rien. Absolument rien. Puis elle perçut des voix étouffées.

L'une de ces voix devait être celle du policier. Elle tendit l'oreille.

— Vos feux arrière...

Oui ! Le policier avait vu s'éteindre les feux quand elle avait tiré sur les câbles, et s'était lancé à la poursuite du véhicule. Elle était sauvée.

Pas tout à fait, rectifia-t-elle. Elle était toujours enfermée dans le coffre, ce que le policier ignorait. Il était temps de taper, de cogner. Elle n'avait pas d'outil, rien pour l'aider. Mais elle avait une force titanesque qu'elle ne se connaissait pas et, armée de cette force, elle se mit à hurler et à marteler le capot de ses poings.

353

— Pour cette fois, je me bornerai à vous donner un avertissement. Mais vous devez faire réparer vos feux, cria l'officier de police Terry Vanneman.

Il rendit à Harris son permis de conduire et les papiers de la voiture. Les conducteurs roulaient à vive allure sur la Shuylkill Expressway, les camions passaient dans un bruit de tonnerre. L'équipe de hockey locale venait de gagner un match et les fans, les vitres baissées, glapissaient de joie.

— Je le ferai, promit Harris. Comptez sur moi. Franchement, l'industrie automobile n'est plus ce qu'elle était.

— Quoi ? cria le policier.

— Rien. Je le ferai ! répéta Harris d'une voix forte.

— Vous ne devriez pas conduire un véhicule dans cet état.

— Vous avez raison. Des vandales ont dû me l'abîmer. Ah, les grandes villes…

— Ce sont des choses qui arrivent.

Le policier jetait alentour des regards circonspects. Ils étaient sur la bande d'arrêt d'urgence, cependant les gens roulaient si vite, si imprudemment, qu'on se sentait en danger de mort. La semaine précédente, un bon Samaritain qui aidait quelqu'un à changer une roue s'était fait écraser par un camion.

— Là, je vais à l'hôpital ! déclara Harris. Ensuite, je rentre directement à la maison.

L'officier de police Vanneman tapa du plat de la main sur le toit de la voiture.

— D'accord, docteur, allez-y.

— Merci beaucoup, dit Harris.

Le moteur rugit. Dans le coffre, Shelby sentit la voiture s'ébranler.
Non !
Mais nul ne l'entendit.

38

Lorsque la voiture tourna et ralentit de nouveau, Shelby n'entendit pas de sirène, cette fois, seulement les battements affolés de son cœur. Depuis que Harris avait redémarré, après cet intermède avec le policier, elle avait perdu tout espoir. Elle ne comprenait pas pourquoi ses hurlements, ses coups de poing sur la tôle étaient passés inaperçus. Elle avait failli être sauvée, il s'en était fallu d'un cheveu – mais tout indiquait à présent qu'elle était condamnée. Elle ignorait ce que le sort lui réservait, elle avait peur. Harris était aux abois, il n'avait rien à perdre.

La voiture roulait lentement sur une route ou un chemin semé d'ornières, et Shelby sut, avec une certitude qui lui tordit l'estomac, qu'ils venaient de pénétrer dans un secteur désert.

Harris stoppa, coupa le moteur. Elle attendit, dans le noir, prête à livrer le combat de sa vie. Il y eut un léger déclic, le coffre était déverrouillé. Presque paralysée d'être restée si longtemps recroquevillée, Shelby fit pivoter ses jambes pour tenter de frapper son bourreau.

Soudain, le capot se leva. Shelby cligna les paupières, scrutant la nuit. Harris était immobile devant elle, l'arme au poing. Où l'avait-il emmenée ? Elle n'en avait pas la moindre idée. Il faisait très sombre, le silence était à peine troublé par le chant des grillons, le murmure du vent et le clapotis d'une rivière.

— Sortez.

Elle se poussa jusqu'au bord du coffre et, les bras tremblants, essaya de s'extirper de son cachot. Sa première tentative se solda par un échec.

— Dépêchez-vous, ordonna-t-il, fouillant du regard les alentours.

Elle réussit enfin à se soulever, à passer une jambe à l'extérieur et à s'extraire du coffre. Mais elle chancela et tomba de tout son long sur des gravillons. Elle cria en sentant les petits cailloux se ficher dans ses paumes et ses genoux.

— Taisez-vous. Debout.

Shelby se redressa tant bien que mal, s'appuya contre l'arrière de la voiture. Maintenant qu'elle était dehors, elle se rendait compte que l'obscurité n'était pas aussi profonde qu'elle l'avait cru. Elle apercevait des réverbères le long d'un chemin forestier, très espacés. La rivière n'était pas très loin, manifestement, mais elle ne la distinguait pas.

— Où sommes-nous ?

— Peu importe. Avancez par là. Et ne vous mettez pas à hurler ou je vous fracasse le crâne, alors épargnez-moi ça.

Shelby faillit le défier, mais à quoi bon ? Dieu savait où ils se trouvaient, dans un bois dense et lugubre. L'air embaumait le chèvrefeuille et la résine, cependant il n'y avait pas un chat pour humer leur parfum entêtant.

Shelby fit quelques pas, ses jambes étaient ankylosées et tremblantes. La nuit fraîchissait. Harris la poussait en avant, mais elle n'avait pas besoin de ça. Être enfin sortie du coffre de la voiture était un tel soulagement que, pour le moment, elle se moquait de savoir où elle allait. Elle jouissait simplement du plaisir de marcher, de respirer.

— On prend ce chemin. Par là.

— Harris, je vous en prie.

— Non, aboya-t-il. On se tait. On y va.

Elle se dirigea vers le chemin gravillonné qu'il lui indiquait et, en passant sous un réverbère, vit des panneaux indicateurs en bois, plantés à une sorte de carrefour.

Forbidden Drive, lut-elle. *Monastery. Lover's Leap. Devil's Pool.*

Elle reconnut ces noms. Le Wissahickon, un immense espace vert qui longeait la rivière éponyme. Il y avait un centre d'équitation dans une jolie clairière à la lisière du parc. Les automobiles étaient interdites dans le bois sillonné de sentiers où l'on pouvait se promener ou faire du jogging, ou simplement admirer les arbres mouchetés de soleil. La nuit ne seyait guère à ce lieu.

Shelby entendait plus nettement le bruit de l'eau. Ils approchaient de la rivière.

— Par ici, dit Harris.

Elle déchiffra à voix haute l'inscription :

— *Devil's Pool.*

— Vous allez faire un petit plongeon.

Elle ferma les yeux. Il n'y avait plus aucune raison d'espérer, et elle était fatiguée de lutter. Elle se revit brusquement dans son appartement, contemplant le fleuve dans l'obscurité. Elle se rappela avoir pensé que toutes les eaux du monde se mêlaient. Elle n'avait pas la certitude que ce fût vrai, mais cela lui semblait être la vérité. Toutes les eaux se confondaient. Alors, en cet instant, elle se sentit absurdement rassurée. Presque prête. Prête à capituler. Prête à rejoindre sa fille, si jolie, perdue tout au fond de la mer.

L'officier de police Terry Vanneman n'eut pas à attendre longtemps un autre contrevenant au code de la route. En l'occurrence une Toyota qui roulait à fond de train. Actionnant gyrophare et sirène, il la prit en chasse et la contraignit à se ranger sur le bas-côté pour se garer à son tour, juste derrière.

Traverser le circuit d'Indianapolis ne serait pas pire, pensa-t-il. Il détestait ce boulot. Beaucoup trop périlleux. Il resta un moment au volant, histoire que le chauffard prenne une suée. Il savait bien ce que les gens pensaient – que les flics ne bougeaient pas leur postérieur de leur siège, qu'ils écoutaient la radio, peinards, en bouffant des beignets, pendant que le pauvre type qu'ils avaient épinglé marinait dans son jus. Ce qui n'était pas totalement faux.

De fait, l'officier de police Vanneman prit son temps – plus que nécessaire – pour sortir et rejoindre le contrevenant. Avant ça, comme toujours, il vérifia la plaque d'immatriculation pour s'assurer qu'il ne s'agissait pas d'une voiture volée. Il voulait que les conducteurs se repentent, pas qu'ils pètent les plombs. L'idée de se retrouver avec le canon d'un pistolet sous le nez ne lui disait rien qui vaille.

Il tapa les numéros sur son ordinateur de bord. La réponse fut précédée d'un message général urgent.

On recherchait une Lexus de l'année, équipée de plaques personnalisées, dont le numéro s'inscrivit sur l'écran. Le conducteur était un certain Dr Harris Janssen. Il avait probablement un otage avec lui, il était armé et dangereux.

Terry Vanneman sentit ses cheveux se hérisser. Merde, se dit-il. À quelle heure avait-il arrêté cette bagnole ? Et où était-elle, maintenant ? Il sentit la sueur dégouliner de ses aisselles. Il était passé à côté d'un sacré gibier ! Comment avait-il pu louper un coup pareil ? Il avait juste remarqué les feux arrière qui ne fonctionnaient plus. À part ça, le mec avait tout du citoyen modèle. Il n'appuyait même pas sur le champignon.

Terry communiqua aussitôt sa position et déclara au régulateur que la Lexus recherchée avait été vue se dirigeant vers l'ouest, sur la Shuylkill Expressway. Il précisa que les feux arrière ne marchaient pas. Son interlocuteur le remercia et prit un autre appel.

Terry, les yeux rivés sur le véhicule garé sur le bas-côté, hésita. On était tout près de la sortie de Lincoln Drive et Wissahickon. Le type s'était déjà fait arrêter une fois, il quitterait cette autoroute sans tarder. À la prochaine sortie, par exemple.

Il réfléchit une minute. Il était le dernier à avoir vu

la Lexus, or elle transportait peut-être un otage. Terry, lui, n'avait pas encore ouvert sa portière. Une chose était sûre : un otage passait avant un PV pour excès de vitesse.

Alors l'officier de police Vanneman prit sa décision. Il ralluma son gyrophare, actionna la sirène, fit rugir le moteur de sa voiture de patrouille et laissa sur le bas-côté le conducteur de la Toyota stupéfait et ravi.

— Qu'est-ce que vous fabriquez ? grommela Harris.

Shelby s'assit sur un rocher au bord de l'étang d'un noir d'encre et entreprit de retirer ses chaussures.

— Je ne vous ai pas dit de vous déchausser.

— Effectivement, rétorqua-t-elle d'une voix éteinte. Je ne sais pas pourquoi je fais ça.

— C'est peut-être ce que tout le monde ferait, notez. Il faut que ça ressemble à un suicide. Continuez...

— On se demandera comment je suis arrivée ici. Sans voiture.

— Ils se creuseront un peu la cervelle.

Elle s'interrompit, une chaussure à la main, le considéra d'un air interrogateur. Elle distinguait à peine son visage.

— Pourquoi le flic vous a-t-il laissé repartir ? J'ai pourtant hurlé comme une dingue.

— On était sur l'autoroute. Entre les camions et les fans de hockey, on ne s'entendait pas.

— Ah…, marmonna Shelby avec indifférence.

— Arracher ces câbles, c'était malin, reconnut-il.

Elle haussa les épaules.

— Pour ce que ça m'a rapporté.

Ils échangeaient des banalités, au bord de cet étang. Avec sa figure ronde et son crâne dégarni, Harris lui rappelait certains garçons du lycée, autrefois. Le genre de garçons timides, bûcheurs et pas du tout sportifs qui faisaient rire les filles en salle d'étude ou en cours de maths, mais ne les regardaient jamais dans les yeux s'ils les croisaient à la cafétéria. Et qui ne les escortaient jamais au bal.

Shelby ôta également ses chaussettes, les glissa dans les chaussures qu'elle rangea à côté d'un rocher. Puis elle se releva, enleva calmement sa veste, la plia et la posa sur la pierre.

— Vous n'avez pas peur ? dit Harris.

Shelby regarda la surface miroitante de l'eau.

— Je suis simplement très lasse, j'en ai assez de me battre. J'avoue que j'aimerais vous voir croupir en prison. Mais, seule, je ne peux plus rien. Je présume que c'est ce qu'on ressent quand on renonce. On se sent vide. Au moins, maintenant, je sais ce qui est arrivé à ma fille. Personne, à part moi, ne paraissait s'en préoccuper.

— Pas Rob en tout cas, rétorqua Harris avec mépris. J'ai toujours pensé qu'il n'était pas assez bien pour Chloe.

Elle eut un rire étranglé.

— Venant de vous, c'est presque cocasse.

— OK, d'accord. Je n'ai pas le droit de parler ainsi. Allez, entrez dans l'eau.

— Je devrais peut-être vous forcer à m'abattre, rétorqua Shelby d'un air absent.

— Je le ferai, si vous y tenez. Au point où j'en suis...

Shelby secoua la tête. Par-dessus tout, elle désirait s'éloigner de cet individu, ne plus le voir, ne plus l'entendre. Elle monta sur le rocher, scruta l'étang. Il n'y avait rien à regarder, en réalité, hormis le chatoiement hypnotique de l'eau. Elle songea à Chloe tombant inconsciente dans la mer, dans l'abîme ténébreux. Avait-elle, une fraction de seconde, recouvré ses esprits et lutté contre son destin ? Cette simple pensée était une torture.

— Allez, dépêchez-vous. Il faut que je reparte.

— Rejoindre Lianna.

Un regain de colère enflamma le cœur si las de Shelby. Elle pivota vers Harris. N'abdique pas, se dit-elle. Saute-lui à la gorge. Oblige-le à te tuer pour se débarrasser de toi. Ne lui laisse pas le choix. Ne lui facilite pas la tâche. Résiste. Pour Chloe.

— Qu'est-ce que vous attendez ?

— Vous devrez me tirer dessus. Je ne vous mâcherai pas le travail.

Soudain, au loin entre les arbres, des éclairs lumineux, rouge et bleu, attirèrent son attention. Plusieurs véhicules.

— Regardez ! s'exclama-t-elle.

Il se tourna dans la direction qu'elle fixait. Il vit, lui aussi, les voitures qui approchaient. À toute allure. Les sirènes se mirent à hurler, l'une après l'autre. Sans doute avait-on repéré la Lexus, garée près de *Forbidden Drive*. Des portières claquaient, des voix s'élevaient.

Quand il se retourna vers Shelby, Harris avait l'air épouvanté, comme si ces lumières tremblotant dans les bois étaient du feu. Comme si, devant ses yeux, tout ce pour quoi il vivait s'embrasait.

39

Dans la cuisine de Shelby, Hugh Kendrick tendit à sa petite-fille Molly deux verres qu'il venait de remplir.

— Apporte celui-ci à ta grand-mère et l'autre au Dr Winter.

— C'est qui, le Dr Winter ?

Hugh désigna le canapé gris du salon.

— La dame assise à côté de ta grand-mère.

— Maman reviendra quand, à ton avis ? interrogea-t-elle d'un ton anxieux.

Il tapota l'épaule de l'adolescente traumatisée.

— Bientôt, j'en suis sûr. On a beaucoup de questions à lui poser au sujet de ton beau-père.

— Maman aura des ennuis ?

— Je ne crois pas. Selon moi, elle n'a joué aucun rôle dans ce… dans tout ça. De toute façon, ne t'inquiète pas, ton papa est avec elle. Il veillera à ce qu'on la traite équitablement. Il sait que ta maman n'aurait jamais fait de mal à Chloe.

Molly acquiesça en soupirant, puis se concentra sur sa tâche : servir à boire aux personnes réunies dans l'appartement. Ce soir, elle avait besoin de s'occuper ;

en réalité, tous semblaient avoir grand besoin de distraction et d'un peu d'affection. Glen avait proposé de préparer pour le dîner sa célèbre soupe au steak haché, légumes et pommes de terre, mais Shelby l'avait convaincu de commander plutôt de quoi manger à un traiteur ; on attendait le livreur. Jennifer sirotait du vin et questionnait Glen sur sa vie, ses projets. Il se montrait sous son meilleur jour, charmant et très évasif. Shelby réprima un gloussement. Elle avait découvert, au fil de ses discussions avec Jen, que son amie avait un faible pour les cas désespérés.

— Pourquoi tu ris, Shep ? demanda Jeremy.

Elle était confortablement installée sur le divan, Jeremy à son côté, perché sur l'accoudoir.

— Pour rien. Je suis simplement contente d'être avec toi, répondit-elle, étreignant son petit bras potelé.

Un jour, quand il serait grand, elle lui expliquerait peut-être qu'elle avait failli ne plus jamais revoir son visage d'ange. Par chance, la police de Philadelphie avait débarqué au bon moment, elle ne gisait pas au fond de l'étang, elle était bien à l'abri dans son appartement, entourée de gens qui tenaient à elle.

Harris s'était rendu sans résistance lorsque les policiers les avaient cernés, là-bas dans les bois. Il s'était laissé emmener, menotté, tête basse, et n'avait même pas lancé un regard à Shelby que les urgentistes installaient dans une ambulance pour la conduire à l'hôpital.

Talia et Glen l'attendaient à la sortie des urgences. Son frère l'avait serrée contre lui, sa sœur, dans un élan d'expansivité, lui avait tapoté l'épaule. Sur quoi Shelby avait éclaté en sanglots, au grand désarroi de Talia.

Il y avait une heure de ça. Rob était encore au commissariat avec Lianna qui subissait un interrogatoire. Ses parents avaient amené Jeremy et Molly chez Shelby. Vivian semblait avoir un don mystérieux, celui de rendre Talia bavarde. Au milieu de cet aimable brouhaha, Shelby se sentait sereine. Avait-elle déjà reçu tant de monde chez elle ? Elle ne s'en souvenait pas.

— On sonne à la porte, lui annonça Molly en lui tendant un verre d'eau gazeuse.

— Notre livreur, peut-être. Passe-moi mon portefeuille, s'il te plaît. Il est sur le comptoir de la cuisine.

Jen, juchée sur un tabouret devant le comptoir, s'arracha un instant à sa discussion avec Glen.

— Ah non, c'est moi qui offre le dîner. Je vais ouvrir. Molly, tu viens m'aider ?

L'adolescente, enchantée d'avoir autre chose à faire, la suivit dans le vestibule. Elle reparut aussitôt, les yeux écarquillés.

— C'est un monsieur du FBI.

— Le FBI ? s'étonna Shelby.

— Oui, c'est ce qu'il a dit.

Jen revint au salon, escortée par un homme grand, aux cheveux grisonnants coupés court, en veston de sport sur une chemise au col déboutonné. Shelby essaya de se mettre debout.

— Madame Sloan ? Ne vous levez pas. Pardonnez-moi de débarquer sans prévenir, mais ma visite n'a rien d'officiel. Je suis Chuck Salomon, chef du FBI de Philadelphie. Je suis navré d'interrompre cette petite fête.

— Ce n'est pas une fête. Disons que nous essayons de nous réconforter.

— Puis-je vous parler un moment ?

— Bien sûr. Molly, tu veux bien aller dans le bureau avec Jeremy ? Vous n'avez qu'à regarder un film. J'ai tous ceux qu'il adore.

— Moi, je sais où c'est, déclara Jeremy d'un air important. C'est ma chambre quand je dors chez Shep. Viens.

Docilement, Molly lui emboîta le pas. Shelby, d'un geste, invita l'agent du FBI à s'asseoir.

— Il y a un problème ?

— Eh bien, j'ai reçu un coup de fil d'Elliott Markson. Il s'inquiète beaucoup pour vous et m'a demandé de rouvrir l'enquête sur la mort de votre fille.

— Vraiment ?

— Oui, il m'a téléphoné chez moi. Son épouse, qui est décédée, était ma nièce. Bref, je lui ai promis de passer vous voir.

Son épouse était décédée, songea Shelby. Elle ne s'était pas trompée en croyant détecter de la tristesse sous son apparent détachement.

— En fait, une enquête ne sera pas nécessaire. Je sais à présent ce qui est arrivé à ma fille. On vient d'arrêter son meurtrier.

— À Saint-Thomas ?

— Non, ici même, à Philadelphie.

— Quelqu'un qu'elle connaissait ? s'étonna-t-il.

— L'homme qui l'a jetée à la mer s'appelait Bud Ridley. Un inconnu qui participait à la croisière et a fait semblant d'aider ma fille alors qu'il s'apprêtait à la tuer.

— Et donc il a été arrêté ? rétorqua Salomon, dérouté.

— Non, Bud Ridley s'est pendu. Sans doute vaincu par le remords.

— Je ne comprends pas. Qui a-t-on arrêté ?

— Harris Janssen. Il a payé Bud Ridley pour assassiner ma fille. Pour être précise, Ridley lui devait énormément d'argent, il cherchait à rembourser sa dette.

— Et votre fille connaissait ce Janssen ?

— Nous le connaissions tous.

— C'est affreux, dit Salomon, visiblement sincère.

Elle faillit lui raconter que Harris Janssen l'avait kidnappée, qu'il avait avoué ses crimes, mais elle était trop fatiguée pour répondre aux questions que cela susciterait.

— Oui. Cette histoire a détruit bien des vies.

— Madame Sloan, je souhaiterais que le FBI s'implique. J'ignore quelles preuves ont déjà été réunies, mais commanditer un meurtre est un crime fédéral.

Shelby poussa un soupir.

— Je ne voudrais pas marcher sur les plates-bandes de qui que ce soit – surtout pas de la police de Philadelphie. L'un de leurs hommes a coincé Janssen alors qu'il se préparait à me tirer dessus et à balancer mon cadavre dans un étang.

— Mon Dieu. Ça a dû être un moment terrible !

Shelby esquissa un pauvre sourire.

— Oui, en effet. Quant à la mort de Chloe, j'ignore de quelle juridiction relève ce crime et...

— Je comprends, coupa-t-il. Et je vous rassure, nous ne refusons pas de coopérer avec la police locale. Au contraire. De toute manière, au départ c'est nous qui étions chargés d'enquêter sur la disparition de Chloe. Malheureusement, de toute évidence, le travail a été bâclé.

— Non, ce n'est pas tout à fait vrai, objecta-t-elle fermement.

— Permettez-moi de voir comment il est possible de réparer ça, dit-il gentiment. Je mettrai les choses au point avec les autorités de Philadelphie.

— Ce serait formidable.

— J'imagine que connaître la vérité est pour vous un soulagement.

— Oui, sans doute. Entre nous, si j'avais le choix, je préférerais qu'on me rende ma fille, mais...

— On lui rendra justice, en tout cas.

— Hmm... Puis-je vous offrir un verre ?

— Merci, mais si vous êtes certaine que tout va bien, je vais rentrer chez moi.

Shelby embrassa du regard les personnes réunies dans la pièce.

— Oui, tout va bien.

— J'informerai M. Markson que le FBI va prendre l'affaire en main.

— D'accord. Non, attendez... je lui en parlerai moi-même. Je tiens à le remercier. Je suis touchée par son geste.

— C'est un homme bien, notre famille peut en témoigner.

L'agent Salomon lui tendit la main.

— Je vous raccompagne, dit-elle.

Dans le vestibule, elle lui dit au revoir et lui souhaita une bonne nuit. Il sortait, lorsque le livreur émergea de l'ascenseur. Shelby lui fit signe d'entrer. Elle s'apprêtait à se traîner jusqu'à la cuisine chercher son portefeuille, mais se ravisa. Non, elle allait se laisser dorloter. Il lui sembla que Chloe lui soufflait de lâcher prise, d'accepter la tendresse qu'on lui offrait.

— Jen ! Le dîner est là.

Jen accourut aussitôt, suivie de Glen qui fouillait ses poches, en quête de quelques billets.

— J'ai ce qu'il faut, lui déclara Jen, autoritaire. Aidez-moi plutôt à porter tout ça.

— Avec joie.

Glen saisit les cartons, les sacs en papier, et regagna le salon.

— À table ! s'exclama-t-il.

Jen paya le livreur et se tourna vers Shelby.

— Retourne t'asseoir, appuie-toi sur mon bras.

— Je vais bien. Vas-y, je vous rejoins dans un instant.

— Ne tarde pas trop. Il faut que tu manges.

Shelby l'embrassa puis se rendit dans sa chambre et prit l'annuaire dans le tiroir de sa table de chevet. Avant tout, elle devait remercier Elliott Markson. L'intervention du FBI la réconfortait – au moins, Harris Janssen n'échapperait pas au châtiment. Les policiers, dans les bois, lui avaient promis qu'il serait condamné à perpétuité, mais quand on avait les moyens de se payer les meilleurs avocats, on pouvait toujours passer à travers les mailles. Le FBI aurait à cœur de réparer les erreurs commises dans cette affaire. Chloe serait vengée, Shelby y veillerait.

Elle s'assit sur le lit, se remémorant l'éloge que Chuck Salomon avait fait d'Elliott Markson. Peut-être son épouse était-elle décédée des suites d'une longue et terrible maladie ? Ce genre d'épreuve exigeait de la force d'âme, elle en savait quelque chose.

Elle chercha son nom dans l'annuaire. Il habitait un gratte-ciel récent de Rittenhouse Square, elle connaissait le quartier. Elle composa son numéro de téléphone et fut soulagée d'entendre le répondeur se déclencher.

— Monsieur Markson… Elliott. C'est moi, Shelby Sloan. Je viens d'avoir la visite de Chuck Salomon du FBI. Il m'a dit que vous lui aviez demandé de m'aider. Je voulais simplement vous remercier de votre sollicitude.

Elle s'interrompit. Comment exprimer sa reconnaissance, dire combien cette initiative comptait à ses yeux ? Elle se sentait idiote de confier cela à un répondeur.

— Je… euh, je vous verrai bientôt. Merci encore, Elliott. Merci infiniment.

Elle raccrocha, contente de ne pas l'avoir eu au bout du fil, de n'avoir pas été obligée de lui expliquer toute l'histoire. Un jour, s'il voulait savoir, elle lui raconterait tout. Peut-être, avant, l'interrogerait-elle sur ce que lui-même avait vécu. Un fardeau partagé est moins lourd, dit-on.

Elle entendait les enfants rire dans le bureau, l'écho des conversations dans le salon. Elle se sentait en sécurité. Entourée. Elle n'en revenait toujours pas que Glen et Talia se soient lancés à sa recherche, avec l'aide de Jen, que Rob, le premier, ait tiré le signal d'alarme. Au bout du compte, elle n'était pas totalement seule.

Sur la table de chevet, elle saisit la photo à côté de la lampe. Elle avait été prise alors que Chloe avait huit ans, le jour d'un banquet chinois à l'école primaire. Shelby avait réussi à se libérer pour déjeuner avec les autres mamans et les enfants. On les avait photographiées, Chloe et elle, maniant leurs baguettes et riant aux éclats. Elles semblaient si heureuses.

Shelby posa un baiser sur le visage de sa fille, bouleversée. La douleur s'estomperait-elle ? Elle ferma les yeux pour s'adresser à la petite fille de la photo. Je te demande pardon, ma chérie, murmura-t-elle. Pardon pour tous les moments où je n'ai pas été à la hauteur. Tu me manqueras éternellement. Jamais je ne m'habituerai à ton absence. Mais, au moins, je me suis battue pour toi. Autant que je le pouvais.

Elle contempla la photo, l'embrassa encore. Puis elle la reposa à sa place, là où elle demeurerait toujours, près de son oreiller.

REMERCIEMENTS

Je remercie tout particulièrement les deux Tony. Tony Canesso, pour m'avoir aidée sur ce livre, et Tony Cartano, pour son soutien durant toutes ces années.

Du même auteur
aux Éditions Albin Michel :

UN ÉTRANGER DANS LA MAISON, 1985.

PETITE SŒUR, 1987.

SANS RETOUR, 1989.

LA DOUBLE MORT DE LINDA, 1994.

UNE FEMME SOUS SURVEILLANCE, 1995.

EXPIATION, 1996.

PERSONNES DISPARUES, 1997.

DERNIER REFUGE, 2001.

UN COUPABLE TROP PARFAIT, 2002.

ORIGINE SUSPECTE, 2003.

LA FILLE SANS VISAGE, 2005.

J'AI ÉPOUSÉ UN INCONNU, 2006.

RAPT DE NUIT, 2008.

UNE MÈRE SOUS INFLUENCE, 2010.

LE POIDS DES MENSONGES, 2012.

Patricia MacDonald
dans Le Livre de Poche

Dernier refuge n° 17265

Dena aimait Brian. Lorsqu'elle a été enceinte, elle a cru qu'ils pourraient être heureux. Mais Brian s'est mis à boire, à se montrer brutal et jaloux. Un soir il la frappe violemment. Ron et Jennifer, un couple ami, sont tout disposés à accueillir Dena. Elle sait qu'elle peut aussi compter sur Peter, un collègue de travail. Mais Brian semble résolu à tout pour ne pas être quitté.

La Double Mort de Linda n° 7662

Tout commence un jour de fête des mères, dans la paisible ville du Massachusetts où vivent Karen et Greg Newhall avec Jenny, leur fille adoptive. Ce jour-là surgit Linda, la vraie mère, qui a abandonné Jenny à sa naissance. Le lendemain matin, le cadavre de Linda est retrouvé dans une benne à ordures.

Expiation n° 17042

Injustement accusée du meurtre de son amant, Maggie sort de prison après douze années de souffrances. Si un amour naissant lui rend l'espoir, elle doit bientôt affronter l'hostilité des habitants, la suspicion de ses collègues et les agissements d'un ennemi secret, qui semble tout connaître de son passé...

La Fille sans visage n° 37221

Hoffman, dans le New Jersey, une petite ville paisible. Lorsqu'on apprend que le docteur Avery a poignardé sa femme, c'est la stupeur. Nina, sa fille, est convaincue de son innocence. Quinze ans plus tard, libéré sur parole, Avery revient à Hoffman. Mais la ville est-elle prête à l'accueillir ?

Origine suspecte n° 37091

Après la disparition de Greta dans l'incendie de sa maison, les soupçons de la police se portent sur son mari, Alec, au grand désarroi de leur fille, Zoé. Émue par le désespoir de sa nièce, et inconsciente du danger qui la guette, Britt, la sœur de Greta, décide de mener son enquête.

Personnes disparues n° 17091

Comment expliquer la disparition de Justin, six mois, et de sa baby-sitter de quinze ans ? Aucune trace, pas de demande de rançon. À Taylorsville, on ne manque pas de coupables tout désignés, objets de haines diverses...

Petite sœur n° 7667

Lorsque la mort de son père ramène Beth à Oldham, dans le Maine, elle ne s'attend guère à retrouver autre chose que de mauvais souvenirs, dans cette maison qui n'a jamais été un foyer. Et surtout, il y a Francie, sa jeune sœur de quatorze ans, de qui tant de choses la séparent.

Rapt de nuit n° 31492

Tess a neuf ans lorsque sa sœur aînée Phoebe est enlevée, violée et étranglée. Grâce à son témoignage, le coupable est immédiatement arrêté, jugé et exécuté. Vingt ans plus tard, un test révèle que ce n'est pas son ADN qu'on a retrouvé sur Phoebe. Bouleversée, Tess décide de faire toute la lumière sur cette affaire. Au risque de revivre ce cauchemar…

Sans retour n° 7587

Michèle, une jeune fille de Felton (Tennessee), est assassinée. Geste d'un déséquilibré ? Lillie, sa mère, veut la vérité. Mais il semble que tout le monde s'acharne à vouloir étouffer l'affaire…

Un coupable trop parfait n° 37021

La disparition brutale du mari de Keely n'est plus qu'un mauvais souvenir. L'enquête a conclu au suicide. Depuis, elle a refait sa vie et mène une existence paisible. Mais un nouveau drame vient faire voler en éclats ce bonheur si fragile : Dylan, son fils de 14 ans, est soupçonné du meurtre de son beau-père.

Un étranger dans la maison n° 7531

Paul, un enfant de quatre ans, est enlevé dans le jardin de ses parents, près de New York. Onze années plus tard, alors que seule la mère de Paul demeure persuadée que son fils est vivant, celui-ci est soudain retrouvé. Mais le ravisseur court toujours.

Une femme sous surveillance n° 17005

Un mari qu'elle aime, un enfant, une vie paisible dans une petite ville américaine... Rien ne manque à Laura, jusqu'au jour où l'irruption d'un tueur bouleverse tout. Alors les langues se délient, la calomnie et la haine se déchaînent.

J'ai épousé un inconnu n° 31098

Emma et David passent leur lune de miel dans une cabane en forêt. Le bonheur parfait. Mais depuis quelques mois, elle reçoit des lettres anonymes dont une qui la pressait de ne pas se marier. L'escapade amoureuse tourne à la tragédie lorsque Emma est victime d'une agression par un homme masqué, en l'absence de David...

Une mère sous influence n° 32360

Lorsque Morgan arrive dans la petite station balnéaire de West Briar, en Nouvelle-Angleterre, elle est impatiente d'assister au baptême du fils de Claire, sa plus vieille amie, récemment mariée. Mais celle-ci, fragilisée par son accouchement, donne des signes de dépression inquiétants. Quelques jours après la cérémonie, Morgan reçoit un appel désespéré de Claire : un crime effroyable a été commis et elle vient d'avouer...

Le Livre de Poche s'engage pour l'environnement en réduisant l'empreinte carbone de ses livres. Celle de cet exemplaire est de : 350 g éq. CO_2
Rendez-vous sur www.livredepoche-durable.fr

Composition réalisée par NORD COMPO

Achevé d'imprimer en août 2012 en France par
CPI BRODARD ET TAUPIN
La Flèche (Sarthe)
N° d'impression : 69700
Dépôt légal 1re publication : août 2012
LIBRAIRIE GÉNÉRALE FRANÇAISE
31, rue de Fleurus – 75278 Paris Cedex 06

31/6716/0